INSPEKTOR CROMWELLS GROSSER TAG

Roman

Victor Gunn

Impressum

Text:	© Copyright by Victor Gunn/ Apex-Verlag.
Lektorat:	Mina Dörge.
Übersetzung:	Aus dem Englischen übersetzt von Olga Otto.
Original-Titel:	*Ironsides On The Spot.*
Umschlag:	© Copyright by Christian Dörge.
Verlag:	Apex-Verlag Winthirstraße 11 80639 München www.apex-verlag.de webmaster@apex-verlag.de
Druck:	epubli, ein Service der neopubli GmbH, Berlin

Printed in Germany

Inhaltsverzeichnis

Das Buch

Die Verbrecherbande der Gate Boys terrorisiert London mit Raubüberfällen, Autodiebstählen und verwegenen Einbrüchen.

Superintendent Hammerton von Scotland Yard wird bei einer Verfolgungsjagd im Londoner West End erschossen. Oberst Lockhurst wendet sich an Chefinspektor Bill Cromwell: »Wir möchten, dass Sie den Fall übernehmen, Cromwell!«

Der Roman *Inspektor Cromwells großer Tag* von Victor Gunn (eigentlich Edwy Searles Brooks; * 11. November 1889 in London; † 2. Dezember 1965) erschien erstmals im Jahr 1948; eine deutsche Erstveröffentlichung erfolgte 1958.

Der Apex-Verlag veröffentlicht eine durchgesehene Neuausgabe dieses Klassikers der Kriminal-Literatur in seiner Reihe APEX CRIME.

Inspektor Cromwells großer Tag

Erstes Kapitel

»Ich versteh' dich nicht, Old Iron«, seufzte Johnny Lister verdrießlich.

Bill Cromwell packte ihn nur noch fester am Arm und steuerte ihn durch das prunkhaft schimmernde Foyer der Elefantenbar.

Johnnys Unwille wuchs. Nicht genug damit, dass Cromwell ihn mitten auf dem Piccadilly angewiesen hatte, zu wenden und den Wagen wenige hundert Meter vom *Rosa Elefanten* entfernt in der Shaftesbury Avenue zu parken – jetzt verlangte er auch noch von ihm, sich in dieses supervornehme Lokal zu setzen, dessen mondäne Atmosphäre Johnny weder behagte noch interessierte. Schließlich war Dienstschluss, und normalerweise sollten sie sich auf dem Weg nach Hause befinden.

Mürrisch legte er Hut und Mantel ab und gab sich nicht die mindeste Mühe, ein freundliches Gesicht aufzusetzen, als Cromwell ihn durch den eleganten Barraum zu einem Tisch führte. Flimmernde Dekorationen, dezente Beleuchtung und gedämpfte Musik ein solches Milieu hasste Johnny.

Die Tanzfläche war gestopft voll. Unter den Gästen befanden sich viele Prominente: Mitglieder des Oberhauses, Söhne und Töchter aus Adelskreisen, Millionäre, Schriftsteller und so weiter. Zweifellos ein exklusives Nachtlokal. Ein weniger exklusives, wie beispielsweise die *Atombombe*, hätte Johnny mehr zugesagt. Dort setzte sich das Publikum hauptsächlich aus schweren Jungens, leichten Mädchen und ähnlichem lichtscheuem Gesindel zusammen. Man konnte sich an einen Tisch setzen, Augen und Ohren offenhalten und Erfahrungen sammeln. Die Bar *Zum Rosa Elefanten* hingegen war äußerst uninteressant.

»Warum, zum Teufel, hast du mich hierhergeschleppt?«, stieß Johnny hervor und schickte einen wütenden Blick über den Tisch.

»Vielleicht aus Neugier«, brummte sein Gegenüber gleichmütig.

Die Vermutung liegt nahe, dass Bill Cromwell und Johnny Lister für den Leser gute Bekannte sind. Trotzdem mögen einige erklärende Worte angebracht sein. Die alten Leser dürfen die folgenden beiden Abschnitte ruhig übergehen – ihnen haben wir nichts Neues zu sagen.

Richten wir unser Augenmerk zunächst auf Bill Cromwell. Ein hagerer, sehniger Mann in mittleren Jahren mit einem mürrischen Gesicht und Augen, die unter den buschigsten Brauen von ganz London bemerkenswert scharf und interessiert die Umwelt zu mustern verstanden. Mit einem Wort: Es handelt sich um Chefinspektor Bill Cromwell von Scotland Yard. Nur selten fand man Cromwell in liebenswürdiger Stimmung. Er hasste jeden Bürokratismus und war dafür bekannt, dass er sich bei seiner Arbeit nicht immer an die Buchstaben der Dienstvorschrift hielt. Diese Tatsache verheimlichte er keineswegs. Normalerweise hätte die Art seiner Ermittlungsführung längst zur Entlassung führen müssen, aber da er stets Erfolg hatte, kümmerten sich seine Vorgesetzten nicht darum und ließen ihn ungeschoren.

Seine Assistenten wechselten ständig. Keiner hielt es lange bei ihm aus. Unerbittlich gegen sich selbst, verlangte er dasselbe von seinen Untergebenen. Johnny Lister arbeitete als erster schon länger als ein Jahr mit ihm zusammen. Selbst mit Leib und Seele Detektiv, verstand er Cromwells Art. Die beiden gaben ein ausgezeichnetes Gespann ab. Wegen ihrer erfolgreichen Zusammenarbeit wurden sie als Vorbild für die anderen Beamten im Yard hingestellt. Übrigens war Johnny kein gewöhnlicher Polizeibeamter. Als Sohn von General John Everett Lister hatte er viele Verbindungen zur Aristokratie, ganz zu schweigen von dem beträchtlichen Vermögen, das ihm manche Annehmlichkeit verschaffte. Dazu gehörte auch sein für einen Detektivsergeanten ziemlich luxuriöser Sportwagen.

Johnny hätte sich gut und gerne eine eigene Wohnung leisten können, aber er zog es vor, zusammen mit Cromwell in einem zwar bescheidenen, aber urgemütlichen Appartement in der Victoria Street zu hausen. Sie waren beide unverheiratet. Cromwell galt als völlig eingefleischter Junggeselle. Bei Johnny hingegen bestand immer noch die Gefahr, dass er sich verlieben würde, wenn ihm das richtige Mädchen über den Weg lief. Trotz ihrer verschieden gearteten Temperamente kamen sie gut miteinander aus. Für einen Außenstehenden musste der Ton, in dem sie miteinander umsprangen, grob – ja, geradezu beleidigend klingen. In Wirklichkeit war diese raue Art nur ein Beweis ihrer herzlichen Freundschaft.

»Ausgerechnet diese mondäne Bude musst du dir aussuchen, Ironsides«, murrte Johnny und betrachtete seinen Begleiter missmutig. »Du weißt doch genau, was das für ein

Nepp ist. Hier bezahlst du drei Pfund für ein Souper, das ganze fünf Schilling wert ist.«

»Du vergisst dabei die luxuriöse Aufmachung und die vornehme Gesellschaft«, widersprach Ironsides. »Das muss man eben mit bezahlen.«

»Hör auf! Du bist bestimmt nicht wegen der *luxuriösen Aufmachung* oder der *vornehmen Gesellschaft* hierhergekommen. Du bist dir doch hoffentlich darüber im Klaren, dass wir allein fünf Schilling Trinkgeld geben müssen?«

»Das stört mich nicht weiter. Du bezahlst ja.«

»Wenn wir wenigstens in die *Atombombe* oder die *Eidechse* gegangen wären«, jammerte Johnny weiter. »Ich kann dafür garantieren, dass wir in der *Atombombe* innerhalb von fünf Sekunden fünf Ganoven entdeckt hätten. Vielleicht auch den einen oder anderen brauchbaren Hinweis erhalten... Aber hier« – er machte eine wegwerfende Geste mit seiner Zigarette –, »hier siehst du nicht einen einzigen Gauner.«

An dieser Stelle muss eingefügt werden, dass Johnny – wie bereits angedeutet – eine besondere Schwäche für etwas zweifelhafte Nachtlokale hatte. Der Besuch dieser Stätten bereitete ihm zwar kein persönliches Vergnügen – er war ein durch und durch anständiger junger Mann –, aber in beruflicher Hinsicht glaubte er dort viel lernen zu können. Die Elefantenbar hatte er heute zum ersten Mal betreten. Sie war ihm zu vornehm, zu exklusiv. Hier verkehrten nur die oberen Zehntausend, und darum glaubte er, hier nichts verloren zu haben.

»Ich verstehe das Ganze einfach nicht«, wiederholte er stirnrunzelnd. »Wir kutschieren seelenruhig durch die Piccadilly nach Hause, und plötzlich fährst du wie von der Tarantel gestochen auf und lässt mich wenden. Nach ein paar hundert Metern soll ich langsam einem alten Lieferwagen folgen, schließlich muss ich parken, und du schleppst mich hierher. Warum also?«

»Das wirst du gleich sehen. Ich hoffe es wenigstens«, brummte Cromwell. »Wie steht's übrigens mit etwas Trinkbarem?«

»Ich werde ein Glas Bier bestellen, wenn es unbedingt sein muss. Ich möchte dir aber gleich sagen, dass es mindestens fünf Schilling kosten wird.« Er drehte sich um und winkte dem Kellner – gerade rechtzeitig, um festzustellen, dass etwas Bemerkenswertes geschah. Sämtliche Türen wurden aufgerissen, und innerhalb von wenigen Sekunden war das Lokal von uniformierten Polizeibeamten besetzt. Die Musik brach mit schrillem Ton ab. Von verschiedenen Seiten kamen erschreckte und protestierende Ausrufe.

»Hallo!«, rief Johnny und blickte Cromwell fest an. »Deshalb also?«

»Vielleicht.«

»Alter Halunke! Du musst also von dieser Razzia gewusst haben, sonst wären wir nicht hier. Warum allerdings ein einigermaßen vernünftiger Mensch in ein Nachtlokal geht, um sich eine Razzia anzusehen, geht über meinen Verstand. Du wirst geschmacklos, Old Iron. Wegen einer so alltäglichen, albernen Angelegenheit hierherzukommen!«

Cromwell antwortete nicht. Ganz ohne Absicht wurde Johnny Lister neugierig. Irgendetwas stimmte hier nicht. Eine Razzia in der Elefantenbar hätte er nie im Leben erwartet, ganz besonders nicht um diese Stunde. Offiziell durften ja noch für mindestens eine halbe Stunde alkoholische Getränke ausgeschenkt werden. Darum musste diese Razzia sinnlos sein – wenn die Polizei nicht einen langgesuchten Verbrecher festnehmen wollte.

Johnnys Gesicht hellte sich auf. Möglich, dass er Cromwell Unrecht getan hatte. Die Verwirrung der Gäste machte ihm Spaß. Mit diebischem Vergnügen vernahm er das aufgeregte, ärgerliche Geflüster vom Nebentisch, an dem eine vornehme Familie saß. Sein Blick schweifte weiter durch den Raum. Mindestens drei der anwesenden Damen hatten sich in eine Ohnmacht gerettet, und zwei ältere Herren schienen einem Schlaganfall nahe.

»Watkins, bewachen Sie diese Ausgänge! Wenn jemand versuchen sollte, sich zu entfernen, nehmen Sie ihn fest!«, befahl die scharfe Stimme des Superintendenten, der die Razzia leitete. »Sutton, Sie besetzen da drüben die Tür. Smithers, Sie sperren den Personalausgang.«

Die Polizeibeamten befolgten die Befehle so rasch und genau, wie man es von ihnen gewohnt war. Johnny hatte das Gefühl, dass man vorher alles gut durchexerziert hatte. Keiner der Beamten machte einen falschen Schritt.

»Meine Damen und Herren, ich bitte diese Störung zu entschuldigen«, wandte sich der Superintendent jetzt mit erhobener Stimme an die Gäste. »Es besteht keinerlei Grund zur Aufregung.«

»Das ist eine Unverschämtheit!«, rief ein großer, sehr weltmännisch wirkender Mann. »Wer gibt Ihnen das Recht, hier gewaltsam einzudringen? Diese Razzien werden. langsam unerträglich. Anständige Leute wissen überhaupt nicht mehr, wann sie noch in Ruhe ausgehen können!«

Von allen Seiten kamen zustimmende Rufe.

»Trotzdem, meine Damen und Herren, muss ich Sie ersuchen, auf Ihren Plätzen zu bleiben«, erwiderte der Superintendent mit entschlossener Miene. »Und Sie, Sir, schweigen jetzt bitte.«

»Jawohl!«, rief der Herr. »Aber zuvor möchte ich Ihnen sagen: Scheren Sie sich zum Teufel!«

»Wenn Sie nicht sofort still sind, Sir, werde ich mich gezwungen sehen, Sie abführen zu lassen«, fuhr der Superintendent ihn wütend an. »Ich darf Sie daran erinnern, dass es ein ernstliches Vergehen ist, die Polizei an der Ausübung ihrer Pflicht zu hindern.«

Ein gedämpfter Proteststurm setzte ein, der schließlich in einem völligen Tumult endete. Johnny Lister amüsierte sich köstlich. Die Atmosphäre wurde richtig. Ironsides musste wohl davon gewusst haben. »Du alter Gauner«, flüsterte er Ironsides zu. »Dieser Superintendent ist wohl ein alter Freund von dir, wenn ich mich nicht täusche?«

»Ich erinnere mich, ihn schon einmal gesehen zu haben, aber dicke Freunde sind wir bestimmt nicht«, brummte Cromwell gedehnt und beugte sich zu Johnny herüber. »Hör gut zu. Lass immer schon deine Muskeln spielen. Ich glaube, es gibt Schwierigkeiten.«

»Schwierigkeiten?« Johnny zwinkerte überrascht. »Für uns?«

»Ja, für uns. Halt also die Augen offen!«

Dem jungen Sergeanten kribbelte es in den Fingern. Er tappte Immer noch im Dunkeln, was die Ursache dieses überraschenden Abenteuers anbetraf, aber jetzt glaubte er unbedingt, dass hier eine dicke Sache im Gang war. Mit größtem Vergnügen beobachtete er den Fortgang der Aktion. Ironsides musste zweifellos wissen, was dahintersteckte.

Die energischen Worte des Superintendenten hatten zwar bei den Anwesenden noch mehr Verärgerung ausgelöst, andererseits aber jeden Widerspruch erstickt. Niemand verspürte Lust, festgenommen und abgeführt zu werden. Sollten diese verflixten Polizisten also endlich ihre Aufgabe durchführen und dann verschwinden!

»Fertig?«, fragte der Superintendent barsch. »Alle Türen besetzt? Jeder auf seinem Posten?«

»Jawohl, Sir!«, kam die prompte Antwort.

»Okay, Boys!«, befahl der Superintendent und griff in seinen Uniformrock. »Anfängen!«

Cromwells Rechte fuhr verstohlen unter den Tisch und tippte gegen Johnnys Knie.

»Noch nicht«, flüsterte er. »Lass sie noch gewähren.«

Obwohl der Sergeant auf allerhand gefasst war, blieb ihm jetzt vor Überraschung der Mund offenstehen. Jeder Polizist, einschließlich des Superintendenten, zog plötzlich eine automatische Pistole. Mit einer Präzision, die gründlichste Übung verriet, wurden die Leute an sämtlichen Tischen in Schach gehalten.

»Meine Damen und Herren, ich glaube, dass wir Ihnen gegenüber deutlich im Vorteil sind«, ertönte jetzt die überraschend liebenswürdige Stimme des Superintendenten. »Nehmen Sie die Hände hoch – und zwar so hoch wie möglich. Jeder, der die kleinste Bewegung macht oder zu schreien beginnt, wird umgelegt!«

Er lud seine Pistole durch. Das klickende Geräusch durchbrach die gespannte Stille.

Der Manager des Lokals – ein untadelig gekleideter Schweizer namens Jorgens, den Cromwell gut kannte – bahnte sich impulsiv einen Weg nach vorn.

»Das ist keine Polizeirazzia«, schrie er mit vor Ärger verzerrtem Gesicht. »Das ist keine Polizei! Mein Gott, es sind die Gate Boys!« Die letzten Worte kamen ihm völlig entgeistert über die Lippen. Den meisten Anwesenden sagten sie allerdings nichts, aber Johnny zuckte zusammen. Er blickte kurz zu Cromwell hinüber, der fast unmerklich mit dem Kopf nickte.

»Was?«, flüsterte Johnny. »Also so ist das!«

Er saß mit offenem Mund da und wirkte genauso ängstlich wie die übrigen Gäste. Er folgte Cromwells Beispiel, der einen mehr als furchtsamen Eindruck machte. Ein in der

Nähe stehender, als Polizist verkleideter Gangster beachtete ihren Tisch kaum.

»In drei Minuten ist alles vorbei«, fuhr der Superintendent mit geschmeidiger Stimme fort. »Kein Grund zur Aufregung, meine Verehrtesten. Es wird niemandem ein Haar gekrümmt. Legen Sie schön Ihren Schmuck und die Brieftaschen vor sich auf den Tisch.« Niemand weigerte sich. Es wäre auch angesichts dieser mit gezogenem Revolver dastehenden Verbrecherbande sinnlos gewesen. Mit nervösen Fingern legten die Damen ihre Ringe, Halsbänder und sonstigen Schmuck ab. Die Herren fluchten leise vor sich hin, holten aber ebenso gehorsam ihre Brieftaschen heraus.

Johnny Lister faszinierte der reibungslose Verlauf dieses Raubüberfalls. Besonders der Anführer der Bande interessierte ihn – der große, soldatische Mann in der Uniform eines Polizeisuperintendenten. Er stand etwas abseits von den übrigen. Wachsam und mit größter Vollendung dirigierte er das Unternehmen. Seine Augen waren von einer Bläue, wie Johnny sie noch nie gesehen hatte. Sie blickten durchdringend und schienen die Opfer zu hypnotisieren. Die Nase des Mannes war auffallend breit, die Zähne standen leicht vor. Ein kraftvolles Gesicht, das man so leicht nicht vergessen konnte. Johnny registrierte jede Einzelheit und prägte sich die Züge genau ein.

»Los, Johnny!«, murmelte Cromwell plötzlich.

Die Verbrecher hatten die Anwesenheit der beiden Yard-Beamten nicht bemerkt. Aber jetzt lenkte Cromwell alle Aufmerksamkeit auf sich. Mit einer blitzschnellen Bewegung sprang er auf, trat dem ihm am nächsten stehenden Banditen in die Knöchel und stellte ihm gleichzeitig ein Bein. Als der Bursche strauchelte, entriss er ihm die Pistole und wirbelte sie am Abzugsbügel mit der Geschicklichkeit eines alten Cowboys um den Finger,

»Hände hoch – alle miteinander!« Ironsides' Stimme durchschnitt die Stille wie ein Peitschenknall.

Er hätte keine ungeschickteren Worte wählen können, wie die Ereignisse gleich zeigen werden. Sein Befehl galt ausschließlich den Gate Boys, und die starrten ihn – vom falschen Superintendenten angefangen bis hinunter zum letzten Mann – völlig verdutzt an.

»Zum Teufel, was soll das!«, brüllte der Blauäugige.

»Du bist doch wohl nicht blind, wie?«, schnauzte Cromwell zurück. »Wir zwei können es genauso gut wie ihr, mein Freund!«

Er hätte sich auch diesmal gewählter ausdrücken sollen, aber er hatte im Augenblick keine Zeit, seine Worte zu überlegen, wie spätere Kritiker auch zugeben mussten. Und was anschließend geschah, musste ebenfalls zu Missverständnissen führen.

Krach! Cromwells Pistole blitzte auf, und die Waffe des Bandenchefs flog an die Wand.

»Ich habe Sie gewarnt!«, fauchte der Chefinspektor wütend »Wenn noch einer sehen will, ob ich treffen kann, dann immerzu! Nein? All right – dann werft die Waffen weg!«

»Und zwar ein bisschen dalli!«, wurde er von Johnny unterstützt.

Cromwells entschlossene Haltung schüchterte die Gate Boys völlig ein. Keiner wagte sich dem drohend aussehenden Yard-Beamten zu widersetzen. Dumpf polterten die Pistolen zu Boden. Cromwells entschiedenes Auftreten hatte die Gangster restlos besiegt.

Johnny sammelte die Waffen ein und stapelte sie auf einen Tisch. Leute, die nicht gewöhnt waren, mit Feuerwaffen umzugehen, ergriffen die Pistolen und fuchtelten wild damit herum. Nur wie durch ein Wunder ging kein einziger Schuss los.

»He, liegenlassen«, brüllte Johnny, als er bemerkte, was vor sich ging. »Lassen Sie diese Herumalberei mit den Pistolen!«

Seine Stimme wurde übertönt von dem Geschrei einer Gruppe milchgesichtiger Jünglinge. Die Burschen mochten sich hier zu einem Klassentreffen versammelt haben und schienen vom Ehrgeiz besessen, besonders heldenhaft und geistesgegenwärtig zu handeln. Unglücklicherweise waren sie zu dem Schluss gelangt, Cromwell und Johnny seien ebenfalls Ganoven, die die Situation auf ihre Art auszunutzen gedachten. Wenn junge Leute schon zu denken beginnen, kann natürlich nicht viel Gescheites herauskommen.

»Schnappt die beiden, dann haben wir alle zusammen!«, brüllten sie los.

Natürlich hatte Cromwells anfängliches: »Hände hoch – alle miteinander!«, dieses Missverständnis ausgelöst. Dazu noch jene verfängliche Bemerkung: »Wir zwei können es genauso gut wie ihr!«, und schließlich sein rücksichtsloses Auftreten, das die falschen Schlussfolgerungen vervollkommnete.

Drei der jungen Burschen fielen über den Chefinspektor her, ehe der überhaupt ahnen konnte, was vor sich ging. Mit einem gewaltigen Krach stürzte er der Länge nach hin. Johnny, der ihm zu Hilfe eilen wollte, wurde im gleichen Augenblick zu Boden geschickt. Ein berühmter Rugbyspieler, dessen Gehirn sich offensichtlich in den Füßen befand, hatte sich in bewährtem Stil auf ihn gestürzt.

Die weitere Entwicklung dieser unprogrammgemäßen Rauferei ließ sich leicht voraussehen. Cromwells Faust traf den Schädel eines übereifrigen Mannes, und Johnny konnte ebenfalls ein paar Boxhiebe landen. Inzwischen aber machten sich die Gate Boys still und heimlich aus dem Staub. Ohne Waffen fühlten sie sich nicht länger Herr der Lage, und darum nützten sie die allgemeine Verwirrung, um durch die verschiedenen Ausgänge zu verschwinden.

»Ihr verdammten Idioten!«, brüllte Johnny, schob sich ein paar Schuhsohlen aus dem Gesicht und kämpfte sich wieder auf die Füße. »Ihr habt alles restlos verdorben! Wir sind wirklich von der Polizei!«

»Ja, das stimmt!«, rief der Manager und bahnte sich einen Weg durch die Menge. »Ich kenne den Herrn genau. Er ist der berühmte Mr. Cromwell von Scotland Yard.«

»Zu spät, mein Freund«, winkte Ironsides mürrisch ab und klopfte sich den Staub von den Hosen. »Wirklich schade, dass ihr Jungs so impulsiv wart!«

Ringsum klappten die Kinnladen nach unten. Cromwell achtete nicht auf die gestammelten Entschuldigungen, sondern marschierte mit langen Schritten zum nächsten Ausgang.

»So eine Schweinerei, Old Iron«, schimpfte Johnny. »Aber immerhin hast du den Überfall vereitelt. Die Gate Boys, wie? Das erste Mal, dass wir sie gesehen haben.«

»Sie gehören in Hammertons Ressort – nicht in unseres«, knurrte Cromwell. »Gefährliche Burschen. Die schlimmste Gangsterorganisation, die es seit Jahren in London gegeben hat.«

»Aber woher wusstest du...? Wer hat dir den Tipp gegeben, dass die Brüder ausgerechnet die Elefantenbar überfallen würden?«

»Niemand hat mir einen Tipp gegeben. Ich las lediglich das Nummernschild des alten Lieferwagens, als wir Piccadilly entlangfuhren. Polizeiliche Kennzeichen sind ja ein Hobby von mir, wie du weißt. Zunächst schien mir das Nummernschild nicht weiter verdächtig. Aber dann ereignete sich einer dieser seltsamen Zufälle. Wir waren noch keine fünfhundert Meter weitergefahren, als du einen alten Austin überholen wolltest.«

»Ich verstehe nicht ganz...«

»Beide trugen merkwürdigerweise das gleiche polizeiliche Kennzeichen – der Austin und der Lieferwagen«, brummte Ironsides und blickte interessiert die Straße entlang. »Der alte Austin war staubig wie nach einer langen Fahrt. Ein Mann, eine Frau und ein Kind saßen darin. Zweifellos musste das Kennzeichen echt sein. Bei den augenblicklichen Überfällen und Schwarzmarktgaunereien ist ein geschlossener Lieferwagen hingegen immer verdächtig. Besonders so spät in der Nacht. Und ein Lieferwagen mit falschem Kennzeichen und durchgebogenen Federn verdient unbedingt Beachtung. Deshalb bat ich dich, zu wenden und zurückzufahren.«

»Donnerwetter!« Johnny schaute bewundernd zu seinem Chef auf.

»Da sind sie«, zischte Cromwell wütend. »Dort vorne klettern sie in den Lieferwagen, und wir müssen Zusehen! Warum ist Hammerton immer noch nicht da?«, fügte er ungeduldig hinzu und beobachtete aufmerksam die Gangster. »Du erinnerst dich wohl, Johnny, dass ich dich anwies, langsam hinter diesem Lieferwagen herzufahren. Plötzlich bog er zur Seite, und ein Mann sprach mit dem Fahrer – gerade in dem Augenblick, als wir ihn überholten. Ich erkannte diesen Mann als ein Mitglied der Gate Boys, und als ich das Wort *Elefantenbar* aufschnappte, sagte ich mir, dass es ganz interessant sein müsste, dort einmal einen Besuch abzustatten. Es war alles ganz einfach, wie du siehst.«

»Freilich, ganz einfach!«, echote Johnny trocken. »Ich habe den Kerl nicht gesehen und erst recht nicht gehört. Deine Ohren müssen ja...«

»Hier sind sie, aber zu spät!«, knurrte Ironsides, als ein paar Überfallwagen angerast kamen. »He!«, brüllte er und sprang rücksichtslos vor den ersten Wagen. »Dieser Lieferwagen! Dort! Er fährt gerade ab. Die Gate Boys. Hinterher!«

Der Polizeioffizier zögerte keine Sekunde. Er hatte Cromwell erkannt und nickte kurz. Die beiden schweren Wagen rasten davon.

»Eine Minute zu spät!«, brummte Cromwell stirnrunzelnd. »Ich wollte die Bande unbedingt bis zum Eintreffen Hammertons in Schach halten.«

Johnny Lister nickte. Er verstand jetzt, warum Cromwell beim Betreten der Elefantenbar zunächst noch in die Telefonzelle verschwunden war.

Zweites Kapitel

Ein drittes Polizeiauto kam mit enormer Geschwindigkeit herangerast, hinter dem Steuer ein Mann mit verbissenem Gesicht. Dem außerordentlich geschickten Fahrer gelang es, die Überfallkommandos zu überholen.

»Das war Hammerton selbst.« Cromwell schnalzte mit der Zunge. »So ein Esel! Er ist viel zu kostbar für uns, um selbst auf Banditenjagd zu gehen. Er wird nur den Wagen zum Teufel fahren und selber dran glauben müssen, wenn er nicht vorsichtiger ist!«

»He! Was stehen wir eigentlich herum?«, rief Johnny plötzlich und setzte sich in Bewegung. »Da steht mein Wagen. Los, Old Iron. Bei dem Spaß wollen wir mit dabei sein.«

Er zerrte Ironsides über die Straße zu seinem Alvis. Der Chefinspektor schien absolut keine Lust zu haben, in ein aller Voraussicht nach wüst ausgehendes Abenteuer verwickelt zu werden. Aber er fand sich neben Johnny im Auto, ehe er recht wusste, wie ihm geschah.

»Sie sind nicht mehr zu sehen«, stieß der Sergeant verbissen hervor, während er startete. »Haben einen zu großen Vorsprung. Zu ärgerlich, Old Iron. Wenn wir die Burschen nur noch zwei Minuten hätten aufhalten können, wäre Hammerton der fetteste Fang des Jahres gelungen. Nicht deine Schuld, du hattest alles prächtig eingefädelt.«

»Bis diese Schafsköpfe dazwischenfunkten und meinen so schön improvisierten Plan über den Haufen warfen«, knurrte Cromwell, klammerte sich am Sitz fest und befahl seine Seele dem Allmächtigen. »Nicht so schnell, verdammt nochmal! Willst du mich umbringen? Hammerton mag eine solche Raserei Spaß machen, aber ich bin mehr für ein gemächlicheres Tempo.«

Johnny Lister achtete nicht auf die lamentierenden Worte seines Chefs, sondern beteiligte sich mit heller Begeisterung an der Verfolgungsjagd. Brüllend schoss der Alvis durch die nächtlichen Straßen des West End.

»Dir passiert gar nichts, alter Angsthase«, sagte er respektlos, während er seinen Wagen laut quietschend auf zwei Rädern eine Kurve nehmen ließ. »Außerdem kann es nicht lange dauern. Dieser klapperige alte Lieferwagen wird nicht weit kommen.«

»Du hast wohl deinen Verstand zu Hause gelassen«, unterbrach Ironsides ihn wütend. »Eigentlich solltest du wissen, dass diese Gangster in ihren klapperig aussehenden Wagen außerordentlich starke Motoren eingebaut haben! Mir gefällt das Ganze nicht, Johnny. Die Gate Boys sind gefährlich. Außerdem müssen sie jetzt ziemlich verzweifelt sein.«

»Du meinst, sie werden schießen?«

»Bevor sie sich schnappen lassen, werden sie losballern, ohne mit der Wimper zu zucken. Wenn Hammerton wirklich die Spitze übernommen hat, ist er ein Narr. Blinder Eifer schadet nur!«

Johnny teilte diese Meinung nicht ganz. Im Gegenteil bewunderte er die draufgängerische Art Superintendent Hammertons. Sicher darum, weil er selbst so temperamentvoll veranlagt war. Hammerton kannte er flüchtig. Er leitete die Sonderkommission G. 2. Der Chief Commissioner von Scotland Yard hatte in dieser Sonderabteilung besonders ausgewählte Beamte zusammengezogen, die mit den Verbrecherbänden, Schwarzhändlern und desertierten Armeeangehörigen reinen Tisch machen sollten. Seit Kriegsende waren Hammerton und seine Leute ziemlich beschäftigt gewesen. Johnny wusste, dass der Superintendent die Gate Boys – die Notting Hill Gate Boys, wie sie richtiger hießen – unter allen Umständen ausmerzen wollte. Diese jugendlichen Gangster hatten unter einem gerissenen Bandenchef im Londoner West End ein Verbrechen nach dem anderen verübt. Ihre Überfälle wurden immer dreister. Sie setzten sich rücksichtslos über Recht und Gesetz hinweg. Es bestand sogar begründeter Verdacht, dass sie schon mehrere Morde auf dem Gewissen hatten.

Während der Alvis mit ungefähr hundert Stundenkilometern über den Piccadilly Circus raste, machte Cromwell sich ernstlich Sorgen. Weniger um sich selbst als um Hammerton, der inzwischen die Spitze übernommen hatte.

Mit eisernem Griff umklammerte Johnny Lister das Steuer. Er schnitt auf kürzeste Entfernung einen Bus und bog mit quietschenden Reifen in Piccadilly ein. Er wollte unbedingt die Überfallkommandos überholen, um sich an die Spitze der wilden Jagd zu setzen. Genau wie Ironsides befürchtete er jetzt, dass Hammerton in sein Verderben raste.

Der tollkühne Superintendent selbst hegte keine derartigen Befürchtungen. Er hatte stählerne Nerven und schon längst auf die Gelegenheit gewartet, dieser Bande den Garaus zu machen. Entschlossen trat er das Gaspedal durch und fuhr wie der leibhaftige Teufel. Die rücksichtslose Geschwindigkeit des verfolgten Lieferwagens und das Sirenengeheul der Überfallkommandos bewiesen deutlich genug, was sich abspielte. Die Straßen lagen wie leergefegt, nur auf dem Bürgersteig blieben die Passanten neugierig stehen – ein solches Schauspiel bekam man in London nicht jeden Tag zu sehen. Die Gangster hupten nicht nur ununterbrochen, jetzt öffneten sie auch noch die Auspuffklappe und donnerten wie ein wild gewordenes Rennauto vorbei. Dicht hinter ihnen lag Hammertons Wagen, dem die großen Überfallkommandos folgten.

Cromwells Vermutung erwies sich als richtig. Der alte klapperige Lieferwagen fuhr jetzt weit über hundert Stundenkilometer – er musste also einen außerordentlich starken Motor haben. Dass Cromwells weitere Befürchtungen ebenfalls eintraten, zeigten die nachfolgenden Ereignisse. Es geschah bestürzend schnell.

Hammerton beabsichtigte, den Lieferwagen zu überholen und dann zum Anhalten zu zwingen. Er wusste seine Leute dicht hinter sich, zum sofortigen Eingreifen bereit. Als er gerade zum Überholen ansetzte, öffneten sich die Hintertüren des Gangsterautos. Es blitzte vor ihm auf, und die Windschutzscheibe schien plötzlich von einem dichten Spinnennetz bedeckt. Drei oder vier Kugeln hatten sie durchschlagen. Sicherheitsglas ist noch lange nicht kugelsicher... Hammerton sank über dem Steuer zusammen, sein Fuß drückte das Gaspedal durch. Ein gutgezielter Kopfschuss hatte ihn getötet.

Sein Wagen geriet ins Schleudern. Was das bei dieser Geschwindigkeit bedeutete, kann man sich unschwer ausmalen. Er holperte schräg über die Straße und schoss anschließend in ein breitausladendes Schaufenster hinein. Wie durch ein Wunder standen gerade keine Passanten in der Nähe. Mit dem Lärm einer detonierenden Bombe prallte der Wagen auf.

Die dicht folgenden Überfallkommandos bremsten scharf ab. Nur der großen Geschicklichkeit der Fahrer war es zu verdanken, dass kein weiteres Unglück geschah. Trotzdem ließ es sich nicht vermeiden, dass sie krachend zusammenstießen. Fest ineinander gekeilt kamen sie endlich an der Bordkante zum Stehen – glücklicherweise ohne umzustürzen. Johnny Lister wollte gerade überholen – geistesgegenwärtig riss er den Alvis schräg über die Straße und entkam nur mit knapper Not dem Verderben. Dem jungen Sergeanten stand der Angstschweiß auf der Stirn, als sein Wagen endlich stand. Aufregungen und Abenteuer faszinierten ihn sehr, aber die letzten drei Minuten hatten ihn für mindestens einen Monat versorgt. Ironsides taumelte wie ein Betrunkener aus dem Wagen und erklärte wütend, dass diese Fahrt ihm zehn Jahre seines Lebens gekostet, und wenigstens weitere fünftausend graue Haare eingebracht hätte.

Die Gate Boys hatten abermals gesiegt. Ehe die Überfallwagen aus ihrer Verkeilung gelöst werden konnten, war das Banditenauto über alle Berge. Später wurde es dann verlassen in einer stillen Seitenstraße in Kensington gefunden.

Zunächst nahm man an, Hammerton sei auf schreckliche Weise bei lebendigem Leibe verbrannt. Sein Wagen war bei dem Aufprall explodiert, der ganze Ladenraum stand in Sekundenschnelle in hellen Flammen, ehe auch nur jemand daran denken konnte, ihn herauszuzerren. Die Feuerwehr erschien in Rekordzeit und löschte den Brand, bevor größerer Schaden entstehen konnte. Als die traurigen Überreste des Autos untersucht wurden und die Ärzte feststellten, dass Hammerton bereits durch einen Kopfschuss getötet worden war, atmete man trotz allem erleichtert auf.

»Das ist wirklich ein Jammer, Old Iron«, murmelte Johnny Lister und wischte sich den Ruß aus den Augen. Sie starrten beide in die Flammen. »Der arme Hammerton!«

»Er wollte es ja nichts anders«, brummte Cromwell. »Besser als jeder andere hat er gewusst, wie rücksichtslos diese Schurken sind. Wenn jetzt nicht drastische Maßnahmen ergriffen werden, bekommen sie die Oberhand. Ich hatte gleich das Gefühl, dass Hammerton Selbstmord beging.«

»Er war unbelehrbar«, sagte der Fahrer eines der Überfallwagen verbittert und mit kalkweißem Gesicht. »Er wusste genau, dass die Schufte bewaffnet waren. Warum konnte er uns nicht die Sache überlassen? Stattdessen setzte er sich uns vor die Nase und hinderte uns am Schießen!«

»Er war außerordentlich tüchtig, Ihr Superintendent, nur leider zu eifrig«, erwiderte Ironsides ruhig. »Zu draufgängerisch. Seine Aufgabe war es, die Aktion zu leiten und nicht sich selbst an die Spitze zu setzen. Der Yard hat einen seiner besten Leute verloren.«

»Und G. 2 steht ohne Chef da«, meinte der Fahrer besorgt. »Wer weiß, wen wir jetzt kriegen. Dürfte schwer sein, jemanden zu finden, der dieser Aufgabe gewachsen ist.«

Am nächsten Morgen brachte die Londoner Presse den Vorfall in sensationeller Aufmachung. Fette Schlagzeilen sorgten dafür, dass die Zeitungen den Verkäufern förmlich aus den Händen gerissen wurden. *Hoher Polizeioffizier von Gangstern ermordet.* Da die Bande ohne brauchbare Spuren entkommen war, fielen die Kommentare entsprechend kritisch aus. Allgemein herrschte das bedrückende Gefühl, die Polizei habe eine Schlappe erlitten und dieses letzte Verbrechen bedeute den endgültigen Triumph der Gangster.

Wie soll sich da ein anständiger Bürger noch sicher fühlen können – fragte eine der Zeitungen. Bestand überhaupt noch eine Möglichkeit, die Öffentlichkeit vor solchen Verbrechern zu schützen? Das Londoner West End scheine tatsächlich dem Chicago in den Tagen der Prohibition zu gleichen. Eine Zeitung machte sogar auf gewisse Parallelen aufmerksam: In Chicago habe das Alkoholverbot die Entstehung von Gangsterbanden begünstigt – in London böte gegenwärtig der schwarze Markt die gleichen Startbedingungen. – Journalistische Haarspalterei, gewiss – aber ein Körnchen Wahrheit war daran nicht zu verkennen.

Feststand jedenfalls, dass die Londoner Banditen seit einiger Zeit immer dreister vorgingen: Überfälle am hellen Tag, unzählige Autodiebstähle, verwegene nächtliche Einbrüche in Geschäftshäuser und Banken! Die Existenz eines Polizeiapparates wurde völlig ignoriert. Scotland Yard – vor allem die Sonderkommission G. 2 – arbeitete Tag und Nacht. Bisher ohne Erfolge, die der Mann auf der Straße anerkannt hätte. Letzteres war möglicherweise auch der Grund dafür, weshalb Hammerton diese rücksichtslose Verfolgungsjagd unternommen hatte. Wahrscheinlich wollte er nicht länger als Niete gelten. Seine Mitarbeiter wussten seine Fähigkeiten durchaus zu schätzen, aber die breite Öffentlichkeit musste in ihm einen nicht sehr begabten Beamten sehen.

»Zweifellos wird Bert Summers der neue Chef von G. 2«, meinte Bill Cromwell am nächsten Morgen. »Er ist schon seit Monaten Hammertons rechte Hand.«

»Inspektor Summers?« Johnny zweifelte daran. »Ist meines Erachtens zu bürokratisch. G. 2 braucht einen Mann, der eigene Initiative entwickelt und auf die Dienstvorschriften pfeift. Kurz gesagt, Old Iron – ein Mann wie du!«

Prophetische Worte: Zehn Minuten später wurde Cromwell dringend zu Oberst Lockhurst – dem Assistant Commissioner – gerufen.

»Nehmen Sie Platz, Chefinspektor«, begrüßte ihn der Oberst förmlich. »Ich hatte eben eine Konferenz mit dem Commissioner und dem Innenminister. Wie bestürzt wir über Hammertons Tod sind, brauche ich Ihnen wohl nicht zu sagen. Eine furchtbare Geschichte! Well, ich will nicht lange drum herumreden. Wir möchten, dass Sie die Abteilung G. 2 übernehmen.«

»Irgendwelche Vorbehalte, Sir?«

»Was meinen Sie damit?«

»Sie kennen mich, Sir«, erwiderte Ironsides zurückhaltend. »Wenn ich diese Aufgabe übernehmen soll, muss ich völlig freie Hand haben.«

»Oh, selbstverständlich bekommen Sie Handlungsfreiheit«, sagte Lockhurst trocken. »Wir kennen Sie, Cromwell. Und eben darum haben wir Sie für diesen Posten vorgesehen. Wir wissen genau, dass diese Spezialaufgabe nur von einem Mann bewältigt werden kann, der mit allen Mitteln durchgreift – von einem Mann wie Sie. Samthandschuhe kann man bei dem Geschäft nicht brauchen, aber blinder Eifer schadet nur, wie uns der arme Hammerton bewiesen hat. Summers, der eigentlich den Posten hätte erhalten müssen, ist noch weniger zu gebrauchen. Ich nehme an, Sie verstehen mich?«

»Wenn Sie damit sagen wollen, dass Sie einen Mann brauchen, der sich nicht um die Dienstvorschriften kümmert und eigene Initiative entwickelt – ja, dann verstehe ich Sie«, erwiderte Cromwell grob.

»Hm! Warum gleich so drastische Worte...?«

»Sir irren, Sir«, unterbrach Ironsides ihn wenig respektvoll. »Ich möchte von Anfang an jedes Missverständnis vermeiden. Wenn ich diese Aufgabe übernehme, dann übernehme ich sie ohne jede Einschränkung. Das Vertrauen der Öffentlichkeit schwindet immer mehr. Die Zeitungen machen uns die Hölle heiß. Jetzt muss mit eisernem Besen gekehrt werden – ohne dass man mir von irgendeiner Seite Vorschriften macht. Die Gate Boys sind nicht die einzigen, die mit dem Gesetz Schindluder treiben. Es gibt noch andere Banden, und manche halte ich noch für weit gefährlicher und rücksichtsloser. Geben Sie mir vollkommen freie Hand, und ich werde Resultate bringen.«

»Das habe ich Ihnen doch bereits zugesagt«, brummte der Oberst beschwichtigend. »Wir sprechen am besten nicht weiter darüber, Cromwell. Sie übernehmen die Aufgabe und lösen sie auf Ihre Art. In Anbetracht der Schwierigkeit werden Sie mit außergewöhnlichen Vollmachten ausgestattet. Ihre Besoldung wird ebenfalls entsprechend aufgebessert. Ich möchte vorschlagen, dass Sergeant Lister auch in Ihrem neuen Aufgabenbereich bei Ihnen bleibt.«

Bill Cromwell und Johnny Lister verließen also ihr altes Ressort und übernahmen die Abteilung G. 2. Die Abendzeitungen brachten die Ernennung in großen Schlagzeilen: *Cromwell vom C. I. D. wird mit den Gangstern aufräumen – Ironsides vom Yard übernimmt das Kommando* und so weiter. Einige besonders findige Journalisten wiesen sogar auf seinen großen Namensvetter Oliver Cromwell hin, der im 17. Jahrhundert mit seinen *Ironsides* – seiner schweren Reiterei – in England Ruhe und Ordnung wiederhergestellt hatte. Allein dieser Name, so schrieben sie, würde diejenigen, die die Metropole des Britischen Weltreiches unsicher zu machen suchten, in Angst und Schrecken versetzen.

Noch am gleichen Nachmittag – die Zeitungen mit den entsprechenden Meldungen waren um diese Zeit noch nicht erschienen – bewies ein Zwischenfall, wie außerordentlich gut der Nachrichtenapparat der Gangster funktionierte. Ironsides und Johnny Lister traten eben nach einem verspäteten Lunch vom Restaurant auf die Straße.

Ein Wochenschaureporter hob seine Kamera ans Auge. Dicht neben ihm stand eine schäbige, schwarze Limousine mit laufendem Motor. Cromwell handelte blitzschnell.

»Fass den Burschen im Wagen, Johnny«, zischte er. »Ich seh' mir inzwischen die Kamera an.«

Mit einem mächtigen Satz sprang er auf den Reporter zu, peinlich bemüht, sich außerhalb des Blickwinkels der Kamera zu halten. Er packte Mann und Kamera mit einem Griff. Gleichzeitig registrierte ein flüchtiger Seitenblick, dass die schwarze Limousine davonschoss, bevor Johnny sie erreicht hatte.

»He, was soll das!«, protestierte der Fotoreporter verdutzt. »Sie sollen in die Wochenschau kommen, Mr. Cromwell...«

»Dagegen hätte ich absolut nichts einzuwenden, aber auf einen Sarg lege ich im Augenblick noch keinen Wert.« Ironsides riss die Kamera auf. »Dacht' ich mir's doch! Sehr klug, mein Lieber. Eine automatische Pistole mit Schalldämpfer! Als Filmkamera getarnt!«

»Großer Gott!« Johnny schien ziemlich entgeistert zu sein.

»Dass Sie gerissen sind, Cromwell, wissen wir. Aber das nächste Mal erwischt Sie's doch«, stieß der falsche Reporter wütend hervor. »Was wollen Sie jetzt tun? Sie können mich doch nicht einbuchten, weil ich mir einen Scherz erlaubt habe?«

»Wenn Sie das einen Scherz nennen, scheinen Sie einen seltsamen Humor zu haben«, brüllte Cromwell ihn an. »Ich werde Sie wegen versuchten Mordes festnehmen. Diese Kamera wird jedes Gericht als Beweis anerkennen.«

Er setzte seine Polizeipfeife an den Mund. Zwei Minuten später wurde der Mann unter dem beifälligen Gemurmel der Passanten von zwei baumlangen Constables zur nächsten Polizeiwache abgeführt.

»Woher wusstest du das, Old Iron?«

»Ich wusste es nicht, Johnny. Aber der Bursche in dieser schäbigen Limousine gefiel mir nicht. Diese Narren – sie haben es viel zu plump angestellt.«

»Keine falsche Bescheidenheit, alter Junge. Hammerton und jeder andere wären glatt darauf hereingefallen. Alle Wetter! Du bist ja wie ein Blitz auf den Kerl losgefahren.«

»Eile tat not, sonst hätte er mich erwischt. Schade, dass sein Komplize auf und davon ist. Das soll kein Vorwurf sein, Johnny – der Bursche merkte leider zu früh, was gespielt wurde. Aber was ich noch sagen wollte«, fügte Cromwell sarkastisch hinzu, »heute Morgen hatte ich eine Unterredung mit den Pressefotographen. Man sagte mir ausdrücklich zu, keine Kameraleute zu schicken. Beim Anblick dieses Wochenschaumannes und seiner Kamera – nun, da hatte ich das bestimmte Gefühl, dass wohl ein Schuss, aber sicherlich kein Schnappschuss kommen würde.«

»Ein teuflischer Trick!«

»Und ohne großes Risiko«, nickte Cromwell grimmig. »Ein ehrenwerter Gentleman sinkt plötzlich auf der Straße zusammen, mit einer Kugel im Kopf. Allgemeine Bestürzung, auch unser Freund mit der Kamera hätte sehr verwundert getan. Wo, um alles in der Welt, soll diese mysteriöse Kugel hergekommen sein...? So würde es sich abgespielt haben, verstehst du?«

»Einfach teuflisch, wie ich schon sagte«, brummte Johnny. »Die haben nicht viel Zeit verloren, wie?«

Auf der Polizeiwache wurden dem Festgenommenen die Gründe für seine Verhaftung genannt, dann führte man ihn ab. Er gab seinen Namen mit Thomas Birch und eine Adresse in Camden Town an – beides erwies sich später als falsch. Seine Fingerabdrücke halfen nicht weiter, sie fanden sich in keiner Kartei.

»Natürlich einer von den Gate Boys?«, erkundigte sich Johnny bei seinem Chef.

»Ich weiß nicht. Ich bin da noch nicht ganz sicher«, antwortete Cromwell nachdenklich. »Aber ich möchte mein bestes Hemd wetten, dass er ein Deserteur ist, der im Krieg für ein Sonderkommando ausgebildet wurde. Damals hatte eine solche Ausbildung einigermaßen Sinn. Zu den Geheimkommandos gehörten nur zähe und rücksichtslose Kerle, die vor nichts zurückschreckten. Aber was sollen diese Burschen jetzt anfangen? Sie haben weiter nichts gelernt, als brutal und unerbittlich zu kämpfen. Eine stattliche Anzahl dieser Leute hat den Weg ins normale Zivilleben nicht zurückfinden können. Sie praktizieren stattdessen, was sie in der Armee gelernt haben. Mit solchen Burschen haben wir es zu tun. Unser Kameramann wird natürlich den Mund halten, und darum wird uns seine Verhaftung nicht viel nützen... Aber vielleicht das hier«, meinte er leise und strich liebevoll über die Filmkamera. »Die bringe, ich jetzt zu Matthews in die ballistische Abteilung. Möglich, dass wir auf diese Weise einen Fingerzeig für die Morde in Hammersmith und Fulham bekommen.«

»Aber, ich verstehe nicht...«

»Zwei prominente Leute wurden auf offener Straße erschossen«, fuhr Cromwell fort. »Das war vor ein paar Wochen bei einer öffentlichen Veranstaltung. Die Kugeln kamen scheinbar aus dem Nichts. Beide Geschosse hatten das gleiche Kaliber. Jedes Mal standen Pressefotographen in der Nähe. Und darum nehme ich an, dass eine genaue Untersuchung dieser mit einer automatischen Pistole versehenen Kamera recht aufschlussreich sein wird. Wenn das Resultat so ausfällt, wie ich vermute, wird Mr. Thomas Birch sich plötzlich einer Mordanklage gegenübersehen.«

»Herrgott! Ich hoffe, du behältst recht, Old Iron! Das wäre ein schneller Erfolg!« Johnny geriet in Begeisterung. »Natürlich, jetzt erinnere ich mich. Das eine Opfer war der Direktor eines großen Transportunternehmens, nicht wahr?

Sie wurden beide erpresst. Und als sie sich weigerten zu zahlen, legte man sie einfach um.«

»Das sind Vermutungen, Johnny. Aber auf Vermutungen wollen wir uns nicht einlassen«, knurrte Cromwell. »Transportunternehmen sagtest du?« Er runzelte die Stirn. »Das könnte stimmen... Erinnerst du dich an diesen Fall vor vier Tagen? Ein riesiges Lastauto mit Textilien im Wert von zehntausend Pfund wurde gestohlen, als der Fahrer in einer Kneipe beim Frühstück saß Und der Lastwagen mit Whiskey, der erst gestern verschwunden ist! Ich habe das Gefühl, dass eine organisierte Bande hinter diesen Raubzügen steckt. Dabei denke ich besonders an einen Mann mit außergewöhnlich blauen Augen.«

»Ah, du meinst den Superintendenten der Gate Boys? Aber sagtest du nicht eben, dass Birch nicht zu der Bande gehört?«

»Das habe ich nicht behauptet. Ich bemerkte lediglich, dass ich da nicht ganz sicher bin.« Er schwieg und zog seine buschigen Augenbrauen zusammen. »Wir werden noch manches erleben, Johnny. Der Überfall auf die Elefantenbar macht mir einiges Kopfzerbrechen. Das Ganze will mir nicht schmecken, irgendetwas scheint nicht echt zu sein. Wir müssen Geduld haben und es gerissen anstellen, dann stoßen wir eventuell auf eine brauchbare Spur. Und inzwischen könnten wir doch eigentlich die anderen einmal ein bisschen an der Nase herumführen. Wie wär's mit einem kleinen Köder?«

»Sei so liebenswürdig und drück dich etwas deutlicher aus. Was meinst du mit Köder?«

»Ich werde ein kleines Gerücht in Umlauf setzen, Johnny. Es wird jeden, der es hören will, darüber unterrichten, dass mein Assistent nicht unempfänglich für Geldgeschenke ist.«

»Ja, nun soll doch...!«

»Solche Gerüchte verbreiten sich ganz von selbst und nehmen an Umfang zu. Besonders in der Unterwelt.« Cromwells Gesicht hellte sich auf. »Da ist zum Beispiel dein Wagen, Johnny.«

»Was ist mit meinem Wagen?«

»Wie soll sich ein Detektivsergeant von seinem Gehalt einen derart kostspieligen Wagen leisten können?«

»Aber du weißt doch ganz genau, dass ich Vermögen habe!«

»Ich schon, aber die Unterwelt?«, fragte Ironsides augenzwinkernd. »Du lebst auf großem Fuß, Johnny. Wenn sich jemand die Mühe machen sollte, dich in deiner Freizeit zu beobachten, wird er das bald feststellen können. Mein Assistent isst nicht in einem gewöhnlichen Restaurant – unter dem Dorchester oder Claridges tut er's nicht! Im Theater sitzt er nicht im Parkett, wie sich das für einen Sergeanten gehört – nein, er nimmt einen Logenplatz für fünfzehn. Schilling.«

»Mit meinem Geld kann ich tun und lassen, was ich mag!«, sagte Johnny kühl. »Es geht dich gar nichts an, wie ich es ausgebe.« Er schwieg plötzlich und lief rot an. »Das hab' ich gern! Donnerwetter ja! Ich fahre dich in meinem Alvis herum, lade dich zu anständigem Essen ein, und dann hast du noch die Stirn, dich darüber zu mokieren!«

»Langsam, alter Junge.« Cromwell hob abwehrend die Hand. »Ich mokiere mich ja gar nicht. Ich stelle nur die Tatsachen fest. Wer von deinem Vermögen nichts weiß, wird es immerhin verwunderlich finden, wieso du derartig viel Geld ausgeben kannst. Und ich meine, daraus könnten wir Kapital schlagen!«

Die beiden Beamten hatten eben das Büro der Polizeistation verlassen und standen nun im trüben Hausflur hinter der Glastür. Johnny blickte gedankenverloren zu seinem Wagen hinüber, der auf der anderen Straßenseite parkte.

»Ich kapiere immer noch nicht, worauf du eigen dich hinauswillst, Old Iron«, meinte er mit einem durchdringenden Blick auf seinen Begleiter.

»Nur ein kleines Gerücht in die Welt setzen, Johnny. Dass du dich blind und taub stellen kannst, wenn der Preis anständig ist.« Cromwell lächelte. »Man soll wissen, dass du gern die Hand aufhältst. Daher auch deine großspurige Lebensweise.«

»Ich nehme also Bestechungsgelder an, wie?«, schnaubte Johnny.

»Natürlich nicht, mein Junge. Nur so ein Gerücht...«

»Zum Teufel mit dir? Jetzt begreife ich endlich, was du im Schilde führst«, fiel Johnny ihm ins Wort. »Das ist also deine großartige Idee! Die Leute sollen wohl mit Fingern auf mich zeigen? Sagen, dass ich ein Gauner bin, wie?«

»Die einzigen, die das tun würden, sind unsere Freunde aus der Unterwelt. Und deren Urteil wird dich kaum berühren. Nach ein paar Wochen könnte möglicherweise etwas sehr Interessantes passieren«, erklärte Ironsides nachdenklich. »Das kann man nie vorhersagen. Solche Gerüchte machen die Runde. Hier wird etwas dazu gemacht, dort ebenfalls, und einer fällt dann schließlich drauf herein. Ich werde doch nicht müßig herumsitzen! Nein, wir werden den Burschen ein bisschen einheizen, damit sie nervös werden. Und wenn dann eines Tages einer von den Bandenchefs zu dir kommen wird und dir eine Stange Geld anbietet, damit du unsere Ermittlungen hintertreibst, dann haben wir, was wir wollen.«

»Warum suchst du dazu ausgerechnet mich aus?« Johnny fand die ihm zugedachte Rolle verständlicherweise wenig sympathisch. »Warum willst du nicht selbst die Hauptperson spielen? Du bist ein großes Tier beim Yard und ich bloß ein kleiner Fisch.«

»Und eben dieser Umstand wird die Gerüchte glaubhaft machen«, meinte Cromwell nachdrücklich. »Leuten in hoher Position traut man es im Allgemeinen nicht zu, dass sie bestechlich sind. Untergeordnete Kräfte sind sehr viel zugänglicher für Geldgeschenke. Dir wird die Unterwelt so etwas zutrauen, mir aber nicht.«

»Verbindlichen Dank!«

Johnny fühlte sich ehrlich gekränkt. Er wandte sich von seinem Begleiter ab, und dabei fiel sein Blick nach draußen. In den Scheiben der Glastür spiegelte sich die Sonne, die beiden Beamten konnten darum von den vorübereilenden Passanten nicht bemerkt werden. Umso ungestörter konnte man von drinnen beobachten, was draußen auf der Straße vor sich ging. Johnny richtete sich plötzlich steil auf und starrte fasziniert auf einen bestimmten Punkt.

»Du brauchst doch nicht gleich wie eine Schießbudenfigur dazustehen«, meinte Cromwell begütigend und betrachtete ihn überrascht. »Was ich dir soeben vorgeschlagen habe, dient einer guten Sache. Es soll ja nur unsere Ermittlungen beschleunigen.«

»Hör endlich auf damit!«, knurrte Johnny und blickte weiter wie hypnotisiert auf die Straße. »Da scheint doch... Well, well! Wie interessant!«

»Was faselst du eigentlich?«

»Ich fasele nicht, Old Iron«, erwiderte der Sergeant bemerkenswert ruhig. »Komm! Ich glaube, wir werden draußen gebraucht.«

Drittes Kapitel

Verwundert sah Cromwell, dass Johnny Lister nicht auf seinen Alvis, sondern auf ein langaufgeschossenes, schäbig gekleidetes Individuum zusteuerte. Der Kerl stand, ein ganzes Stück vom Wagen entfernt, an einen Briefkasten gelehnt und interessierte sich offensichtlich für nichts anderes als den vorbeiflutenden Verkehr.

»Ich glaube, wir kennen uns doch, Kamerad«, sprach Johnny den schlaksigen Burschen leutselig an.

»Wie?« Der andere blickte auf. »Wie bitte, Sir?« Er zuckte die Schultern. »Sie müssen mich mit jemandem verwechseln.«

»Glaube ich kaum. Sie sind doch Kellner in der Elefantenbar?«

»Gewiss, Sir... nein, natürlich nicht«, verhedderte sich der Mann und schien plötzlich unsicher. »Ich, Kellner in der Elefantenbar? Aber nein! Ich war einmal Kellner.«

»Bisschen dünn, mein Freund«, schnitt Johnny Lister ihm das Wort ab und tastete mit flinken Fingern die Kleidung des verdutzt Dastehenden ab. »Du bist Kellner in der Elefantenbar. Ich habe dich gestern Abend höchstpersönlich dort gesehen. Du lungerst hier herum und wartest darauf, dass Mr. Cromwell mit mir zusammen wegfährt, wie?«

»Ich weiß wirklich nicht, wovon Sie reden, Chef«, stotterte der andere eifrig. »Warum fühlen Sie meine Taschen ab? Wer ist Mr. Cromwell?« Plötzlich schien er sich zu erinnern. »Ach, ist das der, von dem die Zeitungen reden?«

»Ich kann nicht beurteilen, ob du ein guter Kellner bist, aber ein hundsmiserabler Schauspieler bist du auf jeden Fall«, entgegnete Johnny freundlich. »Das trifft sich übrigens gut. Ich will gerade mit Mr. Cromwell zur Elefantenbar. Da kann ich dich gleich mitnehmen. Du fährst doch sicher gern Auto.«

»Nein, nein – gar nicht!«, lehnte der andere hastig ab. »Ich habe keine Lust, Auto zu fahren. Außerdem muss ich in eine andere Richtung.«

»Das bildest du dir ein«, widersprach Johnny lächelnd. »Du kommst mit!«

Der Langaufgeschossene zögerte und schien es sich dann anders überlegt zu haben. Gehorsam folgte er Johnny Lister zum Wagen. Keinem der Vorübergehenden konnte auffallen, dass Johnny den Arm des Mannes mit stählernem Griff umklammerte. Der kleine Zwischenfall geschah ganz unauffällig. Der Bursche mochte sich allerdings klar darüber sein, dass ihm bei einem eventuellen Fluchtversuch von Johnny sofort der Arm ausgerenkt würde.

»Ich hoffe, du weißt, was du tust, Johnny«, murmelte Cromwell skeptisch.

»Ganz bestimmt weiß ich das. Und du wirst es auch gleich wissen.« Johnny wandte sich an seinen widerstrebenden Begleiter. »Setz dich direkt neben mich, Freundchen. Wir haben alle drei bequem Platz.«

Cromwell kletterte als letzter in den Wagen. Auf diese Weise saß der langaufgeschossene Bursche zwischen den beiden Yard-Beamten fest eingezwängt. Als Johnny anfuhr, verriet der Mann deutlich Aufregung. Zweifellos hätte er jetzt noch versucht auszusteigen, wenn er dazu die Möglichkeit gehabt hätte.

Als Johnny das Tempo erhöhte und in eine der Hauptverkehrsstraßen des West End einbog, zeigte der unfreiwillige Fahrgast deutliche Zeichen von Nervosität. Sein Gesicht färbte sich grünlich. Kurze Zeit später mussten sie vor einer Verkehrsampel halten. Der Bursche atmete erleichtert auf.

»Sie können mich doch nicht zum Mitfahren zwingen!«, jammerte er und warf dem jungen Sergeanten einen hasserfüllten Blick zu. »Ich mag nicht mit diesem Wagen fahren. Lassen Sie mich sofort aussteigen, sonst rufe ich die Polizei!«

»Das ist eine gute Idee«, nickte Johnny. »Wir sind nämlich auch von der Polizei. Also ruf nur, mein Freund. Aber ich will dir etwas sagen. Wir fahren nicht direkt zur Elefantenbar, sondern erst ein wenig Piccadilly entlang.«

»Mein Gott, nein!«

»Hast du etwas gegen einen kleinen Ausflug durch Piccadilly?«, fragte Johnny honigsüß. »Bist wohl ein bisschen nervös, wie? Na, dann fahren wir eben zum Hyde Park. Ich kenne da verschiedene Stellen, wo man ordentlich schnell fahren kann. Du braust doch sicher auch ganz gern mal mit Vollgas durch die Gegend?«

»Um alles in der Welt, lassen Sie mich raus!«, rief der Mann verzweifelt.

Das Benehmen des seltsamen Fahrgastes wurde so eigentümlich, dass Bill Cromwell interessiert aufhorchte. Trotzdem fühlte er sich absolut nicht wohl. Er ahnte langsam, was los war, und klammerte sich fest – um für einen eventuellen Zwischenfall gewappnet zu sein.

Die Augen des Gefangenen weiteten sich furchtsam, als der Wagen mit voller Geschwindigkeit die ruhigere Strecke von Piccadilly durchraste. Der Kellner aus der Elefantenbar rang schwer nach Luft.

»Sie Narr!«, winselte er. »Ich will aussteigen!«

»Du darfst sofort aussteigen. Aber zuerst musst du mir erzählen, was du mit meinem Wagen angestellt hast«, erwiderte Johnny seelenruhig. »Das interessiert mich. Mein Alvis ist mir ans Herz gewachsen, musst du wissen. Du dachtest wohl, es hätte niemand gesehen, dass dir dein Zigarettenetui *ganz zufällig* unter meinen Wagen gefallen ist? Irrtum, mein Lieber. Ich habe alles beobachtet. Es hat verdammt lange gedauert, bis du das Ding wieder hervorgeholt hast.«

Jetzt verstand Cromwell, warum Johnny vorhin so fasziniert auf die Straße gestarrt hat. Da hatte sich also dieser Kerl unter dem Alvis zu schaffen gemacht. Natürlich war das nach dem Erlebnis mit dem falschen Filmreporter verdächtig. Und dass der Bursche anschließend auch noch in der Nähe herumgelungert hatte, ließ die Sache mehr als übel erscheinen. Durch Johnnys Scharfsinn änderte sich die Situation allerdings. Nicht, dass sie Cromwell darum besser gefiel. Im Gegenteil, er fühlte sich jetzt noch unbehaglicher.

Johnny glaubte, dass man die Steuerung beschädigt hatte, und fuhr deshalb äußerst vorsichtig. Jeden Augenblick rechnete er damit, dass ihm der Wagen nicht mehr gehorchen würde. Nur ab und zu erhöhte er die Geschwindigkeit, um die Reaktion seines Passagiers zu beobachten.

»Nun, mein Herr?«, hänselte Johnny, als er in den Hyde Park einbog. »Sie scheinen sich gar nicht gut zu fühlen, wie es aussieht. Sind Sie krank?«

Den Mann schüttelte es jetzt wie im Fieber. Auf seiner mit Angstschweiß bedeckten Stirn klopfte eine dickgeschwollene Ader. Sein Anblick ließ vermuten, dass jeden Augenblick etwas Fürchterliches passieren musste.

»Halten Sie an!«, winselte er. »Um alles in der Welt, halten Sie an! Lassen Sie mich raus!«,

»Aber gewiss doch, wenn du mir alles erklärt hast.«

»Es gibt doch nichts... nichts zu erklären«, jammerte der Mann. »Sie irren sich. Ich habe den Wagen nicht angerührt.« Er machte plötzlich verzweifelte Anstrengungen, hinauszukommen. »Lassen Sie mich raus!«

Er befand sich offensichtlich in höchster Panik, und Johnny kam zu der Überzeugung, dass seine Theorie falsch sei. Es hätte sich längst zeigen müssen, wenn an der Steuerung etwas nicht stimmte. Die verzweifelte Angst des Mannes ließ Johnny ernstlich besorgt werden. Er entschloss sich deshalb, eine schnelle Entscheidung zu erzwingen. Er trat das Gaspedal ganz durch, und der Alvis schoss zitternd mit höchster Geschwindigkeit durch den Hyde Park.

»Anhalten – anhalten!«, stöhnte der Gefangene und umklammerte dabei Johnnys Arm. »Wenn Sie anhalten, werde ich Ihnen alles sagen.«

»Sie werden mir's sagen, bevor ich anhalte.«

»Sie Narr! Es hängt eine Bombe am Wagen!« Die Stimme des Mannes wurde schrill vor Entsetzen. »Wir werden in tausend Stücke zerfetzt!«

Johnny war wie gelähmt. Eine solche Teufelei hatte er nicht erwartet. Äußerlich aber schien er kühl und beherrscht.

»Eine Bombe?«, fragte er leichthin. »Also schön! Das ist ja wirklich interessant! Was für eine Bombe?«

»Sie glauben mir wohl nicht?! Wir werden in die Luft fliegen! Die Bombe hängt am Auspuffrohr. Erst bei einer bestimmten Temperatur explodiert sie.«

»Aber vorher«, warf Ironsides hastig dazwischen, »steige ich aus!«

»Herrgott, sitz still!«, mahnte Johnny leise. »Du brichst dir höchstens das Genick!«

»Lieber das Genick brechen als in einer Dreckwolke in den Himmel fliegen!«, schnaubte Cromwell.

Die nächsten Sekunden hingen von dem entschlossenen Handeln des jungen Sergeanten ab – und Johnny Lister besaß glücklicherweise die nötige Geistesgegenwart. Jeden Augenblick konnte die Bombe explodieren. Zum Anhalten war es längst zu spät. Ein teuflischer Trick, den sich die Bande ausgedacht hatte. Da sich die genaue Abfahrtszeit der beiden Beamten nicht voraussagen ließ, hatte man auf eine Bombe mit Zeitzünder verzichtet und den Zeitpunkt der Explosion raffinierterweise von einer bestimmten Temperatur des Auspuffs abhängig gemacht.

»Achtung, Old Iron!«, warnte Johnny.

Im ersten Augenblick hatte der wirklich verzweifelte Cromwell den Eindruck, dass Johnny wahnsinnig geworden sein müsse. Der junge Sergeant riss den Wagen herum und raste schnurgerade auf die Serpentine zu. Ein verdächtiger Brandgeruch kam auf, und Johnny wusste augenblicklich, dass es jetzt um Bruchteile von Sekunden ging. Bevor Ironsides auch nur einen Ton herausbringen konnte, schoss der Alvis mit einem großen Satz in den berühmten See des Hyde Parks.

Mit einer schlingernden Bewegung kam der Wagen zum Stehen, halb versunken in dem seichten Gewässer. Dampfwolken stiegen vom Motor auf. Die Insassen wurden unter einer Wasserkaskade begraben. Parkwächter, Polizisten und Passanten kamen aufgeregt herbeigelaufen.

»Man darf nur nicht den Kopf verlieren, Old Iron«, seufzte Johnny mit einem erleichterten Grinsen. »Ein kaltes Bad ist dir sicher lieber als eine Himmelfahrt. Ich habe das unbestimmte Gefühl, dass wir gerade noch davongekommen sind. Hallo! Unser Freund ist ja zusammengeklappt.«

In der Tat hatte der unfreiwillige Fahrgast die Nervenanspannung der letzten Minuten nicht schadlos überstanden. Ohnmächtig lehnte er zwischen den beiden Beamten.

»Ich darf nicht vergessen, dir später noch den Hals umzudrehen, Johnny! Erinnere mich daran«, schimpfte Cromwell, während er durch das schlammige Wasser stapfte. »Du bist wohl noch stolz auf dieses Abenteuer? Dir macht es offensichtlich riesigen Spaß, Kopf und Kragen zu riskieren!

Zum Teufel, warum hast du nicht früher angehalten, als noch keine Gefahr bestand?«

»Ja Herr im Himmel, woher sollte ich denn wissen, dass eine Bombe am Auspuff hängt! Schon gut, schon gut, meine Lieben!« Beruhigend winkte er einem Polizisten, zwei Parkwächtern und einem Haufen Neugieriger zu, die ziemlich fassungslos am Ufer standen. »Sie brauchen sich nicht so aufzuregen. Wir haben lediglich eine Bombe ersäuft, das ist alles. Wir sind wirklich nicht geistesgestört, auch wenn Sie das anzunehmen scheinen.«

»Na schön, junger Mann«, sagte der Polizist mit streng dienstlicher Stimme. »Keine dummen Witze. Sie sind betrunken – das sieht man mit einem Blick. Bomben! Nein, so etwas! Ich muss Sie festnehmen.«

»Langsam, alter Freund«, erwiderte Johnny ruhig und kletterte vollends aus dem halb aus dem Wasser ragenden Auto. »Kennen Sie Chefinspektor Cromwell? Ich bin Sergeant Lister. Und wenn Sie jemanden festnehmen wollen, dann verhaften Sie diesen Burschen hier – wegen versuchten Mordes.«

Am Ufer angelangt, brauchten Ironsides und Johnny nicht lange, ihre Identität zu beweisen. Der Polizist und die Parkwächter zeigten sich einigermaßen verblüfft, als sie nähere Einzelheiten hörten.

»Lassen Sie den Wagen so schnell wie möglich aus dem Wasser holen«, schloss Cromwell seine kurze Schilderung. »Am Auspuff hängt eine Bombe. Sie ist jetzt wahrscheinlich harmlos, aber trotzdem dürfte Vorsicht geboten sein.«

Ironsides und Johnny suchten zunächst ihre gemeinsame Wohnung auf und zogen sich um. Kurz danach erfuhren sie in Scotland Yard, dass sie tatsächlich nur um Haaresbreite davongekommen waren. Die Umhüllung der Bombe hatte bereits zu glimmen begonnen, und die eigentliche Sprengladung, die eine enorme Detonationskraft besaß, hätte sich jeden Augenblick entzünden können.

»Du gewöhnst dir großartige Arbeitsmethoden an!«, knurrte Cromwell noch immer gereizt und schob seinem Assistenten den abschließenden Bericht zu. »Das hätte schiefgehen können.« Er zögerte und räusperte sich dann. »Trotzdem, Johnny – ganz gut gemacht.« Dieses kärgliche Lob fiel dem zugeknöpften Chefinspektor offensichtlich arg schwer. »Mir gefällt, dass du den Kopf nicht verloren hast, als es brenzlig wurde. Im Übrigen ist es erfreulich, dass wir diesen Vogel aus der Elefantenbar in Nummer Sicher haben. Wir sind also auf dem richtigen Weg. Der Gegner spielt uns direkt in die Hände.«

»Tausend Dank für deine freundliche Anerkennung, Old Iron«, brummte Johnny befriedigt. »Solche Worte wärmen mir direkt das Herz. Trotzdem verstehe ich dich nicht ganz. Wieso spielt uns der Gegner direkt in die Hände? Es steht fest, dass uns ein paar wohlgesinnte Mitmenschen um die Ecke bringen wollen. Der Grund dafür ist einleuchtend. Die wollen uns erledigen, bevor wir sie erledigt haben.«

»Das ist mehr als ein Zufall, Johnny«, sagte Cromwell bedächtig, während er sich bequem zurücklehnte und an seiner Pfeife zog. »Noch vor unserem Abenteuer mit dem Wochenschaumann hatte ich die Absicht, der Elefantenbar einen Besuch zu machen, um ein ernstes Wort mit dem Manager zu reden.« Nachdenklich krauste er die Stirn. *Die Bombenidee* wurde in der Elefantenbar geboren, da möchte ich mein bestes Hemd wetten!«

»Dass der Kerl aus dieser Bar stammt, scheint für dich also kein Zufall zu sein?«

»Die Gate Boys haben Hammerton ermordet, und sie wissen, dass ich sein Nachfolger bin«, fuhr Ironsides unbeirrt fort. »Jetzt sind sie nervös geworden, und das fasse ich als Kompliment auf. Ich frage mich nur immer wieder: War dieser Überfall auf die Elefantenbar wirklich das, wonach er aussah? Galt er dem wohlhabenden Publikum oder dem Unternehmen selbst?«

»Nun, doch ganz bestimmt dem Publikum.«

»Du täuschst dich, mein Lieber«, entgegnete Cromwell grimmig. »Meiner Meinung nach war der Anschlag auf die wohlgefüllten Brieftaschen der Gäste nur ein Ablenkungsmanöver. Diese Taktik ist nicht neu. Zwei Gangsterbanden liegen sich in den Haaren!«

»Zwei Banden?«

»Ganz recht. Ich vermute schon seit langem, dass die Elefantenbar sich in den Händen von unlauteren Elementen befindet. Sie dürfte wohl das vornehmste Nachtlokal im West End sein. So vornehm, dass mir allein schon diese Tatsache verdächtig vorkommt. Die Leute, denen der Laden gehört – und ich habe bis heute noch nicht herausbekommen können, wer eigentlich dahintersteckt haben sich die größte Mühe gegeben, den Behörden immer wieder einzureden, dass ihr Betrieb über jeden Verdacht erhaben ist.«

»Und das scheint dir verdächtig?«

»Mein lieber Johnny, an diesem Lokal ist alles viel zu schön, viel zu elegant, zu sehr über jeden Zweifel erhaben«, erwiderte Cromwell. »Ich wollte heute mit Jorgens sprechen, mit diesem aalglatten Gentleman, der sich als Manager des Ganzen ausgibt. Aber dieser Bombenanschlag ist besser als ein Dutzend Unterredungen mit Jorgens. Verstehst du? Dass unser Attentäter ausgerechnet aus der Elefantenbar stammt, besagt ja genug. Für diesen Hinweis bin ich unserem Gegner wirklich dankbar.«

Johnny Lister lachte.

»Die Absicht hat man bestimmt nicht gehabt, Old Iron. Angenommen, wir hätten ihr Spiel nicht durchschaut, dann wären wir in einer einzigen Dreckwolke in die Luft geflogen, wie du so schön gesagt hast. Niemand wäre auch wohl nur im Entferntesten auf die Idee gekommen, die Leute aus der Elefantenbar zu verdächtigen.« Cromwell erhob sich und marschierte mit langen Schritten durchs Zimmer. Dabei qualmte er wie eine Lokomotive.

»Ich habe dir schon öfter gesagt, dass ich nichts von Vermutungen halte, Johnny. Aber zur Abwechslung wollen wir jetzt einmal ein paar aufstellen.« Er unterbrach seine Wanderung und fuhr mit seinem Pfeifenstiel auf Johnny los. »Also zunächst: Wir wissen mit Sicherheit, dass die Gate Boys in London alle möglichen Verbrechen begehen. Raubüberfälle, Lagerhaus- und Schaufenstereinbrüche, Lastwagendiebstähle. Dass andere Banden das gleiche treiben, ist eine Vermutung von uns. Diese Banden haben eins gemeinsam: Sie hassen die Polizei, aber mehr als diese hassen sie sich gegenseitig. Rivalität unter Gangstern ist das Teuflischste, was es gibt. Denke nur einmal an Chicago in den Tagen der Prohibition. Jede Bande, die einer anderen ins Gehege kam, wurde sofort bis aufs Messer bekämpft.«

»Wenn ich dich richtig verstanden habe, willst du damit sagen, dass die Gate Boys, deren Laufbahn mit Kriegsende begann, die Leute von der Elefantenbar ausschalten wollen?«, fragte Johnny. Dann schwieg er kurz. »Das sind allerdings Vermutungen! Denn dass hinter der Elefantenbar eine Verbrecherbande steht, ist ja nur eine Hypothese von dir. Du willst doch wohl nicht mit Bestimmtheit behaupten, dass Schwarzhändler, Diebe und Räuber die wirklichen Besitzer der Bar sind?«

»Es gibt noch eine andere Kategorie von Gangstern. Dieses Pack ist so grenzenlos überheblich. Die Notting Hill

Gate Bande zum Beispiel scheint überzeugt davon, allmächtig zu sein. Ich habe sie schon eine ganze Weile im Auge. In den letzten Monaten sind die Burschen immer dreister vorgegangen. Ein Überfall war rücksichtsloser als der andere. Nun mögen sie sich gesagt haben: Was bilden sich diese Kerle in der Elefantenbar eigentlich ein, dass sie uns ins Gehege kommen? Sie überfallen also das Lokal in der Absicht, das Geschäft zu ruinieren. Nach außen hin sollen natürlich die Gäste die Opfer sein.«

»Deine Theorie ist nicht schlecht, Old Iron«, gab Johnny zu. »Du scheinst die Gangstermanieren ja ausgezeichnet zu kennen. Schon gut, schon gut! Dein wütender Blick ist völlig überflüssig. Du bist also der Meinung, dass dieser übervornehme Barbetrieb nur Tarnung ist! Tarnung – wofür?«

»Das weiß der liebe Gott. Eins von den Dingen, die wir herausfinden müssen. Vielleicht geht es um Rauschgift. Das bringt ja bekanntlich viel Geld ein. Ich sprach neulich mit Smithers vom Rauschgift-Dezernat. Er erzählte mir, dass der Schleichhandel in den letzten Monaten enorm zugenommen hat. Er ist ganz verzweifelt, weil er die Quellen nicht ausfindig machen kann. Es ist durchaus möglich, dass die Gate Boys dahinterstecken. Und wenn die Leute aus der Elefantenbar dasselbe Geschäft betreiben – nun, dann hätten wir eine Erklärung für ihre Fehde.« Cromwell klopfte seine Pfeife aus und steckte das übelriechende Ding in die Tasche. »Am besten knöpfen wir uns jetzt unseren Gefangenen vor. Wir werden sicherlich nichts Bedeutsames erfahren, aber man kann nie wissen. Sieht aus, als ob wir eine kitzlige Aufgabe übernommen hätten, Johnny. Wenn wir nächste Woche um diese Zeit noch am Leben sind, können wir uns glücklich preisen.«

»Du bist wirklich sehr optimistisch!«

»Zum Teufel, ja. So überlege doch, was geschehen ist! Kaum haben wir die Abteilung G. 2 übernommen, da versucht man uns schon mit einer raffiniert versteckten Pistole über den Haufen zu schießen. Und ehe wir zur Besinnung kommen, hängt eine hochexplosive Bombe an deinem Wagen. Nun, man kann ja nicht ewig leben!«

Der harte Glanz seiner grauen Augen und sein entschlossen vorgestrecktes Kinn straften allerdings seine letzten Worte Lügen. Wenn man Bill Cromwell herausforderte, konnte er der gefährlichste Mann von ganz London sein.

Der Häftling blickte trotzig vor sich hin. Er schien sich einigermaßen von dem überstandenen Schrecken erholt zu haben, aber sein immer noch bleiches Gesicht zuckte nervös, als er Cromwell vorgeführt wurde.

»Jetzt wollen wir uns ein wenig unterhalten, mein Freund«, begann Ironsides mit falscher Liebenswürdigkeit. »Zunächst einmal – wie heißen Sie?«

»Silver – Lou Silver.«

»Und damit sind wir schon bei der ersten Lüge. Ich habe mir nämlich Ihre Vorstrafenliste angeschaut. Sie heißen Luigi Silveri.«

»Das ist doch dasselbe.« Der Mann zuckte die Schultern. »Ich werde allgemein Lou gerufen. Und Silver ist kürzer als Silveri.«

»Sie sind gebürtiger Londoner, haben aber italienische Eltern, wie? Und sind Kellner in der Elefantenbar?«

»Hören Sie mal, Chef!«, stieß Silver verzweifelt aus. »Sie irren sich vollkommen. Ich hatte überhaupt keine Ahnung, was ich da an Mr. Listers Wagen angebracht hatte. Ich war der Meinung, dass es sich nur um einen Jux handelt.«

»Aber diesen Jux haben Sie sich doch nicht allein ausgedacht?« Cromwells Liebenswürdigkeit schwand. »Jemand hat Sie doch dazu angestiftet, Lou. Wer war es? Jorgens etwa?«

»Jorgens? Aber nein. Ich kam gerade aus der Bar, als mich zwei Männer ansprachen. Ich hatte sie nie vorher gesehen und war deshalb misstrauisch, als sie mich zu einem Glas Bier einluden. Dann gaben sie mir etwas Geld, ein paar Pfund. Und sie sprachen von Ihnen.«

»Nun, was sagten sie denn von mir?«

»Sie lachten. Deuteten an, sie hätten in der Zeitung davon gelesen, dass Sie mit den Gangsterbanden aufräumen wollen. Ich glaubte, sie wollten sich einen Scherz machen.«

»Die Strolche fanden es also amüsant, eine Bombe unter meinen Wagen zu binden? Sie wollten mich nur zum Scherz in die Luft fliegen lassen?«

»Aber nein!«, widersprach Lou. »Sie versicherten mir, es sei nichts anderes als ein Kanonenschlag. Ein kleiner Feuerwerkskörper, verstehen Sie? Sie sagten noch, Sie seien ein alter, nervöser Narr, und es wäre endlich einmal Zeit, unter Ihrer Sitzfläche ein kleines Feuerwerk zu veranstalten.«

»Beschreiben Sie mir diese Männer doch einmal näher. Mich interessiert es, wie die Kerle aussehen, die mich für einen alten Narren haken«, sagte Cromwell unheimlich sanft.

»Sie waren noch jung. Erinnerten mich an Medizinstudenten aus einem der Krankenhäuser«, murmelte Lou. »Ich brauchte das Ding nur am Auspuff zu befestigen und nichts weiter, sagten sie mir. Sie lachten unaufhörlich und meinten, das gäbe einen Heidenspaß.«

»Manche Leute haben einen eigenartigen Humor, mein Freund, finden Sie nicht auch? Und Sie selbst? Fanden Sie das Ganze etwa auch spaßig?«

»Schließlich gaben sie mir ja ein paar Pfund dafür«, verteidigte sich Lou schulterzuckend.

»Beschreiben Sie mir diese Studenten noch ein wenig näher.«

»Tja, Sir. Ich hatte sie nie vorher gesehen.«

»Macht nichts. Versuchen Sie es, so gut Sie können.«

Lou Silver gab eine erstaunlich sichere Beschreibung. Wenn man berücksichtigte, dass diese Leute für ihn völlig Fremde gewesen sein sollten, so vermochte er sich trotzdem mit präziser Genauigkeit an ihr Äußeres zu erinnern. Er war in der Lage, Auskunft über ihre Haarfarbe, ihre Augen und ihre Kleidung zu geben. Bill Cromwell nickte zufrieden, als der Mann schwieg.

»Gut, Silver. Sehr gut«, lobte er. »Ich gratuliere Ihnen zu Ihrer guten Beobachtungsgabe. Was Sie uns erzählt haben, wird uns sicher helfen können. Ich hoffe, dass dieses Abenteuer für Sie eine Lehre war, in Zukunft nicht mehr auf das leichtfertige Gerede fremder Leute hereinzufallen.«

»Von heute an werde ich bestimmt vorsichtig sein, Mr. Cromwell«, nickte er erleichtert. »Und jetzt darf ich wohl gehen? Man kann mich doch nicht ins Gefängnis stecken, nur weil ich mir einen Scherz erlaubt habe.«

»Das hängt davon ab, was der Polizeirichter von Ihrer Geschichte hält«, meinte Ironsides abschließend. »Wollen wir hoffen, dass er vernünftig ist.«

Der Häftling wurde abgeführt. Der Blick, mit dem Johnny Lister seinen Chef musterte, verriet Erstaunen.

»Es kommt mir zwar nicht zu, dir Vorschriften zu machen, Old Iron«, begann er, »aber auf diese Art solltest du keine Vernehmung führen. Diese erlogene Geschichte – du scheinst sie tatsächlich zu glauben?«

»Red doch keinen Unsinn. Du solltest mich eigentlich kennen. Natürlich glaube ich kein Wort davon. Ich habe nie dümmere Lügen gehört.«

»Und warum dann diese wohlwollende Behandlung?«

»Weil er vielleicht Mittel und Wege findet, mit seinen Kumpanen Verbindung aufzunehmen. Für uns kann es nur günstig sein, wenn er ihnen einen schmackhaften Bericht vorsetzt«, meinte Cromwell augenzwinkernd. »Lou, unser Freund, hat zu sehr übertrieben. Die Beschreibung der beiden *Unbekannten* war wirklich viel zu gründlich. Uns diese blödsinnige Geschichte aufzutischen! Seinen Auftrag bekam er von den Leuten aus der Elefantenbar – von niemandem sonst.« Ironsides' Gesicht zeigte jetzt ernste Entschlossenheit. »Vergegenwärtige dir seine Angst im Auto – dieser panische Schrecken, als er glaubte, die Bombe müsse jeden Augenblick explodieren! Das muss er völlig vergessen haben. Dieser Narr! Natürlich können wir mit dem, was er ausgesagt hat, gar nichts anfangen.«

»Und was willst du nun tun? Mit Jorgens sprechen?«

Die Unterredung mit Jorgens verlief ebenfalls ergebnislos. Der elegante, zungenfertige Schweizer triefte vor Liebenswürdigkeit. Natürlich, Silver sei in der Bar angestellt, ein guter Kellner zweifellos, und er – Jorgens – bedaure es außerordentlich, dass er in Schwierigkeiten geraten sei. Aber natürlich könne man als Manager nicht wissen, was das Personal in seiner Freizeit anfange. Und was den Überfall auf die Bar anbelange – wirklich schade, dass die Bande entkommen war, und ein Jammer, dass Superintendent Hammerton dabei sein Leben lassen musste. Solche Zwischenfälle seien in einem so angesehenen Nachtlokal wie der Elefantenbar natürlich nicht gern gesehen. Die Gäste würden nur ängstlich und blieben schließlich ganz weg...

»Glauben Sie nur das nicht«, warf Cromwell ein. »Eine bessere Reklame können Sie sich gar nicht wünschen. Heute Abend werden Sie mehr Gäste haben als je zuvor. Mr. Jones wird bestimmt zufrieden sein.«

»Vielleicht haben Sie recht«, bestätigte Jorgens höflich.

»Soviel ich weiß, ist die Elefantenbar ein Einzelunternehmen«, fuhr Cromwell fort. »Ich habe Erkundigungen eingezogen. Sie sind kein Teilhaber, wie? Der Inhaber scheint ein Mr. Jones zu sein, wohnhaft in Bayswater. Aber dort sagte man mir, dass er schon seit Monaten nicht gesehen worden ist. Ich möchte gern mit diesem Herrn Verbindung aufnehmen.«

»Ich habe wirklich alle Vollmachten, Mr. Cromwell«, entgegnete Jorgens, und man merkte ihm eine leichte Gereiztheit an. »Mr. Jones ist nur selten in London. Er überlässt alles mir. Im Augenblick befindet er sich in Südamerika. Mr. Jones ist immer unterwegs, er sucht neue Talente für das Kabarett. Außerdem hat er noch andere Interessen. Es tut mir leid, Mr. Cromwell«, sagte Jorgens abschließend, »aber ich wüsste nicht, wie Sie mit Mr. Jones zusammentreffen könnten.«

Eine absolute Niete also.

»John Jones ist doch offensichtlich nur der Geschäftsname«, grübelte Cromwell später in seinem Büro. »Ich fürchte, es wird sehr schwer sein, mit diesem mysteriösen Elefantenbarbesitzer Kontakt aufzunehmen, Johnny.«

»Besteht nicht die Möglichkeit, dass Jorgens selbst der Chef ist?«

»Das möchte ich bezweifeln. Der Mann im Hintergrund scheint mir weit gefährlicher. Er hat dieses Bombenattentat ausgeheckt.« Ironsides zuckte die Schultern. »Schön, dann müssen wir eben Geduld haben. Ich werde heute noch mit den Jungs von der Presse sprechen und ihnen einige Winke geben. Wir werden also unsere Bemühungen auf die Notting Hill Gate Boys konzentrieren und erbarmungslos gegen sie vorgehen. Sie haben Hammerton auf dem Gewissen, und wir werden nicht eher ruhen, bis der Mörder hinter Schloss und Riegel sitzt.«

»Diese Version soll der Öffentlichkeit präsentiert werden, wie?«

»Ganz recht. In Wirklichkeit richten wir unser Hauptaugenmerk auf die Elefantenbar. Wir beide wenigstens. Ich habe ja genügend Leute zur Verfügung, die sich um die Gate Boys kümmern können.«

»Wir müssen vorsichtig sein, Old Iron. Man wird nichts unversucht lassen, uns in die ewigen Jagdgründe zu schicken.«

»So schlimm wird es nicht werden«, erwiderte der Chefinspektor. »Die beiden Anschläge auf uns waren improvisiert. Nach diesem zweifachen Misserfolg muss unser Mr. Jones sich erst etwas Neues einfallen lassen. Trotzdem ist Vorsicht geboten, du hast ganz recht. Und nun werde ich das gewisse Gerücht in Umlauf setzen. Nur Geduld, das Resultat wird nicht auf sich warten lassen.«

Es ließ auch nicht auf sich warten. Allerdings fiel es anders aus, als Cromwell erhoffte.

Viertes Kapitel

Bill Cromwells Vermutung erwies sich als richtig. Die beiden Yard-Beamten konnten ihrer Arbeit und ihren Vergnügungen ungehindert nachgehen. Kein verdächtiger Fremder lungerte umher. Kein Schuss fiel aus dem Hinterhalt. Kein Giftgas wurde benützt. Keine Kobra lag im Bett. Diese augenscheinliche Desinteressiertheit aus den Kreisen der Unterwelt hätte zu dem Schluss führen können, Cromwell und sein Assistent seien nicht bedeutender als zwei unbekannte Dorfpolizisten.

In den darauffolgenden beiden Wochen schienen die Gate Boys buchstäblich von der Bildfläche verschwunden. Ironsides führte einige routinemäßige Razzien durch, deren Erfolg aber gleich Null war. Die Londoner Verbrecher schienen in Urlaub gegangen zu sein. Inzwischen wurden die Gerüchte über Detektivsergeant Lister verbreitet. Nachdem sie träge durch geheimnisvolle unterirdische Kanäle weitersickerten, begannen sie langsam offene Ohren zu finden. Das anfänglich skeptische Geflüster wurde mit der Zeit lauter und deutlicher.

Eine Anzahl von Cromwells Polizeispitzeln brachte zufriedenstellende Berichte. Diese Leute verkehrten in zweifelhaften Spelunken, die von notorischen Verbrechern besucht wurden. Dort sprach man schon ganz offen davon, dass Johnny Lister bedeutend mehr Geld ausgebe, als er normalerweise in der Lage sei. Angeblich wurden sogar Wetten darüber abgeschlossen, wie lange der Detektivsergeant noch in diesem Stil weitermachen könne.

»Das ist mir verdammt peinlich!«, beschwerte sich Johnny erbost. »Ich warte nur noch darauf, dass halbseidene Bürschchen mit dickwattierten Schultern plötzlich neben mir auftauchen und mir Geldbündel ins Händchen zu drücken versuchen. Wie soll ich mich eigentlich in diesem Fall verhalten?«

»Deinen Verstand gebrauchen«, erwiderte Cromwell trocken. »Du willst doch schließlich Detektiv sein, und da musst du doch wissen, was du zu tun hast.«

»Hoffentlich gibst du dich keinen Täuschungen hin«, meinte Johnny zweifelnd. »Diese Ruhe gefällt mir nicht.« Er runzelte die Stirn. »Als wir G. 2 übernahmen, erwartete ich Aufregungen und Abenteuer. Stattdessen langweilen wir uns. Es gibt ja praktisch überhaupt nichts zu tun. Von morgens bis abends nichts als Routinearbeit Mein Gott, ich sehne mich direkt nach einer piekfeinen Leiche! «

Ironsides befand sich ebenfalls in verdrießlicher Stimmung. Trotz aller Bemühungen kam er mit seinen Ermittlungen über die Elefantenbar nicht weiter. Je mehr er nachforschte, umso deutlicher zeigte es sich, dass die *Bar zum Rosa Elefanten* das seriöseste Nachtlokal im ganzen West End war, mit delikaten Speisen, hervorragender Bedienung, einem sauberen, witzigen Kabarett – und nach der Polizeistunde gab es kein einziges Glas Bier mehr. Alles in allem eine Bar, in der selbst die zimperlichste Jungfrau nach den ersten zehn Minuten unweigerlich zu gähnen beginnen würde.

Aber dann kam der Stein ins Rollen.

Cromwell wenigstens hatte es erwartet, allerdings verlief es etwas anders, als er gedacht hatte. Eines Abends, als Johnny nach Dienstschluss gerade seinen Club betreten wollte – in seiner Freizeit unterschied sich der junge Sergeant in nichts von einem typischen Londoner rief ihn ein Mann in mittleren Jahren und mit einem sympathischen Gesicht an. Er hatte seine Limousine dicht an den Bürgersteig herangefahren.

»Sieh an! Johnny Lister!«, sagte er mit wohlklingender Stimme. »Nett, Sie einmal wiederzusehen, Mr. Lister.«

Johnny fuhr überrascht herum. Er blickte in ein paar ruhige, leicht amüsierte Augen. Der Mann hinter dem Steuer war mit unaufdringlicher Vornehmheit gekleidet. Sein Haar zeigte an den Schläfen einige leichtangegraute Strähnen, eine Hornbrille verlieh dem einnehmenden Gesicht einen intellektuellen Anstrich.

»Tut mir leid«, sagte Johnny. »Sie scheinen mich ja zu kennen, aber ich weiß wirklich nicht, mit wem ich das Vergnügen habe –«

»Unsere Bekanntschaft liegt schon ein paar Jahre zurück – und außerdem war die Situation damals eine völlig andere«, erwiderte der Unbekannte liebenswürdig. »Ich hätte gern ein paar Worte unter vier Augen mit Ihnen gesprochen, Johnny. Können wir uns nicht irgendwo zusammensetzen? Übrigens – Sie nehmen es mir doch nicht übel, dass ich Sie Johnny nenne?«

»Ich hätte absolut nichts dagegen, wenn ich nur wüsste, wer Sie eigentlich sind«, meinte der Sergeant und glaubte sich schwach zu erinnern, dem Mann in dem vornehmen Bekanntenkreis seines Vaters einmal begegnet zu sein. »Offen gestanden, heute Abend bin ich bereits verabredet. Ich habe einem Freund versprochen, mit ihm zusammen im Club zu essen. Dies hier ist übrigens mein Club«, fügte er hinzu und wies auf das schlichte Gebäude, in dessen unmittelbarer Nähe sie sich befanden. »Sie verstehen – vielleicht ein andermal.«

»Schade«, fuhr der Fremde fort. »Ich hätte mich gern mit Ihnen unterhalten. Über... über Elefanten zum Beispiel.«

»Wie bitte? Sagten Sie Elefanten?«

»Und zwar über rosa Elefanten. Mein Name ist John Jones.«

»Donnerwetter!«, entfuhr es Johnny. »Sie meinen doch wohl nicht...«

Er schwieg plötzlich. Es war also soweit. Zwar nicht ganz so, wie er vermutet hatte – halbseidener Jüngling mit dickwattierten Schultern und so weiter –, aber viel Unterschied bestand nicht. Mr. Jones hatte ihn außerdem nicht unmittelbar auf der Straße angesprochen, sondern saß hinter dem Steuer seiner Limousine.

»Ja, natürlich«, sagte Johnny gedehnt. »Das ist allerdings etwas anderes, Mr... Jones. Dass wir uns früher schon einmal getroffen haben, sollte natürlich nur ein Witz sein, wie? Nur, um mit mir ins Gespräch zu kommen, versteht sich. Well, well!« Johnny gab sich erdenkliche Mühe, einen gerissenen Eindruck zu machen. Verstohlen blickte er die Straße hinab. »Ich bin zwar jetzt nicht im Dienst, aber ich nehme an, Sie wissen, dass ich bei Scotland Yard bin.« Er richtete seinen Blick fest auf den anderen. »Ich hoffe, das ist klar?«

»Völlig klar«, erwiderte Mr. Jones lächelnd. »Ich glaube, wir verstehen uns ausgezeichnet. Ganz in der Nähe gibt es ein kleines, ruhiges Restaurant. Da können wir uns ungestört unterhalten. Kommen Sie mit?«

Johnny kam mit. Zehn Minuten später saß er Mr. Jones in einer verschwiegenen Nische eines Restaurants in Soho gegenüber.

»Nun, Mr. Jones«, begann Johnny, nachdem die Getränke vor ihnen standen, »lassen Sie uns zur Sache kommen. Wie Sie schon vorhin feststellten, verstehen wir uns ausgezeichnet. Wir wollen also nicht erst lange um den heißen Brei herumschleichen. Was wollen Sie von mir?«

»Hör sich das einer an! Sie scheinen wohl immer gleich schnurstracks aufs Ziel loszugehen, mein junger Freund«, lächelte der andere. »Warum denn diese Eile?« Er sprach gewandt, mit einer kultivierten Stimme. »Bevor wir uns über... ähm... geschäftliche Dinge unterhalten, möchte ich gern ein paar alte Erinnerungen mit Ihnen austauschen. Ich habe vorhin nicht nur so getan – wir kennen uns tatsächlich von früher her.«

»Damals hießen Sie wohl nicht Jones?«

»Ich heiße auch heute nicht Jones«, entgegnete sein Gegenüber trocken. »Das dürften Sie übrigens genau wissen. John Jones ist nur mein Geschäftsname. In Wirklichkeit heiße ich Anthony Farrow. Ich brauche Ihnen das nicht zu verheimlichen, weil Ihnen diese Tatsache ohnehin bekannt sein dürfte. Sie brauchten sich nur einmal an einen bestimmten Abend im Herbst 1940 zu erinnern.«

Johnny dachte nach. 1940! Er sah sich im Sondereinsatz in einem schwer vom Krieg heimgesuchten London. Bombeneinschläge, Großbrände – überall! Aber nirgendwo ein Mr. John Jones – und auch kein Anthony Farrow.

»Nichts zu machen«, entgegnete er kopfschüttelnd. »Sie müssen mich mit jemandem verwechseln.«

»Nun, ich muss allerdings zugeben, dass ich damals wesentlich jünger aussah und außerdem nicht ganz so korrekt gekleidet war«, fuhr Farrow leicht amüsiert fort. »Zu jener Zeit hatte ich eine Textilvertretung. Wichtiger aber ist, dass ich Luftschutzwart im Mayfair Distrikt war. Mein Büro befand sich in einem Gebäudekomplex in Moorgate. Das Haus erhielt einen Volltreff er... aber darauf kommt es jetzt gar nicht an.«

»Worauf kommt es denn an?« Johnny versuchte krampfhaft, sich an den Mann zu erinnern. »Was gab es also an jenem Abend Anno vierzig?«

»Oh, es war eine böse Nacht!« Farrow lehnte sich in Erinnerung versunken zurück und brachte ein Zigarettenetui aus Platin zum Vorschein. »Die Deutschen kamen in dichten Scharen – rauchen Sie übrigens? Eine Fünfhundertkilobombe fiel direkt auf das Haus General John Everett Listers in Mayfair. Auf das Haus Ihres Vaters.«

Johnny stutzte. Daran erinnerte er sich allerdings gut – so etwas konnte man wohl auch schwerlich vergessen. Bei dem Gedanken daran überlief ihn noch jetzt ein Schauer.

»Da wir gerade von Bomben sprechen«, sagte er, und seine Stimme klang rau in dem Bemühen, seine Erinnerung fortzuwischen, »da wir gerade von Bomben sprechen, Mr. Farrow: Es war verdammt niederträchtig von Ihnen, Lou Silver anzustiften, eine Bombe am Auspuff meines Wagens anzubringen.«

»Ich...?«, fragte Farrow unschuldig. »Mein lieber Freund, Sie haben doch keinerlei Beweise

»Jetzt hören Sie mal gut zu!«, fiel Johnny ihm ins Wort und beugte sich über den Tisch. »Wir hatten uns doch vorgenommen, ganz offen miteinander zu reden und bei der Sache zu bleiben. Ich weiß sehr genau, dass jemand aus der Elefantenbar Silver zu diesem mörderischen Geschäft inspiriert hat – und Sie haben selbst zugegeben, John Jones zu sein. Also bitte! Sie versuchten, mich um die Ecke zu bringen – oder richtiger gesagt – Bill Cromwell um die Ecke zu bringen. Dieser Anschlag war ausgesprochen feige und hinterlistig.«

»Schon gut, Lister, schon gut. Wir wollen also offen miteinander sein«, entgegnete der andere. »Schließlich führen wir unseren Kampf nicht mit Kinderpistolen. Zu Ihrer Beruhigung möchte ich Ihnen ausdrücklich versichern, dass ich es auf Cromwell abgesehen hatte und nicht auf Sie. Da Cromwell dummerweise den Wagen seines Assistenten benütze, ließ sich jene unangenehme Situation für Sie nicht vermeiden. Außerdem wusste ich damals noch nicht, dass Sie ein alter Freund von mir sind.«

»Und mit dieser Erklärung soll plötzlich alles wieder in Ordnung sein, wie?«, knurrte Johnny böse. »Einen unbekannten Detektivsergeanten ins Jenseits zu befördern, betrachten Sie wohl nur als kleinen Scherz?«

»Vielleicht darf ich Sie daran erinnern, dass diese Diskussion überhaupt nicht zur Sache gehört«, sagte Farrow beschwichtigend.

»Ich sprach von einer Bombe, die das Haus Ihres Vaters traf. Ihre Mutter wurde dabei verschüttet.«

»Mein Gott! Warum müssen Sie mich daran erinnern?«, murmelte Johnny verstört. »Jene Nacht war die Hölle für mich. Mein Vater weit weg, in Indien... Einen Kilometer entfernt hörte ich den Einschlag. Als ich endlich hinkam, stand ich vor einem wüsten Trümmerhaufen. Ich wusste, dass meine Mutter irgendwo darunterliegen musste – ich hatte sie nur eine halbe Stunde vorher verlassen.« Er schwieg plötzlich nachdenklich. »Und was hat das alles mit Ihnen zu tun?«

»Erinnern Sie sich wirklich nicht?« Farrow sprach langsam, mit eindringlicher Betonung. »Zu der Rettungsmannschaft gehörte ein Luftschutzwart. Er kümmerte sich nicht um die Warnungen der Polizei, sondern kämpfte sich durch die Trümmer.« Farrow seufzte. »Komisch, was man im Krieg alles fertigbringt«, fuhr er nachdenklich fort. »Ohne Überlegung setzte dieser Luftschutzwart sein Leben aufs Spiel. Damals stand er völlig unter der seelischen Anspannung des Angriffs und war froh, helfen zu können. Er konnte sich später nicht mehr entsinnen, auf welche Weise er Ihre Mutter fand, Johnny – aber er fand sie und trug sie durch einen schmalen, niedrigen Gang ins Freie. Das letzte Stück halfen Sie dabei, erinnern Sie sich? Fünf Minuten später stürzte der Rest des Hauses ein.«

»Dieser Luftschutzwart« – Johnnys Stimme klang plötzlich heiser – »waren...?«

»Jawohl. Ich!«

»Mein Gott!«, stöhnte Johnny. »Sie! Sie haben damals meiner Mutter das Leben gerettet!« Er betrachtete seinen Tischgenossen genauer. »Ja, jetzt kommt mir Ihr Gesicht bekannt vor. Als man meine Mutter ins Krankenhaus geschafft hatte, versuchte ich, Sie ausfindig zu machen, aber ohne Erfolg. Niemand wusste etwas von Ihnen. *Irgendein Mann mit einer Luftschutzarmbinde*, sagten die Leute. *Er tauchte plötzlich auf, und nach dem Angriff war er wieder verschwunden.* Darum hatte ich damals keine Gelegenheit, Ihnen zu danken.« Johnny schluckte. »Mein Gott! Im Krieg hielten Sie sich so tapfer, und heute sind Sie nichts weiter als ein gewöhnlicher Gauner!«

»Kein gewöhnlicher, mein Freund, durchaus kein gewöhnlicher«, protestierte Mr. Farrow gekränkt. »Warum sind Sie so schockiert? Ein guter Teil der gewöhnlichen Gauner von heute waren die Helden von gestern. Zwei meiner Leute wurden bei einem Geheimkommando mit dem Fallschirm über Holland abgesetzt und haben Großes geleistet. Aber jetzt ist der Krieg vorbei, Johnny, und manchem fällt es schwer, die Kunststücke zu vergessen, die man ihm einmal beigebracht hat. Solche Leute können sehr nützlich sein.«

Johnny Lister fühlte sich wie gelähmt. Es war ein schrecklicher Gedanke für ihn, dass er ausgerechnet diesem Mann so tiefen Dank schulden sollte. Er sah keine Möglichkeit, diese Schuld zu begleichen. Mit brutaler Deutlichkeit wurde ihm klar, dass Farrow die Situation auszunützen gedachte.

»Das alles sollte natürlich nur die Einleitung zu unserem eigentlichen Gespräch sein«, fuhr Farrow geschmeidig fort.

»Ich habe da gewisse Dinge über Sie gehört, Lister. Wirklich sehr interessante Dinge. Allein die Tatsache, dass Sie so bereitwillig mit mir gekommen sind – obwohl Sie mich nicht wiedererkannten –, beweist mir, dass es sich bei meinen Informationen nicht nur um Gerüchte handeln kann.«

»Einen Augenblick«, unterbrach Johnny ihn heiser. »Sprechen Sie nicht weiter! Ich stehe in Ihrer Schuld, und das ändert die Sachlage. Ich will Sie nicht einfach so behandeln, wie ich jeden Ihrer Zunftgenossen behandelt hätte. Ich möchte Sie nicht in die Falle locken, in die ich Sie unter anderen Umständen bestimmt gelockt hätte: Bevor Sie weitersprechen, will ich Sie ganz deutlich daran erinnern: Sie sprechen mit einem Beamten von Scotland Yard.«

»Aber, mein lieber Freund, warum denn gleich so aufgeregt«, unterbrach Farrow ihn amüsiert. »Selbstverständlich sind Sie Beamter von Scotland Yard. Und eben darum spreche ich ja mit Ihnen. Wir können wunderbar zu unserem gegenseitigen Nutzen zusammenarbeiten. Ich bin kein kleiner Textilvertreter mehr, sondern der alleinige Besitzer der Elefantenbar, und dieser Betrieb – Sie wissen es ganz genau – dient nur zur Tarnung für... hm... gewisse andere Dinge. Ein ganz großes Geschäft, wenn man mich ungehindert arbeiten lässt.«

»So warten Sie doch! Ich muss Ihnen sagen...«

»Ungehindert durch die Polizei – und ungehindert durch die Gate Boys«, fuhr Farrow ungerührt fort. »Das Geschäft wirft einen außerordentlichen Profit ab. Ich kann Ihnen sagen...«

»Sie sagen mir besser nichts«, unterbrach Johnny ihn ergrimmt. »Was Ihre Geschäfte betrifft, so habe ich im Augenblick nur Vermutungen. Ich weiß nichts Konkretes darüber, und ich mag auch nichts darüber wissen. Ich habe Sie bereits gewarnt.«

Aber Farrow sprach unbeirrt weiter.

»Diese Notting Hill Gate Boys machen mir Kummer. Sie waren eher da als ich. Schaufenstereinbrüche sind ihre Spezialität. Meine Jungs und ich sind ihnen mächtig verhasst. Sie werden immer wieder versuchen, entweder mich umzulegen oder mein Geschäft zu ruinieren. Und hier brauche ich nun Ihre Hilfe, mein Freund. Sie sitzen dort, wo die Fäden zusammenlaufen, und wenn Sie mir ein wenig helfen möchten Er winkte ab. »Nein, unterbrechen Sie mich jetzt nicht. Neulich dieser Überfall auf die Gäste der Elefantenbar diente nur als Ablenkungsmanöver. Natürlich, hätten die Gate Boys dabei Beute gemacht, aber der Hauptzweck war doch, meinen Betrieb zu ruinieren. Ich bin Cromwell dankbar, dass er das verhinderte. Er hat mein Unternehmen vor der völligen Zerstörung bewahrt. Hingegen fand ich es wirklich nett von den Gate Boys, dass sie bei dieser Gelegenheit Superintendent Hammerton ins Jenseits beförderten. Wenn er noch lebte, wären Sie gewiss nicht zur Abteilung G. 2 versetzt worden...«

»Zum Donnerwetter! Sie versuchten doch aber, auch mich umzubringen!«

»Zu dem Zeitpunkt wusste ich noch nicht, wer Sie sind. Gewisse interessante Andeutungen waren mir noch nicht zu Ohren gekommen. Natürlich kannte ich Cromwell dem Namen nach, und darum hielt ich es für ratsam, schnell zu handeln. Man hätte auf jeden Fall die Gate Boys verdächtigt, verstehen Sie? Je mehr Verwirrung, desto besser für mich. Ich hatte höllische Angst vor Cromwell – bis ich entdeckte, dass Sie sein Assistent sind.« Farrow blickte Johnny fest an. »Das ändert natürlich die Situation. Wenn Sie mir helfen...«

»Ehe Sie weitersprechen, Farrow, sollten Sie sich endlich darüber klarwerden, dass ich Ihnen nicht helfen will«, unterbrach Johnny ihn wütend. »Sie haben mir schon viel zuviel erzählt. Ich mag nicht wissen, was das für Geschäfte sind, die Sie betreiben. Sagen Sie nichts weiter. Ich kann es mir auch ohnehin denken.«

Farrow betrachtete ihn immer noch amüsiert.

»Übertreiben Sie nicht so, Johnny«, meinte er gutmütig. »Natürlich müssen Sie anstandshalber gegen meinen Vorschlag protestieren, aber Sie brauchen sich doch nicht derartig anzustrengen. Die verdammten Gate Boys werden wahrscheinlich schon bald ungemütlich werden – und hier beginnt nun Ihre Aufgabe.«

»Tatsächlich? Hören Sie, Farrow...«

»Cromwell ist Chef der Abteilung G. 2, und Sie sind seine rechte Hand«, fuhr Farrow fort. »Die Sache ist denkbar einfach, mein Freund. Ich gebe Ihnen damit die Möglichkeit, Ihre Dankesschuld mir gegenüber abzutragen. Ich verlange von Ihnen nichts weiter, als Cromwell dahingehend zu beeinflussen, dass er sein Hauptaugenmerk auf die Gate Boys konzentriert. Und die Elefantenbar wird in Ruhe gelassen. Klar?«

»Vollkommen klar. Nur sind Sie leider auf dem Holzweg«, erklärte Johnny ingrimmig. »Sie irren sich in meiner Person. Sie sind von einer völlig falschen Vorstellung befangen. Hören Sie, Farrow! Lassen Sie mich jetzt einmal zu Worte kommen. Sie haben diese Gerüchte gehört und glauben, ich bin leicht zu kaufen. Sie haben sich das ganz einfach gedacht, wie? Ich mache Ihren Handlanger und verdiene mir damit ein gutes Taschengeld nebenbei. Sie haben nichts dagegen, wenn Cromwell jede andere Verbrecherbande – insbesondere natürlich die Gate Boys – ausräuchert, aber euch soll er in Ruhe lassen. Das ist es doch, was Sie gemeint haben?«

»Das war sehr präzise ausgedrückt.«

»Einen Augenblick. Die Tatsache, dass Sie meine Mutter gerettet haben, ändert die Situation für mich«, sprach Johnny weiter. »Ich fühle mich dadurch gezwungen, Ihnen etwas zu sagen, was ich nur mit dem größten Widerwillen preisgebe. Hören Sie gut zu: Diese Gerüchte über mich entbehren jeder Grundlage. Cromwell selbst hat sie in Umlauf gebracht, weil er damit gerechnet hat, dass solche Leute wie Sie darauf hereinfallen würden. Er hoffte, dass man sich an mich heranmachen würde, genau wie Sie es prompt getan haben. Und nur zum Schein sollte ich auf die Angebote eingehen, die man, mir machen würde.«

»Zum Schein?«

»Sind Sie denn wirklich zu borniert, um nicht zu begreifen, dass die Polizei genauso raffiniert sein kann wie Sie?« Johnny geriet außer sich. »Aber ich will Ihnen reinen Wein einschenken. Meine verdammte Pflicht und Schuldigkeit wäre es, Cromwell sofort von unserer Unterhaltung zu verständigen. Nur in Anbetracht dessen, was Sie für meine Mutter getan haben, will ich nach einem Ausweg suchet. Ich werde mir bis Montagmorgen Urlaub geben lassen. Heute ist Mittwoch. Damit haben Sie vier Tage Zeit, von der Bildfläche zu verschwinden. Sollten Sie nächsten Montag noch da sein, dürfen Sie sich auf einiges gefasst machen!«

»Großer Gott! Das kann doch nicht Ihr Ernst sein!«

»Ab Montag gibt es keinen Pardon mehr!« Johnny schlug kategorisch auf den Tisch. »Nur aufgrund Ihres Verhaltens in jener Bombennacht, habe ich davon abgesehen, meine Rolle so zu spielen, wie sie mir vorgeschrieben war. Ich bin mir klar darüber, dass ich mir bereits eine Dienstverfehlung zuschulden kommen lasse, wenn ich bis Montag auf Urlaub gehe. Aber Sie dürfen sich merken, dass ich diese Zeit über nicht im Dienst bin und vergessen habe, was zwischen uns gesagt worden ist. Und einen guten Rat will ich Ihnen noch geben, Farrow: Retten Sie, was zu retten ist, und verschwinden Sie ins Ausland. Ich gebe Ihnen nur dieses eine Mal die Chance dazu. Schlagen Sie diesen Rat aus, dann werde ich mit allen mir zur Verfügung stehenden Mitteln hinter Ihnen her sein.«

In dem gutgeschnittenen Gesicht seines Gegenübers ging eine merkliche Veränderung vor sich. Farrows anfänglich leichte Verwunderung verwandelte sich in helle Wut.

»Du hinterlistiger Lump...!«, stieß er heraus.

»Sie haben keine Veranlassung, solche Ausdrücke zu gebrauchen«, wies Johnny ihn aufgebracht zurecht. »Ich gebe Ihnen die Chance, zu verschwinden. Sie können sie nutzen oder nicht, aber ab Montagmorgen betrachte ich meine Dankesschuld als abgetragen.«

Nach diesen Worten herrschte bedrückendes Schweigen. Eine tiefe Niedergeschlagenheit bemächtigte sich Johnnys. Er verabscheute den Gedanken, Ironsides hintergehen zu müssen. Aber es schien ihm unmöglich, Farrow geradewegs in eine Falle zu locken. Noch vor wenigen Jahren hatte dieser Mensch sich außergewöhnlich tapfer verhalten, und das glaubte Johnny berücksichtigen zu müssen. Seit jener Schreckensnacht bemühte er sich unablässig, den unbekannten Mann zu finden, der zweifellos das Leben seiner Mutter gerettet hatte. Und nun saß er diesem Mann gegenüber mit der bitteren Erkenntnis, dass der Held von damals ein Verbrecher war. Wenn Farrow seine Warnung beachtete und mit den unsauberen Geschäften endgültig Schluss machte, war das Endresultat für Bill Cromwell schließlich das gleiche. Farrow würde mit seiner Bande ganz einfach stillschweigend verschwinden. Damit war für Scotland Yard auch die Möglichkeit geschaffen, sich ausschließlich auf die Gate Boys zu konzentrieren.

»Dann habe ich also bis Montagmorgen Zeit, wie?«, brach Farrow endlich das Schweigen und erhob sich lässig. »Das ist wirklich nett von Ihnen, Johnny. Sie hatten es fertiggebracht, mich ein paar Minuten lang ernstlich zu beunruhigen. Es scheint, dass Sie sehr vorsichtig sein müssen, wie?«

Er griff nach seinem Hut und verließ das Restaurant. Johnny blieb verwirrt zurück. Tausend Zweifel überfielen ihn.

Fünftes Kapitel

Sorgenvoll machte Johnny sich auf den Weg zum Club. Seine Unterredung mit Anthony Farrow hatte mehr als unbefriedigend geendet. Es drückte ihn sehr, dass er Bill Cromwell im ungewissen lassen musste. Bis zu diesem Tag hatten sie keine Geheimnisse voreinander gehabt. Die gemeinsame Wohnung erschwerte noch die Situation. Es würde durchaus nicht einfach sein, sich von Ironsides bis Montagmorgen Urlaub geben zu lassen. Er würde den Grund wissen wollen.

»Ich darf es ihm nicht sagen«, murmelte Johnny deprimiert vor sich hin. »Er würde die Angelegenheit mit anderen Augen ansehen als ich. Der alte Knabe hätte keine Veranlassung, irgendwelche Rücksichten zu nehmen. Genaugenommen, habe ich auch keine, aber ich kann einfach nicht darüber hinweggehen, was dieser Mann in jener Bombennacht getan hat.«

Betrübt grübelte er über die eigenartigen und mitunter so verhängnisvollen Zufälle des Lebens nach.

Johnny verstand Farrows Andeutungen recht gut. Der Mann hatte deutlich genug zugegeben, dass die Elefantenbar nur zur Tarnung für irgendwelche unsauberen Geschäfte diente. Dabei konnte es sich nur um Rauschgift handeln. Durch Cromwell waren ihm Smithers' Sorgen vom Rauschgiftdezernat hinreichend bekannt. Es stand einwandfrei fest, dass im West End Rauschgifte gehandelt wurden, aber den Behörden blieb es rätselhaft, woher sie kamen und auf welchen Wegen die Abnehmer versorgt wurden. Die Antwort auf diese Frage war zweifellos in der Elefantenbar zu suchen. Johnny wusste allerdings, dass es keinerlei Beweise für seine Vermutung gab. Farrow hatte ja nichts Genaueres verraten.

An diesem Abend blieb der junge Sergeant nicht lange in seinem Club. Die Stimmung war ihm restlos verdorben. Er fuhr zu seiner Wohnung in der Victoria Street mit der Absicht, Cromwell sogleich um Urlaub zu bitten.

Enttäuscht musste er feststellen, dass Cromwell nicht zu Hause war. Als es immer später wurde, rief er schließlich im Yard an, Mr. Crowell hatte sein Büro bereits vor zwei Stunden verlassen, erfuhr er.

»Dieser alte Sauertopf«, knurrte Johnny und entschloss sich, endlich ins Bett zu gehen. »Wo mag er stecken? Ist doch sonst nicht seine Art, sich die Nacht um die Ohren zu schlagen.«

Er fiel in einen unruhigen Schlummer. Die Ereignisse des Abends ließen ihn auch im Schlaf nicht los. Gegen ein Uhr morgens wachte er auf. Nebenan im Wohnzimmer hörte er Schritte. Er setzte sich im Bett hoch und rief nach Cromwell.

»Was ist los, mein, Junge?« Der Chefinspektor steckte den Kopf zur Tür herein. »Du hast doch sonst nicht so einen leichten Schlaf. Ich habe mich ernsthaft bemüht, leise zu sein.«

»Ach, zum Teufel, Old Iron! Warum kommst du so spät nach Hause? Ich habe die ganze Zeit auf dich gewartet. Muss dir etwas sagen.«

»Aber nicht jetzt!«

»Erlaube mal...«

»Schick mir einen Einschreibbrief, wenn du magst.«

»Deine Laune scheint ja prächtig zu sein«, seufzte Johnny melancholisch. »Dir ist wohl eine Laus über die Leber gelaufen, wie?« Bedrückt wendete er den Blick ab. »Was ist los? Hat dich jemand geärgert?«

»Du bist derjenige, der mich ärgert!« Cromwell befand sich tatsächlich in übelster Stimmung. »Zwecklos, dir jetzt zu sagen, was mit mir los ist. Würdest du doch nicht verstehen. Ich sehe immer ein Gesicht vor mir... ein Gesicht, und weiß nicht, wo ich es hintun soll.«

»Was für ein Gesicht...?«

»Ich sagte bereits – das verstehst du nicht. Schlaf jetzt!«

Die Tür knallte hinter ihm ins Schloss. Johnny wollte ihn zurückrufen, überlegte es sich dann aber anders. Vielleicht hatte sich Cromwells Laune bis zum Morgen gebessert.

Er fiel in einen unruhigen Schlaf zurück. Dabei verfolgte ihn der unbestimmte Eindruck, dass sein Gefährte fast die ganze Nacht hindurch ruhelos im Wohnzimmer auf und ab ging. Wenn er hin und wieder aus seinen bedrückenden Träumen hochfuhr, hörte er die schlurfenden Schritte nebenan. Ein dummer Zufall, dass ausgerechnet jetzt mit Cromwell nicht zu reden war. Unangenehm genug, ohne ersichtlichen Grund Urlaub zu verlangen – selbst wenn Ironsides prächtigster Stimmung wäre, würde er sich nicht so leicht abspeisen lassen, Johnny fühlte sich unter den augenblicklichen Umständen äußerst unbehaglich.

Punkt acht Uhr erwachte er, einigermaßen ausgeruht. Normalerweise stand er um diese Zeit auf, darum kroch er auch heute ganz automatisch aus dem Bett. Irgendwie fühlte er sich ruhiger und zuversichtlicher als in der Nacht. Er zog seinen Bademantel über und ging ins Wohnzimmer. Dichte Rauchschwaden schlugen ihm entgegen. Zwei gefüllte Aschenbecher enthielten die übelriechenden Rückstände aus Cromwells Pfeife, die Jalousie war noch herabgelassen, das Fenster dicht geschlossen. Johnny glaubte ersticken zu müssen.

»Pfui Teufel!«, murmelte er angeekelt.

Er riss das Fenster auf und ging wütend hinüber in Ironsides' Schlafzimmer, fand aber keine Gelegenheit, seiner Empörung Luft zu machen. Von Cromwell keine Spur – das Bett schien unberührt.

Hastig duschte und rasierte er sich. Ohne Frühstück fuhr er zum Yard. Hier fand er Cromwell hinter seinem Schreibtisch. Er sah zum Fürchten aus: die Augen tief in den Höhlen, das Haar zerwühlt, die Augenbrauen erinnerten an die Fransen eines alten Teppichs.

»Mein Gott!«, rief Johnny entsetzt.

»Raus!«

»Hallo! Du erkennst mich wohl nicht? Ich bin dein Assistent...!«

»Heute Morgen will ich keinen Assistenten sehen«, kam die geknurrte Erwiderung.

»Oh, das ist prächtig«, sagte Jonny fröhlich, insgeheim erleichtert über diese Begrüßung. »Mit deiner Erlaubnis wollte ich mich sowieso gerade unsichtbar machen. Du wirst mich weder heute noch morgen noch Sonnabend sehen. Ich möchte bis Montag beurlaubt werden.«

Ironsides fuhr hoch. »Was möchtest du?«

»Du hörtest es bereits. Oder bist du taub?«

»Schluss mit dem Blödsinn! Was meintest du? Urlaub bis Montag! Bist du wahnsinnig geworden? Wir wissen vor Arbeit nicht ein noch aus, und du...«

»Eben hast du mir zu verstehen gegeben, dass du auf meinen Anblick keinen Wert legst«, fiel Johnny ihm ins Wort und betrachtete ihn ziemlich schockiert. »Weißt du übrigens, wie fürchterlich du aussiehst? Diese Säcke unter den Augen! Du hast heute Nacht nicht geschlafen, wie?«

»Ganz recht. Ich habe heute Nacht nicht geschlafen, und ich bin in der Laune, jeden umzubringen, der mir in die Quere kommt. Aber darüber brauchst du dir nicht den

Kopf zu zerbrechen. Was soll dieses Gerede von Urlaub? Mein Gott, Johnny, unterlass lieber diese Scherze!«

»Tut mir leid, aber ich scherze nicht. Ich wollte es dir heute Nacht bereits sagen, aber da hattest du keine Sprechstunde. Du scheinst zwar auch jetzt noch keine Sprechstunde zu haben, aber das kann ich auch nicht ändern. Ich komme erst am Montag um neun Uhr wieder zum Dienst, basta.«

»Herr im Himmel! Ist das dein Ernst?«

»Leider ja.«

»Jetzt glaube ich es tatsächlich.« Cromwell blickte seinen Assistenten vernichtend an. »Daraus wird nichts – verstanden? Ich kann dir jetzt keinen Urlaub geben! Setz dich gefälligst an deinen Schreibtisch und...«

»Hör zu, Old Iron! Du müsstest genau wissen, dass ich dich kaum um Urlaub gebeten haben würde, wenn ich nicht einen triftigen Grund dafür hätte.« Johnny lehnte sich über den Schreibtisch, sein Tonfall wurde ungewöhnlich ernst. »Ich kann dir auch keinen Grund angeben, nur soviel, dass es sehr wichtig für mich ist. Du musst mir bis Montag blind vertrauen. Dann werde ich dir alles erklären.«

»Bist du von allen guten Geistern verlassen!« Cromwell stand auf und schleuderte einen wütenden Blick auf seinen Sergeanten. »Heute haben wir Donnerstag. Du willst bis zum Montag blaumachen! Das ist unmöglich! Was hast du eigentlich vor? Einen Grund kannst du mir nicht sagen, aber es ist wichtig für dich, wie? Wenn du ohne meine Erlaubnis wegbleibst, fliegst du raus!«

»Das kann doch nicht dein Ernst sein, Ironsides«, erwiderte Johnny bekümmert. »Das sagst du nur in der Aufregung so daher. Aber ich finde es sinnlos, dass wir uns gegenseitig anbrüllen. Ich habe dir gesagt, was ich zu sagen hatte.«

»Einen Augenblick, mein Lieber.« Cromwell schwieg verdutzt, als Johnny mit energisch hochgerecktem Kinn aus dem Zimmer marschierte. »Johnny, komm sofort zurück! Verdammt...! Er ist einfach davongelaufen!«

Sprachlos vor Zorn sank der Chefinspektor auf seinen Stuhl zurück. Angesichts seiner augenblicklichen schlechten seelischen Verfassung brachte ihn Johnnys Entschluss an den Rand eines Nervenzusammenbruchs. Bisher hatte sich der junge Sergeant noch niemals eine derartige Freiheit genommen. Als Cromwell sich langsam beruhigte, sah er allerdings ein, dass Johnny wohl außergewöhnliche Gründe für sein eigenmächtiges Verhalten haben musste. Diese Erkenntnis schmälerte Cromwells Zorn aber keineswegs.

Hastig griff er zum Telefon. Sergeant Lister sei eben gegangen, erfuhr er. Nein, seinen Wagen habe er nicht benutzt, sondern ein Taxi genommen.

»Er ist also tatsächlich weg!« Cromwell knallte den Hörer auf die Gabel zurück. »Ausgerechnet jetzt, wo ich ihn dringend brauche!« Er zog seine buschigen Augenbrauen zusammen. »Zum Donnerwetter! Das lasse ich mir nicht bieten! Ich werde ihn zurückholen, und wenn ich alle Streifenwagen hinter ihm herjagen müsste!«

Seine eigenen Sorgen – und die waren nicht eben gering – schienen jetzt nebensächlich. Johnnys plötzliche Meuterei machte ihn fassungslos. Wenige Minuten später rief er die gemeinsame Wohnung in der Victoria Street an. Johnny könnte nach Hause gefahren sein. Aber es meldete sich niemand.

»In einem Taxi weggefahren?«, murmelte Ironsides vor sich hin. »Eventuell in seinen vermaledeiten Club... Moment! Ich kenne ihn doch. In dieser Stimmung holt er sich bestimmt seinen Wagen und fährt über Land. Der mit seinem Geschwindigkeitsfimmel... Wo steht denn gleich seine

Himmelfahrtskutsche? In irgendeiner Garage in Mayfair... Richtig, *Starlight*, diese große Untergrundgarage. Da will ich doch gleich Bescheid sagen, dass sie ihn zurückhalten...«

In diesem Augenblick schlug Cromwell sich vor die Stirn. Er hockte wie gelähmt hinter seinem Schreibtisch. Seine Augen bekamen plötzlich einen zuversichtlichen Glanz.

»Alle guten Geister!«, flüsterte er wie benommen.

Länge Zeit saß er wie versteinert da. Jeder zufällige Besucher hätte unweigerlich annehmen müssen, Cromwell habe hinter seinem Schreibtisch das Zeitliche gesegnet.

Endlich kam wieder Leben in die reglose Gestalt. Cromwell fischte seine übelriechende Pfeife aus der Tasche, stopfte sie und zündete sie an. Selbstzufrieden paffte er dichte Rauchwolken vor sich hin. Man musste den unbedingten Eindruck haben, dass ihm gerade ein großer Stein vom Herzen gefallen war. Als kurz danach Jenkins ins Zimmer trat, bot sich ihm ein ungewöhnliches Bild: Sein Chef lächelte gedankenverloren vor sich hin. Jenkins starrte ihn verblüfft an.

»Verzeihung, Sir«, begann er dann endlich und räusperte sich. »Mr. Lister scheint nicht im Hause zu sein.«

»Lister!«, polterte Ironsides und bot damit seinem Untergebenen wieder den altgewohnten Anblick. »Wer hat Sie denn mit dieser Sensationsmeldung hergeschickt? Natürlich ist er nicht im Haus. Das weiß ich. Verschwinden Sie!«

»Ja, Sir«, stammelte der Beamte verwirrt.

Der Gedanke an Johnny machte Cromwell abermals verdrießlich. Jetzt begann er aber zu handeln. Er risst den Hut vom Garderobenhaken, setzte sich das formlose Ding auf den Kopf und marschierte zur Tür hinaus.

Ohne Umweg ging er zur Starlight-Garage. Eine übermoderne, stromlinienförmige, unterirdische Wagenburg in Mayfair, keinen Steinwurf von Piccadilly Circus entfernt.

Cromwell schien fest entschlossen, seinen rebellischen Assistenten zu finden. Mit Genugtuung bemerkte er Johnnys schnittigen Alvis.

»Nein, Sir. Ich habe heute Morgen Mr. Lister nicht gesehen«, beantwortete einer der Garagenwärter Cromwells Frage. »Der Wagen ist jederzeit fahrbereit. Ich habe ihn abgeschmiert, wie er mir aufgetragen hatte. Und den Vergaser habe ich ebenfalls nachgesehen...«

»Schon gut, mein Freund – schon gut. Ich wollte nicht darüber informiert werden, was dem Wagen alles fehlt«, unterbrach Ironsides ihn ungeduldig. »Ich glaubte, Mr. Lister hier anzutreffen. Hören Sie: Wenn er kommen sollte, sagen Sie ihm... Nein. Ich spreche doch lieber mit dem Manager. Wo ist sein Büro?«

»Sie meinen Mr. Walters, Sir? Er ist nicht der Manager.«

»Nicht? Ich dachte aber...«

»Mr. Walters ist der Besitzer«, fuhr der Tankwart fort. »Kurz vor dem Krieg hat er diese Garage gebaut, dann wurde sie von der Regierung beschlagnahmt. Ich kann mich noch gut daran erinnern, dass vorher nur ein großer Schuppen hier gestanden hat. Im Krieg war Mr. Walters Major Panzerkommandant bei den Wüstenratten. Vor El Alamein hat er das Kriegsverdienstkreuz bekommen. Ja, da drüben können Sie ihn finden, Sir.«

Mr. Walters befand sich in seinem Büro, ein schlanker Mann in mittleren Jahren, und mit soldatischer Haltung. Ein schmales, intelligentes Gesicht mit klugen Augen blickte Cromwell entgegen.

»Ich glaube, wir kennen uns bereits, Chefinspektor«, begrüßte er Cromwell liebenswürdig. »Bitte, nehmen Sie Platz. Ich hoffe, Sie kommen nicht in amtlicher Eigenschaft zu mir? Ich bin mir jedenfalls nicht bewusst, irgendwelche Gesetze übertreten zu haben.«

»Nein, Sir, ich komme keineswegs dienstlich zu Ihnen, sondern in einer persönlichen Angelegenheit«, erwiderte Ironsides freundlich. »Sie haben mich schon mit meinem Sergeanten hier gesehen. Er hat seinen Wagen bei Ihnen untergestellt. Die Sache ist die: Lister, dieser verflixte Bursche, ist heute Morgen nicht zum Dienst erschienen, ich muss ihn aber dringend sprechen. Er hat auch seinen Wagen nicht geholt, wie ich eben feststellte.«

»Sie wünschen, dass ich ihm etwas ausrichte, wenn er kommt?«

»Nein, sagen Sie ihm nichts.« Cromwell runzelte die Stirn. »Gehen Sie Ihren Leuten Anweisung, dass man ihn nicht wegfahren lässt, bevor Sie benachrichtigt worden sind. Rufen Sie mich sofort im Yard an und hindern Sie ihn unter allen Umständen daran, loszufahren. Den Rest besorge ich selbst.«

Walters blickte beunruhigt auf. »Ich bedauere, dass Mr. Lister Unannehmlichkeiten hat. Er ist einer meiner besten Kunden. General Lister hat seinen Wagen ebenfalls hier untergestellt. Ich möchte Mr. Lister nicht vor den Kopf stoßen...«

»Tut mir leid«, unterbrach Cromwell ihn kühl. »Tun Sie genau, wie ich Ihnen gesagt habe, Mr. Walters. Es ist außerordentlich wichtig. Ich muss Sergeant Lister so schnell wie möglich sprechen, und da darf ich keine Möglichkeit ungenutzt lassen.«

»Schon gut, Mr. Cromwell. Ich werde genau das tun, was Sie mir gesagt haben – sofern er wirklich kommen sollte.« Walters schien jetzt sehr zugeknöpft. »Ich werde schon eine Möglichkeit finden, den jungen Mann nicht vor den Kopf zu stoßen. Darf ich Sie übrigens bei dieser Gelegenheit noch zu Ihrer Ernennung beglückwünschen, Mr. Cromwell?«

»Ob Sie dürfen? Ich weiß nicht, ob Sie dürfen.«

»Ich hoffe, dass Sie mehr Erfolg haben werden als Ihr Vorgänger«, fuhr der Garagenbesitzer fort, und seine Stirn umwölkte sich. »Die Autodiebstähle nehmen wirklich überhand. Sie müssen nicht denken, dass mir das alles gleichgültig ist. Nehmen Sie zum Beispiel diese Gate Boys.« Sein Ton wurde gereizt. »In den letzten drei Monaten haben sie nicht weniger als fünf Wagen hier aus dieser Garage gestohlen...«

»Dafür können Sie doch nicht die Polizei verantwortlich machen«, erwiderte Cromwell reserviert. »Ich habe den Eindruck, dass Sie ein anderes Überwachungssystem einführen sollten.«

»Ganz und gar nicht. Mein Kontrollsystem ist ausgezeichnet.« Walters machte eine ärgerliche Handbewegung. »Aber diese verdammten Gate Boys sind mit allen Wassern gewaschen. Sie kommen mit gefälschten Aufbewahrungsscheinen, und wie soll ich verhüten, dass meine Leute darauf hereinfallen? Da war neulich dieser Überfall auf die Elefantenbar. Der eine Wagen, der dabei benützt wurde, gehörte Lord Elmstrode. Das Auto wurde später völlig ramponiert aufgefunden. Lord Elmstrode macht mich natürlich dafür verantwortlich Walters schwieg verbittert. »Ich hoffe, Sie werden energische Maßnahmen ergreifen, Mr. Cromwell. Die Zustände sind wirklich unerträglich geworden.«

»Ja, Sir, ich werde sehr energisch vorgehen«, versicherte Cromwell versöhnlich. »Sie erwähnten eben die Elefantenbar. In diesem Zusammenhang darf ich Ihnen sagen, dass ich da ganz besonders nach einem bestimmten Mann suche. Vielleicht können Sie mir helfen.« Nachdenklich blickte er vor sich hin und versuchte, sich das Bild des falschen Superintendenten ins Gedächtnis zurückzurufen, der seinerzeit den Überfall auf das Nachtlokal geleitet hatte. »Er ist groß, hat breite Schultern und ein energisches Gesicht; vorstehende Zähne, eine breite Nase und die blauesten Augen, die ich je gesehen habe. Kurz, eine energische, kraftvoll wirkende Persönlichkeit. Haben Sie zufällig einen Kunden, auf den die Beschreibung passt?«

»Nach Ihrer Schilderung dürfte es nicht schwer sein, sich an einen solchen Mann zu erinnern.« Walters zog grübelnd die Brauen zusammen. »Aber ich kann mich wirklich nicht besinnen... Lebhafte blaue Augen, sagten Sie? Meinen Sie von einem außergewöhnlichen Blau?«

»Seine Augen sind so blau, dass man sie schwerlich vergessen kann«, entgegnete Cromwell. »Nein, Ihre und meine Augen sind alltäglich grau, so wie man sie bei Millionen anderen findet. Die Augen dieses Kerls haben eine völlig anomale Farbe. Wenn er zu Ihren Kunden gehören würde, hätten Sie sich sofort daran erinnern müssen.«

»Ich fürchte, ich kann Ihnen nicht behilflich sein.« Walters schüttelte bedauernd den Kopf. »Suchen Sie diesen Mann aus einem bestimmten Grund?«

»Oh, es handelt sich nur um den Anführer der Gate Boys«, gestand Cromwell. »Eine ganz mysteriöse Gestalt, Sir. Er ist vier oder fünfmal von meinen Leuten gesehen worden, und ich selbst habe ihn ebenfalls schon zu Gesicht bekommen. Leider verschwindet er nach jedem Überfall wie ein Karnickel in seinem Bau. Ich nehme an, dass er sich schon wegen seiner auffallenden Augen gut versteckt halten muss.«

»Vielleicht tarnt er sich mit einer Sonnenbrille?«

»An heißen Tagen vielleicht – aber ansonsten würde eine Sonnenbrille erst recht verdächtig wirken. Na schön...« Cromwell zuckte die Achseln. »Das dürfte meine Sorge sein, und nicht Ihre. Und im Übrigen, Mr. Walters, drücken Sie den Daumen. Ganz im Vertrauen: Samstagabend werde ich in Hammersmith eine Großrazzia durchführen. Das ist auch der Grund, warum ich Lister so dringend sprechen muss. Dazu brauche ich wirklich jeden Mann.«

»Ich freue mich, das zu hören, Chefinspektor.« Walters wurde wieder ausgesprochen herzlich. »Da ist also endlich etwas im Gange. Sehr schön. Was ich noch sagen wollte: Warum unternehmen Sie eigentlich nichts gegen die Elefantenbar? Ich möchte wetten, dass mehr dahintersteckt, als es scheint.«

Cromwell schüttelte den Kopf.

»Nein, Sir. Eins nach dem anderen. Ich hatte auch schon einen unbestimmten Verdacht, aber die Zeit ist noch nicht reif dafür. Außerdem glaube ich, dass die Elefantenbar ein anständiges Lokal ist. Darum mag ich keinen meiner Leute mit einer so nutzlosen Aufgabe betrauen. Ich habe gehört, dass die Maharani von Liramar als Gast von Lord und Lady Brackley in den nächsten Tagen dort zu sehen sein wird. Wie üblich wird sie natürlich von oben bis unten mit Juwelen behängt sein.« Cromwell schnaubte verächtlich. »Geschähe ihr eigentlich recht, wenn man sie um ihren Schmuck erleichtern würde. Ich habe kein Verständnis für solchen Leichtsinn und werde deshalb keinen Mann zu ihrer Bewachung abstellen.« Er erhob sich. »Denken Sie bitte an Lister, Mr. Walters. Sobald er hier auftaucht, halten Sie ihn unter irgendeinem Vorwand zurück. Dann rufen Sie mich an. Whitehall 1212, Abteilung G. 2.«

Mit sich selbst zufrieden verließ er die Garage. Auf dem Rückweg zum Yard schaute er bei Johnnys Club vorbei. Sein Sergeant war nicht da. Gereizt nahm der Chefinspektor kurze Zeit später wieder hinter seinem Schreibtisch Platz. Er hatte gehofft, dass der Ausreißer während seiner Abwesenheit zurückgekehrt sein könnte.

»Zum Teufel auch!«, schimpfte er leise vor sich hin. »Was mag mit ihm los sein? Er hat mir doch noch nie einen derartigen Streich gespielt!«

Sein Ärger über diese plötzliche Pflichtvergessenheit wich ernstlicher Besorgnis. Das Verhalten des jungen Sergeanten schien mehr als rätselhaft.

»Ich bin ja auch nicht ganz schuldlos«, gestand Cromwell sich ein und kratzte sich nachdenklich am Kopf. »Heute Morgen habe ich ihn völlig falsch behandelt. Mit etwas Diplomatie hätte ich ihn sicher zum Reden gebracht. Ach was! Früher oder später wird er schon wieder auftauchen.«

Mit einer abschließenden Handbewegung griff er nach dem Telefonhörer, drückte auf einen Knopf und sprach mit einem Kollegen.

»Inspektor Davis?«, fragte er brüsk. »Kommen Sie sofort in mein Büro. Ich brauche mindestens dreißig Mann für die Razzia in Hammersmith am Samstagabend. Wir wollen noch die Einzelheiten besprechen.«

Bill Cromwells schlechte Laune war verflogen. Der Chefinspektor schien so wie immer: kühl, beherrscht – und gefährlich.

Sechstes Kapitel

Johnny fühlte sich als der beklagenswerteste Mensch in ganz London. Die letzten drei Tage waren ihm endlos lang erschienen.

Um allen Fragen aus dem Wege zu gehen und Anthony Farrow wirklich eine Chance zum Verschwinden zu lassen, hatte Johnny sich weder im Yard noch in seinem Club und auch nicht in der Victoria Street sehen lassen. Zwei unruhige Nächte in einem zweifelhaften Hotel in Kensington waren überstanden. Tagsüber hatte er sich in Gemäldesammlungen und Museen herumgetrieben. Das einfachste wäre natürlich gewesen, London zu verlassen. Er brachte es jedoch nicht über sich, der Metropole den Rücken zu kehren. Seine Nervosität und Unruhe wuchsen zusehends. Heute Abend – es war Samstag – zog es ihn zur Elefantenbar.

Mehr als einmal wäre er beinahe der Versuchung erlegen, seinen Wagen aus der Garage zu holen und eine weite Fahrt über Land zu machen. Sein Instinkt hatte ihn davor gewarnt. Infolgedessen führten Cromwells Anweisungen an Mr. Walters nicht zum Ziel.

Seit drei Tagen bildete Johnny sich ein, dass Farrow ihn sprechen wollte. Darum betrat er heute die Elefantenbar in der Hoffnung, Farrow zu Gesicht zu bekommen. Er wollte den Mann daran erinnern, dass seine Frist nahezu abgelaufen sei, und gleichzeitig das Lokal noch einmal gründlichst in Augenschein nehmen. Vielleicht waren irgendwelche Anzeichen für einen Wechsel in der Geschäftsleitung zu bemerken. In wenigen Stunden würde die Bar ihre Pforten schließen, um sie erst am Montag wieder zu öffnen. Sonntags herrschte Betriebsruhe, wie es sich für ein solides Unternehmen gehörte.

Was Ironsides' Plan für diesen Abend betraf, so war Johnny natürlich völlig ahnungslos. Er wusste nicht, dass in einem nach außen hin seriös wirkenden Billardsaal in Hammersmith eine Razzia unternommen werden sollte. Johnny wollte Farrow sprechen und ihn nochmals warnen, nichts sonst. Wenn dieser Gauner es nicht vorziehen sollte, noch heute Nacht zu verduften, dann konnte er etwas erleben.

In dieser Richtung bewegten sich Johnnys Gedanken, als er die luxuriöse, von gedämpftem Stimmengewirr erfüllte Bar betrat. Möglicherweise bildete er es sich nur ein, aber ihm schien, als sei heute ein besonders auserlesenes Publikum anwesend. Eine Gruppe fröhlicher junger Leutchen in der einen Ecke, an den Tischen Ehepaare in mittleren Jahren und Männer, denen man ihre militärische Vergangenheit deutlich ansah. Ein Tisch zog seine besondere Aufmerksamkeit auf sich. Dort saßen Lord und Lady Brackley zusammen mit der schönen jungen Maharani von Liramar und verschiedenen anderen prominenten Gästen. Die Maharani bot einen bestechenden Anblick. Nicht allein wegen ihres fremdländischen Scharms, sondern auch wegen der kostbaren Juwelen, mit denen sie sich überreich geschmückt hatte. Die funkelnden Steine an ihrem Körper machten glauben, dass die ganze Gestalt der jungen Frau Feuer sprühte.

Nachdem Johnnys Neugier befriedigt, sah er sich vergeblich nach Farrow um. Nun, der Mann liebte es, im Hintergrund zu bleiben. Jorgens versah seinen Dienst wie immer. Kurz ehe das Varieté-Programm, begann, bemerkte er Johnnys suchenden Blick und trat an seinen Tisch.

»Wünschen Sie etwas, Sir?«, fragte er zuvorkommend.

»Ja. Ich hätte gern Mr. Jones gesprochen.«

»Bedaure.« Der Manager wurde merklich reserviert. Er zuckte die Schultern. »Mr. Jones ist nicht da.«

»Kommt er heute Abend noch?«

»Tut mir leid, Monsieur. Das kann ich Ihnen nicht sagen.«

»Aber Sie werden mir wenigstens sagen können, ob Mr. Jones noch immer Chef von diesem Laden hier ist«, fuhr Johnny ihn an. »Ich habe munkeln hören, dass er das Lokal verkauft hat.«

»Bedaure, Monsieur.« Ein erneutes Schulterzucken.

Noch bevor ihm eine weitere Frage gestellt werden konnte, hatte sich der Manager entfernt. Johnny erhob sich gereizt, um ihm nachzugehen – da erschien Anthony Farrow auf der Bildfläche und strafte die eben gesprochenen Worte seines Geschäftsführers Lügen. Farrow, weltmännisch lächelnd, steuerte direkt auf Johnnys Tisch zu.

Der junge Sergeant setzte sich wieder. Seine Gesichtszüge wurden hart. Im missfiel dieses Lächeln, ihm missfiel die ganze makellose Erscheinung Farrows.

»Sie haben sich einen außerordentlich günstigen Abend für Ihren Besuch ausgesucht, Johnny«, murmelte der Nachtlokalbesitzer und zog sich einen Sessel heran. »Wir haben heute sehr prominente Gäste...«

»Ich hatte gehofft, Sie nicht mehr hier anzutreffen – Mr. Jones«, fiel Johnny ihm ins Wort. »Bedeutet Ihre Anwesenheit, dass Sie meine Warnung in den Wind schlagen wollen?«

»Warnung, mein lieber Freund? Ich verstehe nicht...«

»Sie machen sich doch hoffentlich nichts vor, Mann!«, fuhr Johnny ihn an. »Bei unserer letzten Unterhaltung habe ich Ihnen Ihre Lage deutlich genug vor Augen geführt. Ich habe Ihnen vier Tage Zeit gelassen, aus England zu verschwinden.« Johnny sprach mit so grimmiger Entschlossenheit, dass Farrow ihn überrascht und zugleich erschrocken anblickte. »Ihre Zeit ist abgelaufen, werter Freund.«

»Sind Sie wahnsinnig?!« Farrow rang merklich nach Luft. »Wir waren doch übereingekommen...«

»Oh nein, nichts dergleichen«, unterbrach Johnny ihn grob, »Ich habe genau das gemeint, was ich Ihnen neulich sagte. Ich gab Ihnen nur aufgrund dessen was Sie vor sieben oder acht Jahren geleistet haben, diese einmalige Chance. Für meine Handlungsweise kann ich möglicherweise aus dem Polizeidienst entlassen werden – und wahrscheinlich wird es auch so kommen. Aber lassen Sie es sich gesagt sein, Farrow, wenn Sie am Montagmorgen noch in London sind, bin ich unerbittlich hinter Ihnen her.«

»Mein Gott! Jetzt glaube ich fast, dass Sie im Ernst sprechen!«, stieß Farrow mit verzerrtem Gesicht heraus. »Sie hinterlistiger Gauner, Sie!«

»Sie vergessen sich, Farrow! Wollen Sie eine Szene machen?«

»Kommen Sie in mein Büro!«, zischte der andere und riss sich zusammen. »Dort können wir sprechen. Passen Sie auf, wohin ich gehe, und dann folgen Sie mir in ein bis zwei Minuten.«

Mit einem gezwungenen Lächeln stand er auf und ging mit betonter Lässigkeit davon. Johnny starrte ihm empört nach. Wie schon befürchtet, hatte ihn der Mann völlig falsch verstanden. Der Gedanke, die Unterredung in Farrows Büro fortzusetzen, behagte ihm keineswegs. Er wusste genau, dass ein solches Unternehmen gefährlich werden konnte. Zu gut hatte er das hasserfüllte Aufleuchten in den Augen des anderen verstanden. Zudem war er selbst unbewaffnet. Er würde also äußerst vorsichtig sein müssen. Er beobachtete, wie der Mann durch eine unauffällige Tür neben dem Orchester verschwand, und stand wenige Augenblicke später auf, um ihm zu folgen.

»Wohin denn so eilig, Johnny?«, fragte eine leise Stimme neben ihm.

Überrascht fuhr er herum und sah einen Fremden, der sich an seinem Tisch niedergelassen hatte... Nein, es war durchaus kein Fremder.

»Ironsides!«, rief er überrascht aus.

»Woher wusstest du davon, mein Junge?«

»Wovon soll ich gewusst haben?«

»Von unserer kleinen Vorstellung. Du, bist doch höchstwahrscheinlich hier, um mitzumachen bei unserem Feuerwerk.«

»Du liebe Zeit!« Entgeistert starrte Johnny auf Cromwells altmodischen Abendanzug. »Weißt du eigentlich, wie abscheulich du aussiehst? Diese schreckliche Schleife, dieses mottenzerfressene Hemd! Was willst du in diesem Faschingskostüm, Old Iron?«

»Ich hoffe, dass etwas Interessantes passieren wird – und zwar recht bald«, erwiderte Cromwell, ohne auf Johnnys wenig schmeichelhafte Kritik an seinem Äußeren einzugehen. »Wenn ich mich irren sollte, wäre das eine bittere Enttäuschung für mich.«

»Schön. Ich kann jedenfalls nicht hierbleiben. Ich muss mit... nun, eben mit jemandem sprechen.«

»Mit dem Mann, der gerade hier am Tisch gesessen hat? Mit dem, der eben in der Tür neben dem Orchester verschwunden ist?«

»Ja. Aber ich kann dir wirklich nicht erklären...«

»Das ist wohl deine neueste Spezialität, keine Erklärungen abzugeben, wie?«, unterbrach Ironsides ihn kurz. »Der Chef hat sich bereits sehr genau nach dir erkundigt. Wenn du nicht eine hieb- und stichfeste Begründung für dein Verhalten abgeben kannst... Oho! Da geht's ja schon los! Eher als erwartet!«

Johnny saß da wie vom Donner gerührt. Während seines kurzen Gesprächs mit Cromwell waren die verschiedenen Türen aufgeflogen. Die Tanzfläche, die man eben für die Varietévorführung geräumt hatte, füllte sich mit Männern... mit Männern in Trenchcoats, mit Masken vor dem Gesicht und automatischen Pistolen in den Händen. Das Ganze erinnerte an eine Szene aus einem mittelmäßigen Hollywoodfilm. Alles ging reibungslos und ohne Geräusch vor sich. Innerhalb weniger Sekunden stand jeder der Eindringlinge an seinem Platz.

»Meine Damen und Herren, Sie werden inzwischen gemerkt haben, was unser Besuch zu bedeuten hat«, ertönte eine klar akzentuierte Stimme. »Bleiben Sie ruhig an Ihren Tischen sitzen, sonst könnten wir ungemütlich werden.«

Auf diese Worte herrschte entsetztes Schweigen. Nur ein kleiner Teil der Gäste hatte die Situation voll erfasst, andere saßen an ihren Tischen und lächelten stumpfsinnig vor sich hin. Sie mochten der Meinung sein, dass man sich eine neuartige Einleitung für die Kabarettvorstellung ausgedacht hatte.

Johnny Lister ließ sich allerdings nicht täuschen. Er erkannte die Gate Boys sofort. Diesmal hatten sie sich nicht erst die Mühe gemacht, als verkleidete Polizeibeamte aufzutreten. Es war Blauäuglein in höchsteigener Person, der soeben gesprochen hatte und nun mitten auf der Tanzfläche stand. Das energische Gesicht mit der breiten Nase und den leicht vorstehenden Zähnen, diese unglaublich blauen Augen mit dem hypnotischen Blick konnte man nicht verwechseln.

Johnny schaute kurz auf Bill Cromwell. Er saß scheinbar völlig überrumpelt auf seinem Stuhl, sein Gesicht verriet Angst und Nervosität. Einige Damen stießen Entsetzensschreie aus. Ihre Begleiter begannen laut zu protestieren –

die unausbleibliche Reaktion eines englischen Gentlemans, wenn er sich unerwartet in einer misslichen Situation befindet.

»Keinem wird etwas geschehen, wenn Sie tun, was ich Ihnen gesagt habe«, bemerkte der Anführer ruhig. »Verhalten Sie sich still und legen Sie Ihre Wertsachen auf den Tisch.«

Diese Worte galten im besonderen Lord und Lady Brackley und ihrem juwelengeschmückten Gast. In den weitgeöffneten Augen der schönen Maharani spiegelten sich Überraschung und Schrecken. Lord Brackley hatte sich halb erhoben, Lady Brackley schien einer Ohnmacht nahe.

»Du wusstest davon, Old Iron...?«, flüsterte Johnny.

»Ich wusste es nicht – aber ich hoffte es«, zischte Cromwell zurück. »Endlich geht es weiter. Dies ist die Wende, mein Junge. Die Gate Boys werfen uns den Fehdehandschuh hin. Die Burschen sind ja größenwahnsinnig. Dieser Überfall soll ein besonderes Bravourstückchen werden. Großartig!«

»Was ist großartig?«

Noch ehe Ironsides antworten konnte, zerschnitt Sin fremdes Geräusch die eingetretene Stille – ein Geräusch, das Johnny wie von der Tarantel gestochen in die Höhe fahren ließ. Aus der Richtung des Orchesters knatterte eine Maschinenpistole los. Dieses Knattern schien den Gate Boys ziemlich vertraut. Ihre Gesichter zeigten helles Entsetzen.

»Gut abgepasst!«, murmelte Cromwell.

Er sprang auf. Wie ein Zauberkünstler hielt er plötzlich eine Pistole in der Hand und schoss gegen die Decke. Johnny Lister starrte ihn sprachlos an. Offensichtlich sollte dieser Schuss gleichsam ein Signal sein, denn an den Tischen der älteren Ehepaare und der Herren mit sichtlich militärischer Vergangenheit geschah etwas Seltsames. Rund achtzig

Prozent der Gäste erhoben sich wie ein Mann – und alle hielten plötzlich Pistolen in den Händen!

»Das war mein Trick, Freundchen!« Cromwell stand mit einem langen Schritt neben dem völlig überrumpelten Bandenchef und presste ihm den Pistolenlauf in die Seite. »Wenn es kein wüstes Gemetzel geben soll, dann weisen Sie Ihre Leute an, die Waffen wegzuwerfen.«

In der nächsten Minute verwandelte sich der elegante Barraum in ein Chaos. Es wurde geschossen. Einige Bandenmitglieder – sich so unerwartet einer doppelten Übermacht gegenübersehend – verloren völlig den Kopf. Rücksichtslos versuchten sie, sich den Weg nach draußen freizuschießen.

Dieser unsinnige Versuch war natürlich von vornherein zum Scheitern verurteilt. Zwei Burschen lagen bereits tot am Boden, zwei andere schwer verwundet. Drei als Gäste verkleidete Polizeibeamte waren verletzt. Dieser verzweifelte Ausbruch versuch dauerte jedoch nur wenige Sekunden. Die wilde Schießerei gab gleichzeitig das Signal für eine neue Aktion. Von allen Seiten strömten jetzt uniformierte Polizeibeamte in die Bar.

Es gab keinen Zweifel: Diesmal stand der Sieg auf Seiten der Polizei! Sogar Johnny Lister, der Cromwells Praktiken immerhin kannte, musste überrascht feststellen, dass nicht nur ein großer Teil der Gäste, sondern auch einige Kellner Kriminalbeamte waren. Selbst die anwesenden Damen entpuppten sich als die Ehefrauen der Polizeibeamten, Ironsides schien alles auf eine Karte gesetzt zu haben.

»Ich glaube, Mister Blauauge, damit ist das Ende Ihrer schönen Karriere erreicht«, sagte der Chefinspektor zynisch. Der Bandenchef, von zwei stämmigen Constables gehalten, stand hilflos vor ihm. »Sie waren der Meinung, dass meine Leute alle in Hammersmith beschäftigt sind, wie? Ihre Gewährsleute haben Ihnen sicherlich erzählt, dass dort um diese Zeit eine Großrazzia stattfindet? Das kann ich Ihnen sogar bestätigen. Ich habe vierzig bis fünfzig Marin dafür abgestellt und ließ die Aktion in ziemlich auffälliger Weise in die Wege leiten. Und auf dieses Ablenkungsmanöver fielen Sie prompt herein, wie ein stümperhafter Gauner, der Sie ja letzten Endes auch sind.«

»Bedauerlicherweise bemerkte ich Sie erst, als es zu spät war«, stieß der Gangster wütend heraus. »Da ging mir ein Licht auf. Wenn dieses verdammte Maschinengewehr nicht losgerattert hätte, würde ich Sie noch umgelegt haben.«

»Dieses Maschinengewehr? Das war auch nur ein kleiner Trick«, lächelte Cromwell freundlich. »Ein ganz harmloses Spielzeug, das aber täuschend echt klingt – nicht wahr? Es lenkte Ihre Boys gerade lange genug ab, um meine Leute in Aktion treten zu lassen. Sie werden festgestellt haben, dass wir vom Yard auch nicht auf den Kopf gefallen sind.«

Mit einer schnellen Bewegung riss er Blauauge die falschen Zähne aus dem Mund. Zum Vorschein kam ein ganz normales, keineswegs auffälliges Gebiss.

»Und nun noch die Gummistöpsel aus der Nase«, sagte Cromwell gelassen. »Ja – und dann wollen wir doch noch die schönen Kontaktlinsen aus den Augen entfernen. So ist es gut. Ein kluger Trick, mein Freund, wenngleich fast ein wenig zu klug. So unwahrscheinlich blaue Augen kann kein Mensch haben.«

»Zum Teufel! Wie sind Sie darauf gekommen?«

»Oh, ich habe ein ausgezeichnetes Gedächtnis für Gesichter«, erwiderte Ironsides. »Besonders gut prägen sich mir bestimmte Einzelheiten ein. Sie können ruhig gefärbte Kontaktlinsen aufsetzen und die Nase weiten, Sie können auch die Form des Mundes verändern, aber Stirn, Ohren und Kinn lassen sich schlecht korrigieren... Mr. Walters!«

Johnny Lister saß fassungslos auf seinem Stuhl. Er kam sich wie ein blutiger Anfänger vor, der einem Meisterdetektiv bei der Arbeit zuschaut. Nachdem die Nase von den Gummistöpseln befreit und die Kontaktlinsen aus den Augen entfernt waren, stand plötzlich wie durch Zauberei der Herr Garagenbesitzer Walters vor ihnen – der Mann, den Johnny sehr gut kannte, mit dem er sich beinahe befreundet glaubte.

Die Kontaktlinsen stellten wirklich ein kleines Meisterwerk an Raffinesse dar. Die blauen Pupillen in der Mitte vermochten das Aussehen des Besitzers völlig zu verändern. Walters graue Augen sprühten im Augenblick vor Hass und Furcht.

»Abführen!«, befahl Cromwell kurz, aber voller Genugtuung. »Eine kleine Überraschung für dich, Johnny, wie? Der hochachtbare und stets liebenswürdige Mr. Walters entpuppt sich als Bandenchef der Gate Boys!«

»Wie hast du das nur herausbekommen, Old Iron?« Johnny hatte sich noch nicht ganz von seiner Überraschung erholt. »Mein Gott! Ich scheine ja allerhand verpasst zu haben. Ach, ich muss dir überhaupt sagen...«

»Nicht jetzt, mein Junge. Ich habe noch viel vor. Da wir einmal hier sind, kann ich bei dieser Gelegenheit den ganzen Laden gründlich unter die Lupe nehmen.« Cromwells Miene straffte sich entschlossen. »Ist zwar nicht ganz in Ordnung – ich habe keinen Haussuchungsbefehl aber zum Teufel auch! Ich lasse mir doch diese Chance nicht entgehen.«

»He, einen Augenblick! Ich habe Farrow versprochen...«

Ironsides beachtete Johnnys Einwurf gar nicht. Er ordnete an, dass sofort ein Dutzend Beamte zur Starlight-Garage fahren sollten.

»Beeilen Sie sich! Der ganze Bau wird von oben bis unten gründlichst durchsucht. Es ist möglich, dass unter den Garagenangestellten noch ein paar Bandenmitglieder sind. Wenn Sie schnell machen, können Sie dort sein, ehe die Nachricht von Walters' Verhaftung durchgesickert ist. Nehmen Sie zunächst alle Angestellten fest. Wenn Sie Garagen mit besonders starken Schlössern finden – einfach aufbrechen! Sie werden bestimmt den einen oder anderen Lastzug finden, der in der letzten Woche mitsamt der Ladung verschwunden ist.«

Anschließend startete Cromwell die Aktion gegen die Elefantenbar. Das gesamte Personal wurde in einem Raum zusammengezogen. Jorgens protestierte heftig und mit schriller Stimme, ohne Beachtung zu finden. Eigenartigerweise wurde Anthony Farrow nirgends gefunden. Die Haussuchung erwies sich – um der Wahrheit die Ehre zu geben – als völliger Reinfall. Nicht ein einziges Gramm Kokain – nichts, was den Verdacht der Polizei irgendwie bestätigt hätte. Cromwell war arg enttäuscht.

»Immerhin aufschlussreich, dass der Boss sofort getürmt ist«, knurrte er wütend. »Warum hatte er es so eilig? Ich möchte jede Wette eingehen, dass er hier mit Rauschgift gehandelt hat. Bestimmt hat er das ganze Zeug mitgenommen, als es anfing, drunter und drüber zu gehen. Zum Teufel! Nicht für fünf Pence belastendes Material. Und Jones auf und davon...«

»Er heißt gar nicht Jones«, warf Johnny ein. »Er heißt in Wirklichkeit Anthony Farrow.«

»Das ist doch Wurst!«

»Wirklich? Ich muss dir etwas über Farrow erzählen«, sagte Johnny drängend. »Dann wirst du auch verstehen, warum ich die letzten Tage blaugemacht habe. Ich saß mächtig in der Patsche, Old Iron!«

»Du sitzt auch jetzt noch drin, mein Lieber! Und wenn du dir einbildest, ich hätte jetzt Zeit, mir dein Geschwätz anzuhören, bist du auf dem Holzweg. Ich muss zur Starlight-Garage.«

»Darf ich mitkommen?«

»Meinetwegen – aber du bist außer Dienst«, knurrte der Chefinspektor. »Du bist suspendiert. Um dir die Wahrheit zu sagen: Du wirst wahrscheinlich rausfliegen!«

Diese Worte waren nicht eben dazu angetan, die ohnehin verzweifelte Stimmung des unglücklichen Sergeanten zu heben.

Die Durchsuchung der Starlight-Garage erwies sich als sehr zufriedenstellend. In geschickt versteckten unterirdischen Boxen wurden drei der verschwundenen Lastzüge gefunden – der eine enthielt wertvolle Textilien, der zweite Zigaretten und der dritte Whiskey.

»Donnerwetter! Das hätte ein nettes Sümmchen auf dem schwarzen Markt eingebracht«, brummte Cromwell zufrieden. »Wirklich ein bildsauberes Versteck. Kein Wunder, dass diese Lastzüge spurlos verschwinden konnten. Bevor überhaupt jemand ihren Verlust bemerkte – bevor man also überhaupt danach suchte, standen sie schon in dieser unterirdischen Garage. Der seriöse Geschäftsmann Walters war natürlich über jeden Verdacht erhaben. Diese angesehene Garage in Mayfair mit ihrer vornehmen Kundschaft!«

»Wie bist du ihm. eigentlich auf die Spur gekommen?«, fragte Johnny verwundert. »Du konntest doch nicht den geringsten Verdacht gegen ihn haben. Und trotzdem schienst du genau zu wissen, wem du die falschen Zähne aus dem Mund holtest.«

Erst nachdem Ironsides sich noch um ungezählte Einzelheiten gekümmert und seinen Bericht fertiggestellt hatte, beantwortete er die Frage seines Assistenten. Inzwischen war Mitternacht vorüber, und es stand eindeutig fest, dass Anthony Farrow das Weite gesucht hatte – und offensichtlich nur, weil er polizeiliche Nachforschungen fürchtete. Er schien die Elefantenbar völlig aufgegeben zu haben, und daran war sicherlich zu einem guten Teil Johnny Listers Ultimatum schuld.

Müde und erschöpft, aber außerordentlich zufrieden mit sich selbst, kehrte Cromwell in seine Wohnung in der Victoria Street zurück. Und hier, in der ruhigen Abgeschiedenheit des Wohnzimmers und bei großen Tassen dampfenden Tees beichtete Johnny. Ohne zu stocken, redete er sich das Dilemma der vergangenen Tage vom Herzen.

Cromwell brummte.

»Ich gebe ohne weiteres zu, dass du in eine verzwickte Lage geraten bist, mein Junge«, musste er notgedrungen einräumen. »Er hat dich ganz hübsch unter Druck gesetzt. Du hast ihm glücklicherweise nicht direkt geholfen, sondern dich neutral verhalten – vielleicht hilft uns diese Tatsache, wenn wir dem Chef berichten müssen. Farrow ist jedenfalls ein Gauner, sonst wäre er nicht so Hals über Kopf verschwunden.«

»Herr im Himmel! Natürlich ist er ein Gauner«, rief Johnny aus. »Ohne jeden Zweifel hat er in diesem verwünschten Nachtlokal mit Rauschgift gehandelt. Das hat er ziemlich deutlich durchblicken lassen. Ich könnte viel Geld verdienen, wenn ich mitspielen würde – brauchte weiter nichts zu tun, als dich von der Elefantenbar abzulenken, und so weiter und so fort. Nicht zu glauben, dass so ein Kerl noch vor wenigen Jahren fähig gewesen ist, sein Leben für einen anderen einzusetzen.«

»Daran ist nichts Unglaubliches«, entgegnete Cromwell unwirsch. »Die persönliche Tapferkeit eines Menschen braucht nichts mit seiner Ehrlichkeit zu tun zu haben. Außerdem – es war Krieg. Jeder leistete damals mehr, als er in normalen Zeiten je geleistet haben würde. Manche Leute hätten sich vorher nie träumen lassen, wozu sie fähig sind. Sicherlich war Farrow auch damals schon ein Schwarzhändler, wenn auch nur in kleinem Stil. In diesen Kreisen dauert es gewöhnlich nicht lange, um wohlhabend und zugleich einflussreich zu werden. Sehr wahrscheinlich ist es völlig gleichgültig, ob er uns entwischt ist oder nicht. Ich hätte vermutlich doch keine Beweise in die Hände bekommen, die mich berechtigt hätten, ihn zu verhaften. Dank deines seltsamen Schuldgefühls ihm gegenüber hat er es nun mit der Angst zu tun bekommen und ist verschwunden. Das bedeutet gleichzeitig, dass Mr. Farrow sein Geschäft aufgegeben hat. Ich habe allerdings so ein unbestimmtes Gefühl, als wenn er demnächst wieder auftauchen und uns noch allerhand Ungelegenheiten verursachen würde.«

»Na schön, wenn er sich wieder rühren sollte, wissen wir ja, was wir zu tun haben«, sagte Johnny. »Und nun beantworte bitte meine Frage von vorhin. Wieso wusstest du, dass Blauauge in Wirklichkeit Walters ist? Übrigens ein erfolgreicher Abend für dich, Old Iron! Hammerton ist es nie gelungen, mit diesen Notting Hill Gate Boys aufzuräumen. Du hast es nach knapp zwei Wochen fertiggebracht! Wirklich saubere Arbeit. Die ganze Bande sitzt jetzt hinter Schloss und Riegel.«

»Das will ich dir gern sagen«, erwiderte Ironsides und goss sich noch eine Tasse von dem starken Tee ein, dessen Farbe an Starkbier erinnerte. »Denke an den ersten Überfall auf die Elefantenbar. In jener Nacht wurde Hammerton getötet. Damals habe ich mir Freund Blauauge sehr gut angesehen. Irgendwie erinnerte er mich an jemanden. Ich wusste, dass ich ihn schon einmal gesehen haben musste, aber ich konnte ihn nicht unterbringen. Sosehr ich mir auch den Kopf darüber zerbrach, es gelang mir nicht.«

»Und dann?«

»Dann kamst du mit deiner blödsinnigen Urlaubsidee. Ich bin die ganze Nacht herumgelaufen und hatte eine Stinklaune. Ich konnte mich einfach nicht darauf besinnen, an wen mich Blauauge erinnerte. Ich gebe zu, ich war an jenem Morgen gereizt wie ein wütender Stier. Als du mir auch noch widersprachst, ging ich natürlich in die Luft.«

»Tut mir leid, Old Iron.«

»Braucht dir nicht leid zu tun, mein Lieber. Das brachte mich nämlich auf den richtigen Weg. Ich war gezwungen, meine Grübelei zu unterbrechen und mich mit dir zu beschäftigen. Und dabei musste ich zwangsläufig auch an deinen Wagen denken... und an die Garage, in der du ihn untergebracht hast. Und in diesem Augenblick kam mir die Erleuchtung.«

»Bei dem Gedanken an die Garage fiel dir Walters ein?«

»Ganz richtig. Ich hatte Walters ein- oder zweimal gesehen, zusammen mit dir. Seine Ohren, sein Kinn und seine Stirn sind einprägsam genug. Blauauge war zwar stämmiger, mit einer breiten Nase und vorstehenden Zähnen, aber diese Kleinigkeiten lassen sich ja rasch korrigieren. Augenblicklich machte ich mich auf den Weg zur Starlight-Garage und unterhielt mich mit ihm – natürlich nur über dich! Aber ich wusste jetzt mit Bestimmtheit, dass ich dem Bandenchef der Gate Boys gegenüberstand. Das übrige kannst du dir selbst denken.«

»Du hast ihm wohl einen Köder hingeworfen?«

»Und ob! *Ganz im Vertrauen* erzählte ich ihm von einer Razzia in Hammersmith und traf auch sofort ziemlich auffällige Vorbereitungen dafür. Er sollte glauben, dass die Elefantenbar leichte Beute sein würde. Und um ihm die Sache besonders schmackhaft zu machen, ließ ich noch eine Bemerkung über die Maharani von sonst wo und ihre kostbaren Juwelen fallen.«

»Moment! Willst du damit behaupten, dass diese Dame gar nicht die Maharani von Liramar war?«

»Natürlich nicht, du Einfaltspinsel! Nur eine kleine Schauspielerin, der wir ein paar Pfund Glas um den Hals gehängt hatten. Bei *Lord Brackley* handelte es sich um Tom Duggin vom Sonderdezernat.«

»Donnerwetter! Und Walters ist auf den Schwindel hereingefallen. Als er dich in Hammersmith vermutete, wollte er die Juwelen der Maharani ergattern und gleichzeitig die Elefantenbar ruinieren. Muss 'ne nette Überraschung für die Bande gewesen sein, als das ganze Lokal plötzlich von Polizeibeamten wimmelte!«

Siebtes Kapitel

Am nächsten Morgen – Oberst Lockhurst hatte Cromwell bereits zu seinem Erfolg beglückwünscht – wurde Johnny Lister ins Chefbüro beordert. Es dürfte besser sein, einen barmherzigen Schleier über diese äußerst ungemütliche halbe Stunde zu ziehen. Aber infolge seiner bisherigen guten Führung durfte der Sergeant auf seinen Posten zurückkehren. Durch die Festnahme der Gate Boys befand sich Lockhurst in prächtigster Stimmung. Ohne Zweifel hatte auch Ironsides ein gutes Wort für Johnny eingelegt.

»Du bist also mit einem blauen Auge davongekommen, wie?«, knurrte Cromwell, als Johnny ihm über den Ausgang der Unterredung berichtete. »Da hast du Glück, mein Lieber. Ich hatte dem Chef empfohlen, dich rauszuwerfen.«

Johnny grinste.

»Man mag dich vielleicht für einen guten Detektiv halten, Old Iron – ich möchte nicht behaupten, dass du es wirklich bist! –, aber lügen kannst du nicht. Jedenfalls besten Dank. Du hast den alten Knaben ganz schön eingewickelt, wie? Hast ihm gesagt, dass du nicht auf mich verzichten kannst? Schon gut – schon gut«, fügte, er hastig hinzu. »Ich mache ja nur Spaß.«

Die Raubüberfälle und Einbrüche ließen in den nächsten beiden Wochen merklich nach. Die kleineren Gangstergruppen hatten offensichtlich Angst bekommen. Sie verhielten sich ruhig. Anthony Farrow ließ nichts von sich hören. Die Elefantenbar ging drei Tage nach der Razzia stillschweigend in andere Hände über. Farrow hatte also verkauft – und höchstwahrscheinlich mit großem Verlust.

»Ich müsste mich gewaltig täuschen, wenn wir nicht schon bald von diesem unternehmungslustigen Herrn hören sollten«, brummte Cromwell stirnrunzelnd. »Mr. Farrow gibt sich nicht mit Kleinigkeiten ab. Wenn ihm jemand im Weg ist, engagiert er einen Kerl mit einer in einer Kamera versteckten automatischen Pistole oder lässt Bomben an den Auspuff kleben. Oh ja, Johnny, über kurz oder lang werden wir ihn wieder treffen.«

Wenige Tage später hatte Detektiv Fred Rawlings von der Sonderabteilung G. 2 ein merkwürdiges Erlebnis. Rawlings galt als einer von Cromwells fähigsten Leuten.

An diesem Morgen ging Rawlings Whitehall entlang, als plötzlich ein Fremder gleichen Schritt mit ihm hielt. Einen Augenblick später fühlte er einen harten Gegenstand in der Seite. Der Detektiv verhielt sich still. Er wusste sofort, was das zu bedeuten hatte.

»Wollen wir nicht einen kleinen Spaziergang machen, mein Freund?«, begann der Fremde.

»Aber doch nicht heute Morgen«, erwiderte Rawlings freundlich lächelnd. »Ich muss um neun im Yard sein, und jetzt ist es genau drei Minuten vor neun.«

»Sie haben Nerven!«, sagte der andere. »Wenn ich Ihnen gut raten darf...«

»Sie meinen diese Pistole?«, fragte Rawlings. »Aber, aber! Sie sind doch viel zu klug, um mich hier auf offener Straße zu erschießen. Also, was wollen Sie?«

»Wenn Sie vernünftig sind – und ich habe diesen Eindruck –, können Sie sich bald einen ganzen Haufen Geld verdienen«, fuhr der Fremde fort. »Mein Name dürfte uninteressant für Sie sein. Aber wenn Sie heute Abend um halb acht in die U-Bahnstation am Piccadilly Circus kommen, wird sich jemand mit Ihnen in Verbindung setzen. Verstanden? Wir brauchen die Hilfe eines Mannes aus dem Yard. Wir haben Sie ausgewählt.«

»Ich fühle mich geschmeichelt«, gab Rawlings sarkastisch zurück. »Aber Sie verschwenden nur Ihre kostbare Zeit.«

»Hör zu, Freundchen! Das ist kein Scherz«, knurrte der andere. »Du wirst kommen und wirst niemanden mitbringen. Unterstehe dich nicht, irgendwelche krumme Sachen zu versuchen. Sonst würden wir uns leider gezwungen sehen, dich ins Jenseits zu befördern. Halb acht... U-Bahnstation Piccadilly Circus, verstanden?«

Ein leeres Taxi näherte sich. Der Fremde winkte es heran und fuhr davon, noch ehe Rawlings sich schlüssig wurde, ob er ihm folgen sollte oder nicht. Der junge Beamte holte tief Luft und musste feststellen, dass sich auf seiner Stirn Schweißperlen gebildet hatten. Als gewissenhafter Detektiv war sein Vertrauen in die Stärke Scotland Yards nahezu unbegrenzt. Er zögerte keinen Augenblick, sondern bat unverzüglich um eine Unterredung bei Chefinspektor Cromwell.

Stirnrunzelnd hörte Ironsides sich den Bericht des jungen Beamten an. »Die Frechheit dieser Gangster kennt keine Grenzen. Sie brauchen also einen Mann aus dem Yard! Und Sie sollen der Auserwählte sein! Großartig! Es ist richtig, dass Sie sofort zu mir gekommen sind. Ihr pflichtbewusstes Verhalten wird nicht vergessen werden.«

»Vielen Dank, Sir.«

»Natürlich müssen Sie sehr vorsichtig sein«, fuhr Cromwell fort und betrachtete besorgt den gutaussehenden Detektiv. »Die Worte des Mannes sollten gewiss keine leere Drohung sein. Wir möchten Sie nicht verlieren, Rawlings. Sie werden nicht hingehen. Benehmen Sie sich ganz so wie sonst auch, dann werden diese Halunken denken, dass Sie mit niemandem darüber gesprochen haben.«

Rawlings blickte überrascht auf.

»Warum sollen wir nichts unternehmen?«, fragte er heftig. »Warum soll ich diese Verabredung nicht einhalten, Sir? Einige unserer Leute könnten in der Nähe sein. Es dürfte ihnen nicht schwerfallen, den Kerl zu erwischen, der dort auf mich wartet.«

»Oh ja, das dürfte wirklich nicht schwer sein!« Der Enthusiasmus des jungen Detektivs amüsierte Cromwell. »Und was würde anschließend aus Ihnen? Wie lange gedachten Sie, uns dann noch mit Ihrer Gegenwart erfreuen zu können? Sehen Sie, mein Freund, diese Gangster spaßen nicht. Und ich möchte Sie nicht verlieren.«

»Das Risiko nehme ich gern auf mich, Sir«, erwiderte Rawlings eifrig. »Das Ganze ist nicht mehr als ein Bluff. Zum Teufel, wenn wir schon Angst haben vor diesen Gaunern, dann können wir gleich einpacken!«

»In gewisser Hinsicht haben Sie schon recht«, nickte Cromwell! nachdenklich. »Aber trotzdem gefällt mir die Sache nicht. Von mir aus dürfen Sie natürlich die Verabredung einhaken und so tun, als gingen Sie auf alle Pläne ein. Sie können mir dann später darüber berichten. Aber wie gesagt: Ich rate Ihnen ab!« Rawlings ging enttäuscht. Schließlich hatte er Cromwell beipflichten müssen.

Natürlich war die Skepsis des Chefinspektors nur zu berechtigt. »Es hat wirklich keinen Sinn, das Leben eines jungen Mannes nutzlos aufs Spiel zu setzen, Johnny«, sagte er zu seinem Assistenten. »Ganz gleich wer dahinterstecken mag, aber wenn es durch Rawlings' Vorgehen zu einer Verhaftung käme, ließe er ihn ohne Zögern umlegen.«

»Und wer steht deiner Meinung nach hinter dem Ganzen...? Farrow?«

»Schon möglich«, erwiderte Cromwell gedehnt.

Um halb acht erschien Rawlings trotz aller Bedenken zu seiner Verabredung. Eine Minute später lebte er nicht mehr. Auf rätselhafte Weise war sein Körper von Kugeln durchsiebt. Die Tat wurde so raffiniert verübt, dass die Passanten in der verkehrsreichen U-Bahnstation meinten, der junge Mann sei ohnmächtig geworden. Er hatte eben den verabredeten Treffpunkt erreicht und zündete sich eine Zigarette an, als er auch schon zusammenbrach. Nicht weniger als vier Kugeln fand man später in seiner Brust, eine davon hatte das Herz getroffen.

Zwei Tage später wiederholte sich das Ganze. Wiederum wurde ein junger Beamter vom Yard auf die gleiche Weise angesprochen und zu einem Treffpunkt befohlen. Trotz Rawlings' tragischem Ende meldete sich der Detektiv unverzüglich beim Chefinspektor.

»Zum Teufel, es hat keinen Sinn, dass wir uns etwas vormachen, Mackintosh. Wir sind nicht in der Lage, Sie zu beschützen!«, knurrte Cromwell gereizt. »Rawlings benahm sich äußerst vorsichtig, und trotzdem hat es ihn erwischt. Es ist mir rätselhaft, wie das passieren konnte. Sie müssen ihn wohl genau beobachtet und daraus ihre Schlüsse gezogen haben.«

»Ich verstehe nicht ganz, Sir.«

»Rawlings trug zweifellos an dem Unglückstag eine trotzige und herausfordernde Miene zur Schau«, fuhr Cromwell fort. »So wurde mir jedenfalls berichtet. Betrachten wir das Ganze einmal von der psychologischen Seite. Die Gangster beobachteten ihn scharf und aus seiner selbstbewussten Haltung schlossen sie, dass er Bericht erstattet haben musste. Armer Teufel! Er verbarg seine Gedanken zu schlecht. Das war sein Verderben!«

»Was schlagen Sie nun vor, Sir? Wie soll ich mich verhalten?«

»Versuchen Sie zunächst einmal aus Rawlings' Schicksal zu lernen, mein Freund. Sie haben Ihre Pflicht getan, als Sie zu mir gekommen sind, und das rechne ich Ihnen hoch an. Machen Sie heute möglichst viel Außendienst – lassen Sie sich draußen sehen. Tarnen Sie sich hinter einer ängstlichen, bekümmerten Miene.«

»Ich verstehe, Sir«, nickte Mackintosh. »Die Kerle sollen den Eindruck bekommen, dass sie mich eingeschüchtert haben, dass ich den Mund hielt, damit mir nicht das gleiche blüht wie Rawlings.«

»Ganz recht. Halten Sie die Verabredung ein, wenn Sie wollen, aber seien Sie unerhört vorsichtig. Und wenn Sie tatsächlich gehen – suchen Sie soviel wie möglich zu erfahren.«

»Sie sagten eben, *wenn ich will*, Sir?«

»Ob Sie gehen oder nicht – das möchte ich Ihnen überlassen, mein Freund. Ich zwinge Sie nicht. Wenn Sie also dieses gefährliche Spiel nicht mitmachen wollen, und ich sage Ihnen offen, es ist gefährlich, dann kann ich Sie sofort zu einer unserer auswärtigen Abteilungen versetzen.«

»Ich bin kein Drückeberger«, erwiderte Mackintosh gekränkt. Er hielt die Verabredung ein. Diesmal gab es keine Schießerei. Genaugenommen, wusste niemand, was mit ihm geschah. An diesem Abend meldete er sich nicht im Yard zurück – auch nicht am nächsten Morgen. Aber fünfundzwanzig Stunden später fischte man ihn aus der Themse, mit einer Kugel im Kopf.

Als Oberst Lockhurst von dieser zweiten Tragödie hörte, bat er Cromwell zu sich.

»So kann es nicht weitergehen.« In seiner Stimme schwang tiefe Besorgnis. »Wie konnte das passieren?«

»Er wusste genau, in was er sich einließ«, erwiderte Ironsides reserviert. »Sie dürfen mir keine Vorwürfe machen, Sir. Ich denke mir, dass er sich im Gespräch mit den Gangstern ungeschickt ausgedrückt hat, sodass dieses Gesindel Lunte roch.«

»Ich bin geradezu entsetzt«, fuhr Lockhurst fort. »Die Dinge stehen jetzt wirklich mehr als übel, Cromwell.«

»Die beiden Beamten wurden vorsätzlich und aus einem ganz bestimmten Grund umgebracht«, murmelte Ironsides, und seine buschigen Augenbrauen zogen sich zusammen. »Gemeiner Mord, Sir – Mord als Mittel zum Zweck.«

»Zu welchem Zweck?«

»Es dürfte einwandfrei feststehen, dass man die Moral von Scotland Yard untergraben will«, erklärte Cromwell ungeduldig. »Sie wollen sichergehen, dass der nächste, an den sie sich heranmachen, den Mund hält, dass er das Geld nimmt, das sie ihm geben, und das tut, was sie von ihm verlangen. Unsere Leute sind zuverlässig, aber es gibt auch da eine Grenze.«

»Verdammter Krieg!« Der Oberst fuhr wütend auf. »Im Krieg hat man diese Geheimkommandos gebildet, und wir haben jetzt die Scherereien damit. Haben Sie eine Ahnung, welche Bande für diese Morde verantwortlich ist?«

»Ja, das weiß ich.«

»Großer Gott! Sie wissen es?«

»Aber ich bin noch nicht soweit, dass ich einschreiten kann.« Cromwells mürrisches Gesicht wurde noch verschlossener. »Notgedrungen muss ich unsere Gegner noch gewähren lassen.«

»Und inzwischen wollen Sie untätig zusehen, wie Ihre Leute einer nach dem anderen ermordet werden?«

»Wenn es nach mir ginge, würde es keinen weiteren Mord geben. Rawlings und Mackintosh wurden nicht sinnlos geopfert. Es lag nicht in meiner Macht, sie zu retten – außer, ich hätte sie sofort nach auswärts versetzt. Ich habe das auch Mackintosh vorgeschlagen, aber er lehnte strikt ab.«

»Und was wissen Sie nun eigentlich über diese Bande?« Der Assistant Commissioner betrachtete Cromwell zweifelnd.

»Bis jetzt nicht viel.« Ironsides erhob sich abschließend. »Aber bald werde ich mehr wissen, und dann werde ich handeln!«

Brüsk verließ er das Zimmer und ließ Oberst Lockhurst höchst unzufrieden zurück. Cromwells Geheimniskrämerei schien ihm sehr unangebracht. Aber da dem Chefinspektor völlige Handlungsfreiheit zugebilligt worden war, konnte er nichts dagegen unternehmen. Ihn beruhigte der Gedanke, dass Cromwell noch niemals leere Worte gemacht hatte.

Drei Tage später beobachtete Cromwell seinen Protokollführer scharf. Jenkins kam ihm an diesem Morgen sehr verändert vor. Der stets fröhliche Mann wirkte verstört und unsicher.

»Was ist mit Ihnen los?«, fuhr Cromwell ihn an.

»Mit mir? Aber nichts, Sir.«

»Doch! Sie sehen aus, als ob Sie von Ihrer eigenen Beerdigung kommen. Nun mal raus damit, mein Lieber. Hat sich jemand an Sie rangemacht?«

»Nein, nein – Sir!« Sein aufgeregter Protest verstärkte Cromwells Misstrauen. »Es hat sich niemand an mich herangemacht. Wenn Sie etwa an Rawlings und Mackintosh denken, dann irren Sie sich, Sir. Nichts dergleichen.«

»Schon gut, Jenkins. Kein Grund zur Aufregung. Dann muss es also einen anderen Grund für Ihr gehetztes Aussehen geben.«

»Ich fühle mich gar nicht gehetzt, Sir. Ich habe nur Sorgen«, erwiderte Jenkins, geradezu verzweifelt. »Es ist meine

Frau... Sie ist krank. Als ich gestern Abend nach Hause kam, ging es ihr sehr schlecht. Ich musste den Arzt holen und habe die ganze Nacht kaum ein Auge zugemacht.«

»Was fehlt ihr denn?«

»Was ihr fehlt, Sir?« Jenkins schluckte. »Es ist... es ist das Herz, Sir. Es war schon immer sehr schwach.«

»Aha!«, sagte Cromwell betont. »Das tut mir leid, Jenkins. Am besten nehmen Sie gleich Urlaub. Bringen Sie Ihre Frau für ein paar Wochen an die See.«

»Aber nein, Sir.« Jenkins schien tief erschrocken. »Der Arzt sagt, dass es ihr schon bald besser gehen wird. Außerdem kommt meine Schwester, um sie zu pflegen. Ich will lieber an meine Arbeit gehen, Sir. Dabei vergisst man seine Sorgen am schnellsten.«

Cromwell ließ ihn gehen und lehnte sich bequem zurück. Seine Augen leuchteten halb ergrimmt, halb amüsiert. Jenkins hatte sich mehr als verdächtig benommen – Cromwell war schließlich kein Narr.

»Sieht bedenklich aus, Old Iron, wie?«, bemerkte Johnny Lister, der alles mit angehört hatte. »Was willst du tun? Erkundigungen über seine Frau einziehen?«

»Das wäre eine Möglichkeit. Aber ich bezweifle, ob er überhaupt eine Frau hat. Nein, Johnny. Ich glaube, wir sind noch nicht so weit, dass wir unsere Nase in die Privatangelegenheiten unserer Leute stecken müssen. Überlass Jenkins ruhig mir. Ich werde schon auf ihn aufpassen.« Cromwell beugte sich leicht nach vorn und stopfte seine Pfeife. »Ich wollte noch etwas anderes mit dir besprechen. Wir wollen uns mal über Käse unterhalten.«

»Wie sagst du?!«, fragte Johnny verblüfft.

»Ganz recht. Käse sagte ich.«

Misstrauisch blickte Johnny den Chefinspektor an. Ironsides schien jedoch völlig ernst. Er hatte eine Reihe Zeitungen vor sich aufgeschlagen. Nachdem er seine Pfeife in Brand gesetzt hatte, wies er auf verschiedene viertelseitige Anzeigen.

»Was hältst du davon, Johnny?«

Sämtliche Inserate propagierten *Hodge's Käseecken* – jede Schachtel mit sechs Ecken zum Preis von einem Shilling und sechs Pence.

»Dieses Zeug?« Johnny starrte auf die Inserate. »Sicher ist es gar kein Käse. Sämtliche Litfaßsäulen sind mit solchen Plakaten bepflastert. Wahrscheinlich irgendein Käseersatz, der nicht rationiert ist. Mein Gott! Haben wir nichts Wichtigeres zu tun, als uns den Kopf über diesen komischen Käse zu zerbrechen?« Johnny schüttelte ungeduldig den Kopf. »Im Übrigen mache ich mir nichts aus Käse!«

»Ich auch nicht – im Allgemeinen«, erwiderte Cromwell heftig. »Aber lass dir eins sagen: Im Augenblick gibt es nichts Wichtigeres für uns. Dass gerade diese Käsesorte so plötzlich den Markt erobern konnte, grenzt an Wunder. Kaum zwei Wochen sind vergangen, und schon werden Hodge's Käseecken selbst im kleinsten Geschäft verkauft. Jeder Milchladen, jeder Kolonialwarenhändler, jedes Hotel – alle führen Hodge's Käseecken!«

»Der Verkauf ist eben gut organisiert. Amerikanische Werbemethoden, wie es aussieht. Was soll denn daran ungewöhnlich sein?«

»In diesem speziellen Fall ist das Ganze ziemlich ungewöhnlich. Dieser enorme Umsatz innerhalb kürzester Zeit fiel mir auf. Das ist mehr als ungewöhnlich, das ist einmalig. Da ist übrigens noch etwas, wovon du nichts weißt. Gleichzeitig mit dem steigenden Verkauf dieser Käsesorte kamen verschiedene Beschwerden von Leuten, die sich bedroht fühlen. Sie kamen zu uns und behaupten einstimmig, dass man ihnen die Pistole auf die Brust setzt.«

»Weiter«, bat Johnny.

»Ist es nicht reichlich komisch, dass die meisten dieser Leute Lebensmittelgroßhändler sind? Das gibt mir zu denken. Keiner kann sagen, wer ihn eigentlich bedroht. Eine mysteriöse Angelegenheit. Bringt man es aber erst mit dem Werbefeldzug für diese Käseecken in Verbindung, gibt es schon einen Sinn – vor allem, wenn man den Namen des Direktors von Hodge's Käse-Company in Betracht zieht.«

»Und wer ist das?«, fuhr Johnny auf.

»Anthony Farrow!«

»Herr im Himmel! Farrow – unser Freund aus der Elefantenbar?«

»Kein anderer! Ich habe dir ja gleich gesagt, dass wir von diesem Gentleman noch hören würden. Die Frechheit dieses Kerls ist einfach erstaunlich! Er hat ganz offiziell unter seinem Namen in der City ein großes Büro eröffnet.«

»Dieser Gauner!«, rief Johnny aus. »Bei der Razzia auf die Elefantenbär hat er »ich aus dem Staub gemacht. Donnerwetter!«, fügte er aufgeregt hinzu. »Vermutest du, dass er für die Morde an Rawlings und Mackintosh verantwortlich ist? Es kann sich doch nicht zufällig um den gleichen Namen handeln?«

»Oh nein! Dieser Farrow ist unser Farrow. Und ich möchte mein bestes Hemd wetten, dass niemand anders als er hinter diesen abscheulichen Morden steckt. Es stimmt übrigens nicht ganz, dass er nach der Razzia ausgerissen ist. Nachdem er das Nachtlokal verkauft hatte, machte er sich lediglich unsichtbar. Er brauchte gar nicht das Weite zu suchen, denn er wusste genau, dass wir kein Beweismaterial gegen ihn haben.«

»Nein? Aber er hat doch versucht, mich zu bestechen!«

»Denke nur einmal nach. Er führte eine kleine private Unterhaltung mit dir, ohne jeden Zeugen. Für diesen Bestechungsversuch gibt es also keine Beweise. Natürlich ist auch sein neueröffnetes Käsegeschäft nur eine Tarnung – aber Farrow ist Geschäftsmann genug, um auch damit ordentlich zu verdienen. Er wird übrigens davon überzeugt sein, dass wir genau Bescheid wissen. Aber wir können nichts unternehmen.«

Johnny Lister pfiff leise durch die Zähne.

»Dieser Mann ist ein Mörder und ein Betrüger. Wie willst du gegen ihn vorgehen?«

»Im Augenblick überhaupt nicht«, entgegnete Cromwell erbost. »Wir müssen Mr. Farrow schon noch eine Weile gewähren lassen. Wie ich jedoch bereits sagte, ist er derjenige, der die Moral in Scotland Yard untergraben will.«

»Und aus welchem Grund werden diese Lebensmittelgroßhändler bedroht?«

»Einschüchterungsversuche«, knurrte Cromwell achselzuckend. »Eine neue Art von Erpressung – eigentlich nicht einmal so sehr neu. Du glaubst doch wohl nicht im Ernst, dass diese Großhändler so ohne weiteres Riesenaufträge für den stinkenden Käseersatz geben! Sie werden eingeschüchtert, und zwar mit so raffinierten Methoden, dass nach außen hin keinerlei Zusammenhang erkennbar ist.«

»Kein Zusammenhang! Ja, zum Donnerwetter...!«

»Einen Augenblick! Wenn ich sage, dass kein Zusammenhang zu erkennen ist, so meine ich damit, dass wir nicht die geringsten Beweise haben, die wir vor Gericht vorbringen könnten. Dass ein Zusammenhang besteht, liegt klar auf der Hand.« Ironsides tippte Johnny vor die Brust. »Das ist es, was mir Kopfzerbrechen bereitet. Das Ganze ist offensichtlicher Betrug – nicht besser als die anderen Schwarzhandelsmanipulationen. Und doch ist es unerhört schwierig, dagegen vorzugehen. Wir haben hier eine harte Nuss zu knacken«, fügte er seufzend hinzu.

»Große Sorgen scheinst du dir jedenfalls nicht darum zu machen?«

»Warum sollte ich?«, erwiderte der Chefinspektor mürrisch. »Es wird schon noch zum offenen Kampf kommen.«

Als Cromwell einige Stunden später den Yard verließ, war er gespannteste Aufmerksamkeit. Jenkins hatte sich den ganzen Tag über äußerst eigenartig benommen. Ganz zufällig erwähnte Cromwell eine halbe Stunde vor seinem Weggang, dass er den Yard Punkt halb fünf verlassen würde.

Ironsides hielt seine Augen offen. Er ging fünfzig Meter, hundert Meter. Mit langen Schritten eilte er am Embankment entlang. Plötzlich näherte sich ein großer, offener Wagen aus Richtung Charing Cross. Er fuhr dicht an den Bürgersteig heran. In beiden Richtungen herrschte starker Verkehr, darum konnte das Manövrieren des Wagens nicht weiter auffallend sein. Aus dem Augenwinkel heraus sah Cromwell zwei Männer im Fond sitzen. Dieser kurze Blick genügte ihm. Der eine der Männer hielt eine Decke auf den Knien, die sich verdächtig aufbauschte. Außerdem entging seinem geschulten Ohr nicht, dass der Wagen einen überstarken Motor besaß. Dieser Motor stand in gar keinem Verhältnis zu dem schäbigen Äußeren des Autos. Kleinigkeiten, für einen oberflächlichen Beobachter ohne irgendeine Bedeutung, für Cromwell aber von unerhörter Wichtigkeit.

Als der Wagen mit einem Ruck dicht an die Bordsteinkante fuhr, schnellte Cromwell herum. Er spürte die Gefahr – er wusste, dass der Tod nach ihm greifen wollte. Die Decke auf dem Schoß des Mannes im Fond bewegte sich leicht – aber Cromwell handelte schneller. Im Bruchteil einer Sekunde hatte er den Revolver in der Hand. Zwei peitschende Schüsse, und der äußere Reifen des Wagens platzte mit gewaltigem Knall. Im gleichen Moment blitzte es unter der Decke auf. Cromwell lächelte ironisch und warf sich kopfüber zu Boden.

Eine Maschinenpistole! Nicht eine Sekunde hätte er zögern dürfen. Der geplatzte Reifen brachte den Wagen gewaltig ins Schleudern, sodass die Feuergarbe zu hoch ging. Glücklicherweise wurde kein Passant verletzt.

Alles Weitere spielte sich blitzschnell ab. Der Chauffeur verlor die Herrschaft über den Wagen und rammte einen Baum. Krachend überschlug sich das Auto und schleuderte die drei Insassen auf die Straße. Anscheinend unverletzt, sprangen sie auf und versuchten, in panischem Schrecken zu fliehen.

»Stehenbleiben, meine Herren!« Cromwells Stimme klang scharf und drohend.

Seine geballte Rechte fuhr dem Chauffeur ins Gesicht, der gehorsam zusammensackte. Ironsides' Linke schlug dem zweiten die Pistole aus der Hand und fuhr ihm anschließend ins Gesicht, sodass der Verblüffte notgedrungen einige Vorderzähne schlucken musste. Dem dritten erging es nicht viel besser. Cromwell erwischte ihn am Mantel, riss ihn zurück und vereitelte damit seinen Fluchtversuch. Auf sein wütendes Geschrei hin trat die Rechte des Chefinspektors abermals in Aktion.

Als wenige Sekunden später zwei Polizisten auf der Bildfläche erschienen, bot sich ihnen ein ungewöhnlicher Anblick: ein umgestürzter Wagen, daneben drei besinnungslose Gestalten. Neugierige drängten näher und schrien aufgeregt durcheinander. Ihre Empörung galt offensichtlich Cromwell, der sich allerdings nicht im mindesten darum kümmerte.

»Bringen Sie die drei Männer weg, Parks«, befahl er ruhig und rieb sich vorsichtig seine verstauchten Knöchel. »Zum

Teufel, der Kerl hatte Zähne wie Kieselsteine. Am besten lasse ich mich gleich mit Jod einpinseln.«

Entsetzt betrachtete Sergeant Parks Inspektor Cromwells blutende Hand.

»Was ist eigentlich passiert, Sir?«

»Glücklicherweise nichts. Nur ein kleiner Versuch, mich um die Ecke zu bringen«, erwiderte Ironsides. »Unter der Wolldecke im Wagen werden Sie eine Maschinenpistole finden.«

»Herr im Himmel! Sie sind ja das reinste Wundertier, Sir«, entfuhr es dem Sergeanten. In der Aufregung vergaß er den nötigen Respekt. »Also dann – zurücktreten bitte, gehen Sie zurück!«

Grüßend legte er die Hand an den Helm und drängte gleichzeitig die Menge zurück. Inzwischen kamen weitere Polizisten heran. Sie begriffen rasch die Zusammenhänge. Die drei Männer wurden nicht gerade sanft auf die Beine gestellt und mit Handschellen gefesselt. Sie kamen allmählich wieder zu sich. Cromwell spazierte gemächlich davon, der kleine Zwischenfall schien ihn nicht weiter beeindruckt zu haben. Die Polizeibeamten blickten ihm bewundernd nach.

Wieder eins von Farrows Kunststückchen, möchte ich annehmen, grübelte Cromwell im Weitergehen. *Und Jenkins? Da bin ich neugierig!*

Trotz seines zur Schau gestellten Gleichmuts wusste er genau, dass er nur knapp seinem Schicksal entgangen war. Die Männer mussten mit ziemlicher Sicherheit gewusst haben, um welche Zeit er Scotland Yard verlassen würde. Ihm schien es völlig ausgeschlossen, dass sie mit so gefährlichen Beweisstücken – mit ihren Waffen – auf gut Glück gewartet hatten.

Bill Cromwell hatte Jenkins auf die Probe gestellt. Das Resultat war beunruhigend.

Achtes Kapitel

Die Büros von Hodge's Käse-Company nahmen ein ganzes Stockwerk in einem der neuen Geschäftshäuser ein, die kurz vor dem Krieg in der Nähe des Strand aus dem Boden geschossen waren. In solchen Bürohäusern ging es gewöhnlich wie in einem Bienenstock zu. Durch eine ganze Flucht von Räumen isoliert, saß der Direktor der Hodge's Käse-Company hinter seinem wuchtigen Schreibtisch. Von hier aus gab er einem halben Dutzend Vertretern letzte Instruktionen, bevor sie auf ihre Verkaufstour gingen. Mr. Anthony Farrow lächelte zufrieden und lehnte sich – eine dicke Zigarre zwischen den Zähnen – bequem in seinem Polstersessel zurück.

»Also Jungs, ihr habt mich verstanden«, sagte er händereibend. »Wir wollen diesen langweiligen Brüdern einmal zeigen, in welcher Rekordzeit bei uns Geschäfte abgeschlossen werden. Jeder bearbeitet seinen eigenen Bezirk – es liegt bei euch, was ihr herausholt. Ihr wisst ja Bescheid, wie mit Leuten zu verfahren ist, die sich um einen Auftrag drücken wollen.«

»Wir geben ihnen drei Chancen«, erwiderte einer der Vertreter zynisch. »Wenn sie dann noch immer halsstarrig sind, geht es ihnen an den Kragen.«

Farrow beugte sich über den Schreibtisch.

»Aber Vorsicht!«, mahnte er. »Ein grober Schnitzer, und uns geht's ebenfalls an den Kragen. Es ist in eurem wie in meinem Interesse, nicht gleich zu drastisch vorzugehen. Ihr verdient genug an diesem Geschäft, und ich auch.«

»Wir haben keinen Grund zum Klagen, Mr. Farrow«, bestätigte ein anderer. »Unsere Provision ist anständig. So leicht habe ich mein Geld noch nie verdient.«

»Umso mehr Grund, aufzupassen, dass ihr nicht übers Ziel hinausschießt«, lächelte Farrow gönnerhaft. »Solange ihr euch an meine Instruktionen haltet, geht alles in Ordnung. Ihr müsst vor allem darauf achten, dass man keinerlei Zusammenhang zwischen eurer Vertretertätigkeit und den gewissen anderen Kleinigkeiten nachweisen kann. Verstanden?«

Die Vertreter hatten verstanden.

»Alsdann – an die Arbeit.« Farrow machte eine Handbewegung zur Tür. »Einen Augenblick noch, Charlie«, rief er einem der Männer nach. »Was ist mit Bristow?«

Der mit Charlie Angeredete blickte sorgenvoll vor sich hin.

»Ich fürchte, Bristow ist eine verdammt harte Nuss. Widerspenstig wie ein Maulesel. Er weigert sich rundheraus, mich zu empfangen.«

»Gehört also zu der Sorte, bei der man Gewalt anwenden muss«, brummte Farrow böse. »Bristow hat eines der größten Unternehmen, mit Filialen im ganzen Land. Der kann gut und gerne zwanzigtausend Kisten abnehmen. Du wirst jetzt endlich den Auftrag hereinholen, Charlie. Du weißt, was du zu tun hast.« Damit wandte er sich an einen anderen. »Wie kommst du mit Winton weiter? Du sagtest, dass er gewisse Umstände macht?«

»Ich denke, heute Morgen wird es klappen«, beeilte sich der Vertreter zu versichern. »Ich habe gestern den Prokuristen bestochen, darum wird es keine Schwierigkeiten mehr geben. Wenn ich keinen Auftrag über zehntausend Kisten bringe, dann tauge ich nichts.«

»Viel taugst du sowieso nicht«, knurrte Farrow.

Als die Männer gegangen waren, blieb der Chef dieser eigenartigen Käsegesellschaft nachdenklich hinter seinem Schreibtisch sitzen. Er erinnerte sich gerade daran, dass man kürzlich drei seiner Leute nach einem missglückten Anschlag auf Chefinspektor Cromwell verhaftet hatte. Sein Gesicht zeigte deutlichen Missmut, besonders bei dem Gedanken an Johnny Lister. Von Waffenstillstand konnte natürlich keine Rede mehr sein. Von nun an hieß es Kampf bis aufs Messer.

Eine Stunde später etwa wurde dem Direktor der X. L. Teashops von seinem Prokuristen eine Karte überbracht: Mr. Walter Goring, Vertreter der Firma Hodge's Käse-Company.

Oberst Christopher Winton – er war früher beim Königlichen Tankkorps gewesen und nun wieder in seinen Zivilberuf zurückgekehrt – las ärgerlich die Karte.

»Zum Donnerwetter, Crossley, ich habe Ihnen doch ausdrücklich gesagt, dass ich den Mann nicht sehen will«, fuhr er den Prokuristen unwirsch an. »Wir brauchen dieses Käsezeugs in unseren Restaurants nicht – und wenn wir's brauchten, würden wir es nicht on Hodge kaufen!«

»Ich weiß, Sir«, begann Crossley schwach. »Aber Mr. Goring ist hartnäckig.«

»Ich freue mich, Sie kennenzulernen, Oberst Winton«, kam eine forsche Summe von der Tür her. »Wollen wir nicht endlich unser Käsegeschäft abschließen?«

Der aufdringliche Besucher trug das übersteigerte Selbstbewusstsein eines amerikanischen Geschäftsmannes zur Schau. Mr. Crossley, der wohl nicht ganz ohne Absicht die Tür halb offengelassen hatte, zog sich hastig zurück und schloss die Tür hinter sich.

»Sie unverschämter Mensch!«, brüllte der Oberst wütend und sprang auf. »Wie können Sie sich erlauben, auf diese Weise in mein Privatbüro einzudringen! Mit derartigen Methoden werden Sie in London keinen Erfolg haben. Wenn ich sage, dass ich Sie nicht sehen will, dann meine ich es auch so. Sie stehlen mir nur meine Zeit – und verschwenden die Ihre!«

»Nun hören Sie mal gut zu, Chef«, begann Mr. Goring gelassen und rückte sich einen Stuhl an den großen Schreibtisch. »Mag sein, dass Sie es etwas ungewöhnlich finden, wenn ich einfach so hereinplatze. Aber ich muss Sie unbedingt sprechen. Zigarette gefällig?«

»Rauchen Sie Ihre Zigaretten selber«, lehnte Oberst Winton empört ab und wischte das Etui mit einer Handbewegung beiseite.

»Sie haben ja keine Ahnung, wie gut dieser Käse ist«, fuhr Goring ungerührt fort, während er seine Aktentasche öffnete und verschiedene Papiere zum Vorschein brachte. »Gerade das richtige für Ihre Teestuben und Restaurants. Geben Sie ihn zu Ihren Menüs und Sie werden überrascht sein.«

»Von mir aus können Sie reden, bis Sie schwarz sind, verehrter Freund. Mein Entschluss steht fest. Sie bekommen von mir keinen Auftrag. Weiter habe ich Ihnen nichts zu sagen. Vielleicht sehen Sie endlich ein, dass Ihr gewaltsames Eindringen völlig sinnlos war. Guten Tag!«

Er machte eine Bewegung zum Klingelknopf – aber Mr. Goring reagierte schneller.

»Halt!« Seine Stimme klang kalt und entschlossen. »Ich habe versucht, das Geschäft auf ruhige Art abzuschließen, aber Sie wollen es anders. Gut, das können Sie haben!«

Oberst Winton blickte plötzlich in die Mündung einer Pistole. Die ganze Situation schien ihm derart phantastisch, dass er einen Augenblick lang zu träumen glaubte. Dann wurde er bleich – und sein Finger drückte nicht auf den Klingelknopf. Goring ging zur Tür und drehte den Schlüssel um. Die Pistole blieb dabei auf den Oberst gerichtet. Dann kehrte er zum Schreibtisch zurück.

Winton fasste sich nur langsam. Statt eines bieder lächelnden Geschäftsmannes hatte er nun einen zu allem entschlossenen Verbrecher vor sich. Darüber gab es keinen Zweifel.

»Hören Sie, Winton«, zischte Goring leise, »ein Ton oder eine Bewegung zur Klingel, und Sie sind eine Leiche!«

»Mein Gott! Ist das Ihr Ernst?«

»Diese Pistole ist geladen, ganz recht. Und was Sie hier vorn an der Mündung sehen, ist ein Schalldämpfer«, erklärte Goring. »Wenn ich mich aufregen muss – wie zum Beispiel jetzt –, bekomme ich immer so nervöse Zuckungen im Zeigefinger. Ich will weiter nichts als Ihre Unterschrift, verstanden?«

Er warf einen Vertrag auf den Schreibtisch und pochte nachdrücklich mit dem Finger darauf, ohne den Oberst auch nur eine Sekunde aus den Augen zu lassen.

»Da kommt die Unterschrift hin«, sagte er grob. »Unterzeichnen Sie. Sie wollten mir den Auftrag nicht gutwillig geben, schön – dann bekomme ich ihn ebenso. Dieser Vertrag lautet über zehntausend Kisten... und Sie werden mir sofort einen Barscheck über den Betrag geben. Die Ware wird innerhalb, von drei Tagen geliefert.«

»Das... das ist ja Nötigung«, stieß der Oberst heiser hervor. »Ich werde Sie ins Gefängnis bringen!«

»Da muss ich aber wirklich lachen«, entgegnete Goring zynisch. »Sie vergessen, dass wir ganz unter uns sind, Oberst Winton. Ohne jeden Zeugen. Den Gedanken können Sie also ruhig wieder aufgeben. Ich gehe jetzt mit einem Scheck – oder ich gehe ohne, aber dann überlasse ich Sie dem Totengräber. Also los nun! Der Käse ist gut, und ich muss diesen Auftrag haben.«

Oberst Winton war kein Feigling. Das konnte jeder im Tankkorps bestätigen. Er wollte immer noch glauben, das

Ganze sei weiter nichts als ein Bluff oder der theatralische Auftritt eines Geistesgestörten. Mit einer plötzlichen Bewegung packte er ein schweres Lineal. Die Pistole machte leise Klick, und hinter Wintons Kopf splitterte die Wandtäfelung.

»Noch ein solcher Scherz, und Sie haben die nächste Kugel im Kopf«, sagte Goring leise.

Dem Mann hinter dem Schreibtisch verschlug es die Sprache. Er hatte die Kugel dicht an seinem linken Ohr vorbeipfeifen hören. Ihm wurde es schwach in den Knien. Er zweifelte nicht, dass Goring – diesmal noch – absichtlich danebengeschossen hatte.

»Du dreckiger Schuft!«

»Wir wollen uns keine Komplimente machen«, winkte Goring ab. »Unterschreiben Sie!«

Und Oberst Winton unterschrieb mit zitternder Hand.

Eine halbe Stunde später stand er im Büro Chefinspektor Cromwells und sprudelte aufgeregt die ganze Geschichte hervor.

»Es ist unglaublich, Cromwell – einfach unglaublich«, stöhnte er. »Was wollen Sie unternehmen?«

»Zunächst einmal – beruhigen Sie sich, Sir«, erwiderte Cromwell missmutig. »Sie behaupten also, dieser Mann hat Sie mit vorgehaltener Pistole gezwungen, einen Auftrag über zehntausend Kisten Hodge's Käseecken zu unterzeichnen! Sie gaben ihm einen Barscheck, und als Sie kurz darauf die Bank anriefen, war der Scheck bereits abgehoben. Und was taten Sie dann?«

»Ich ging schnurstracks zum Büro der Firma Hodge«, erklärte der Oberst und hob die Brauen. »Der Direktor empfing mich sofort. Ein liebenswürdiger Mensch übrigens, ein gewisser Farrow. Er wollte mir die Geschichte einfach nicht glauben, behauptete, wenn tatsächlich einer seiner Vertreter so etwas getan habe, müsse er wahnsinnig sein.«

»Hat Farrow Ihnen angeboten, den Auftrag zu stornieren und das Geld zurückzuzahlen?«

»Nein. Er sagte, er würde mir noch Bescheid geben.«

»Sie werden keinen Bescheid bekommen, Oberst Winton – oder höchstens den, dass der Auftrag ausgeführt ist«, versicherte ihm Ironsides. »Mr. Farrow steckt mit seinen Vertretern unter einer Decke.«

»Das ist doch undenkbar.«

»Es stimmt aber«, brummte Cromwell. »Sie haben einen rechtskräftigen Kaufvertrag unterzeichnet. Sie haben die Ware bezahlt, und der Auftrag wird ausgeführt. Leider sind diese Leute durch das Gesetz nicht zu belangen.«

»Nicht zu belangen! Sie sitzen hier und wollen mir erzählen...«

»In Amerika nennt man so etwas Erpressung«, fuhr Cromwell ungerührt fort. »Hier bei uns ist diese Art von Geschäftemacherei noch neu, außerdem sind die Methoden anders. Drüben in den Staaten geben sich die Erpresser nicht einmal die Mühe, für das geforderte Geld Ware zu liefern. Sie werden immerhin noch Käse dafür bekommen, und ich hoffe, dass er sich essen lässt.«

»Großer Gott, Mann, wie bringen Sie es fertig, mir mit ruhigem Gesicht solche Dinge zu sagen. Ich betone nochmals: Ich bin mit vorgehaltener Pistole gezwungen worden, diesen Auftrag zu unterzeichnen.« Der Oberst fuchtelte wild mit den Armen. »Wollen Sie mir vielleicht weismachen, dass Scotland Yard machtlos ist...?«

»Die ganze Situation ist verteufelt, Oberst«, unterbrach Cromwell ihn mit ernstem Gesicht. »Ich persönlich zweifle keine Sekunde an Ihrem Wort, aber so gern ich Ihnen helfen möchte – es gibt keinen Zeugen für Ihre Geschichte. Der Polizei ist es unmöglich, gegen den Vertreter oder gegen die Firma Strafantrag zu stellen. Wir brauchen Beweise

– und in Ihrem Fall gibt es keinen anderen Beweis als Ihr eigenes Wort, das niemand bezeugen kann. Diese Gauner sind mit allen Wassern gewaschen.«

»Aber ich kann jederzeit vor Gericht beschwören...«

»Zwecklos, Sir«, meinte Cromwell. »Es gibt keinen Richter, der einen solchen Fall verhandeln würde. Farrow dürfte sich nur darüber amüsieren und anschließend seinen Vertreter in den Zeugenstand schicken, um ihn an Eides Statt versichern zu lassen, dass er den Auftrag auf völlig reelle Art bekommen hat. Nein, Sir, auf diese Weise würden Sie sich nur lächerlich machen.«

Winton starrte ihn sprachlos an.

»Ja, gibt es denn gar keine Möglichkeit, zu meinem Recht zu kommen«, fragte er dann heiser. »Muss ich tatsächlich diese Riesensendung Käse abnehmen?«

»Sie würden uns außerordentlich helfen, wenn Sie über die ganze unangenehme Affäre schweigen, Sir«, sagte Cromwell verbindlich. »Ich kann Ihnen versichern, dass wir uns alle Mühe geben, diesen Gaunern das Handwerk zu legen. Aber solange wir sie nicht auf frischer Tat ertappen, sind wir machtlos.«

»Ich muss Ihnen offen gestehen, dass ich sehr erstaunt bin«, knurrte Oberst Winton mit eisiger Miene und erhob sich. »Und außerdem sehr enttäuscht. Ich hatte schon viel von Ihnen gehört und war der Meinung, dass Sie derjenige sind, der mit diesem Gesindel fertig werden könnte.«

»Ziehen Sie keine voreiligen Schlüsse, Sir!«, entgegnete Cromwell kühl. »Ich fühle mich dieser Bande durchaus gewachsen, aber hexen kann ich nicht. Ich werde auch durchaus nicht so lange warten, bis die Strolche uns von sich aus eine Handhabe zum Eingreifen geben. Ich werde Mittel und Wege finden, um sie auch so zu packen. Sie scheinen zu glauben, dass ich untätig zusehe. Da irren Sie sich. Aber wann ich zum Angriff übergehe und wie, das müssen Sie schon mir überlassen. Guten Morgen, Oberst Winton.«

Der Oberst verließ Scotland Yard im höchsten Maße unzufrieden und aufgeregt. Dass er Ironsides hingegen außerordentlich zufrieden zurückließ, ahnte er natürlich nicht.

»Es macht sich, Johnny.« Der Chefinspektor rieb sich erfreut die Hände. »Die Aussichten sind gar nicht so schlecht.«

»Glaubst du?« Johnny Lister schien skeptischer.

»Aber ja doch. Farrow riskiert viel – und je mehr er riskiert, desto größer die Chance, dass er strauchelt.«

An diesem Abend gab Sir Howard Bristow – der Inhaber der Bristow-Selbstbedienungsläden – in seiner Villa in Finchley einen Empfang. Lady Bristow widmete sich liebenswürdig ihren Gästen. Da Sir Howard beschlossen hatte, Politiker zu werden und sich demnächst um einen Sitz im Parlament zu bewerben, war dieses Diner unerhört wichtig. Sir Howard und seine Gattin gaben sich alle erdenkliche Mühe, ihre einflussreichen Gäste durch einen wohlgelungenen Abend in ihrem prachtvoll ausgestatteten Heim zu beeindrucken.

Die stille Villenstraße lag menschenleer. Eine große Limousine bog langsam um die Ecke und nahm Richtung auf Sir Howards Wohnsitz. Als sich der Wagen dem Hause näherte, verringerte er seine Geschwindigkeit, und man konnte zwei Gestalten im Fond bemerken.

In diesem Augenblick geschah es...

Aus dem Seitenfenster des Wagens fuhr ein plötzlicher Feuerstoß. Gleichzeitig ertönte ein kurzes, tödliches Bellen. Während die oberen Fenster der Howard'schen Villa zersplitterten, raste der Wagen mit großer Geschwindigkeit davon.

Genauso abrupt, wie das Maschinengewehr zu rattern begonnen hatte, verstummte es wieder. Der Wagen bog um die Ecke in eine der Hauptverkehrsstraßen und verschwand im Handumdrehen zwischen den dahinflutenden Fahrzeugen.

»Leichte Sache, was, Charlie?«, sagte einer der Männer im Fond.

»Jedenfalls haben wir unseren Auftrag erledigt«, nickte Charlie. »Fahr jetzt einen Kilometer geradeaus«, fügte er hinzu und tippte dem Chauffeur auf die Schulter. »Bis zur Telefonzelle.«

Sir Howards Gäste starrten sich erschrocken an. Das Knattern und Splittern über ihren Köpfen hatte sie jäh verstummen lassen. Und dann kam Crisp – im Allgemeinen die Würde selbst – völlig aufgelöst in den großen Speisesaal gestürzt.

»Well, Crisp. Was gibt es?« Sir Howards Stimme klang unnötig scharf. »Was ist mit Ihnen los, Mann? Was ist da passiert?«

Die Antwort des Butlers ging unter in einem hysterischen Geschrei. Es kam aus der Halle. Sir Howard sprang erregt auf. Lady Bristow – ebenfalls sehr bestürzt – versuchte Haltung zu bewahren und die Konversation wieder in Gang zu bringen. Sir Howard murmelte ein paar entschuldigende Worte, packte den Butler am Arm und ging mit langen Schritten in die Halle. Sorgfältig schloss er die Tür hinter sich. Er war ein großer, kräftig gebauter Mann in mittleren Jahren, im Augenblick aber ziemlich fassungslos und maßlos wütend. Ein derartiger Tumult in Gegenwart seiner einflussreichen Gäste war unverzeihlich.

»Sind Sie denn völlig von Sinnen, Crisp? Wie können Sie sich unterstehen, so unbeherrscht in den Speisesaal zu stürmen?«, fuhr Sir Howard den Butler grob an. »Was, zum Teufel, ist eigentlich los?«

»Es ist schrecklich, Sir«, stöhnte der Mann. »Sämtliche Fenster im oberen Stockwerk sind zertrümmert – die ganze Straßenfront entlang!«

»Zum Donnerwetter, Crisp, das ist doch im Augenblick ganz egal...!«

»Es wurde geschossen, Sir!«

»Geschossen...?« Sir Howard schnappte nach Luft.

»Ja, Sir, geschossen. Das Stubenmädchen wurde beinahe getroffen. Alle Scheiben sind entzwei, die meisten Bilder zerstört. Haben Sie denn das Maschinengewehr nicht gehört?«

Sir Howard Bristow hätte sich um ein Haar verschluckt.

»Ma-schi-nen-ge-wehr?«, wiederholte er mühsam.

»Es kann nichts anderes gewesen sein, Sir. Das Ganze dauerte nur wenige Sekunden. Mary befand sich zufällig oben. Sie sagt, sie hätte ein Auto langsam vorbeifahren hören, dann kam das schreckliche Knattern, und sämtliche Fensterscheiben gingen kaputt.«

»Aber... aber das ist ja phantastisch!«, rief Sir Howard wie vor den Kopf geschlagen. »Es wurde geschossen – mit Maschinengewehren! Mein Gott!«

Er stürmte die Treppe hinauf. Bestürzt sah er die Einschläge in der Wand und die zertrümmerten Fensterscheiben. Einige waren heil geblieben, bis auf die kleinen, runden Durchschüsse. Schwer erschüttert wankte Sir Howard wieder nach unten und riss die Haustür auf. Die stille Straße bot auf den ersten Blick ein völlig normales Bild. Aber dann entdeckte Sir Howard ein paar Neugierige am Gartenzaun, die auf das Haus starrten. Die Gruppe wurde zusehends größer.

Sir Howard trat wieder in die Halle zurück. Sein Gesicht wurde hart und verschlossen.

»Rufen Sie die Polizei an, Crisp«, befahl er barsch. »Wenn Sie die Verbindung haben, sagen Sie es mir.« Dann ging er in den Speisesaal zurück. »Meine Damen und Herren, es ist etwas Eigenartiges passiert«, erklärte er mühsam. »Ein offenbar Wahnsinniger ist mit einem Auto an meinem Haus vorübergefahren und hat mit einer Maschinengewehrsalve die Fenster im ersten Stockwerk zertrümmert.«

In den Gesichtern seiner Gäste spiegelten sich Schrecken und Ratlosigkeit.

»Es besteht kein Grund zur Aufregung«, fuhr Sir Howard fort. »Der Spuk scheint vorüber zu sein. Mein Butler ruft eben die Polizei an. Ich vermute, dass es sich um die Tat eines Geistesgestörten handelt.«

Nach dieser Erklärung überließ er die Gesellschaft der Obhut seiner Frau. Crisp kam ihm bereits entgegen und meldete, die Verbindung mit der Polizei sei hergestellt. Sir Howard ging an den Apparat und schilderte in kurzen, erregten Worten das Vorgefallene. Er verlangte eine umgehende Untersuchung des rätselhaften und – wie er ausdrücklich betonte – sinnlosen Attentates.

»Ich begreife es einfach nicht, Crisp«, wandte er sich an den Butler und legte den Hörer auf. »Ich kann mir nicht denken, dass ich auch nur einen einzigen Feind auf der Welt habe. Warum sollte jemand ausgerechnet mein Haus mit Maschinengewehrsalven belegen?«

Das Telefon klingelte. Sir Howard ging zum Apparat zurück und hob den Hörer ab.

»Ja? Hier Sir Howard Bristow.«

»Da habe ich wirklich Glück, Sir«, ertönte eine forsche Stimme. »Guten Abend, Sir Howard! Hier spricht Dimmock – Charles Dimmock von Hodge's Käse-Company.«

Sir Howard wäre fast explodiert. Er hatte angenommen, dass die Polizei nochmals anrief.

»Zum Teufel, Mann, ich habe jetzt keine Zeit für Sie«, brach er los. »Außerdem ist es eine Unverschämtheit, mich in meiner Wohnung anzurufen!«

»Ich wollte mich nur nach dem Auftrag erkundigen, Sir. Ich hatte gehofft, dass Sie sich inzwischen die Sache überlegt haben.«

»Ich habe Ihnen heute Morgen im Büro sagen lassen, dass Sie von mir keinen Auftrag bekommen werden und dass Sie mich in Ruhe lassen sollen«, brüllte Sir Howard, jetzt völlig außer sich. »Ich mag Ihren Käse nicht und damit basta!«

Er knallte den Hörer auf die Gabel, Schon seit zwei oder drei Tagen hatte dieser hartnäckige Mr. Dimmock ihn zu sprechen versucht. In seinem Privatbüro in der Gracechurch Street war er vor dem Mann sicher gewesen. Charlie hatte es auf die vornehme Tour versucht, dann mit Bestechung – aber es war ihm bisher nicht gelungen, bis zu Sir Howard vorzudringen.

Scotland Yard wurde sofort von dem Attentat verständigt. Bill Cromwell zeigte sich nicht überrascht. Auch dann nicht, als er hörte, dass das Auto der Banditen spurlos verschwunden sei. Die Beamten von der Polizeistation in Finchley, die inzwischen in Sir Howards Villa eingetroffen waren, hatten keinerlei Motiv für das Verbrechen finden können.

»Wir fahren am besten gleich hin.« Bill Cromwells Stimme klang müde. »Ist dein Wagen bereit, Johnny?«

»Wie du weißt, ist er immer bereit – damit der Herr Chefinspektor das Fahrgeld sparen kann«, lächelte der Sergeant. »Mein ganzes Benzinkontingent geht deinetwegen drauf. Eigentlich müsste ich doppelt soviel bekommen.«

»Du kommst ganz gut auf deine Kosten«, unterbrach Ironsides ihn mürrisch. »Komm schon!«

Zunächst einmal fuhren sie zur Polizeistation in Finchley und ließen sich vom dortigen Inspektor Bericht erstatten. Anschließend suchten sie Sir Howard auf und hörten sich seine Geschichte an. Zum Schluss besahen sie sich den angerichteten Schaden.

»Der Überfall ist mir unerklärlich, Mr. Cromwell«, sagte Sir Howard mit Pathos. Die Herren standen in der Bibliothek zusammen. »Ich bin froh, dass Sie gekommen sind, obgleich ich nicht erwartet hatte, dass Scotland Yard sich für den Fall interessieren würde.«

»Diese Sache interessiert mich sogar sehr.« Cromwells Gesicht wirkte noch verschlossener als sonst. »Dieses Lumpenpack wird immer unverfrorener! Es ist meine Pflicht, Sie zu warnen, Sir.«

»Mich warnen? Wovor?«

»Dieses Attentat ist gar nicht so grundlos, wie Sie anzunehmen scheinen.«

»Wollen Sie damit sagen, dass Sie wissen, wer dahintersteckt?«

»Ja, Sir, ich weiß es.« Cromwell seufzte. »Sir Howard, bitte beantworten sie mir jetzt eine Frage. Haben Sie sich kürzlich geweigert, einen Auftrag für Hodge's Käseecken zu erteilen?«

»Großer Gott! Was hat dieser Käse denn damit zu tun Sir Howard schwieg verblüfft und starrte den Inspektor groß an. »Natürlich, ich habe mich tatsächlich geweigert. Seit ungefähr drei Tagen versucht ein Vertreter dieser Firma, mich weichzumachen.«

»Ist er bis in Ihr Privatbüro vorgedrungen?«

»Wenn ich jemanden nicht sehen will, kommt er nicht zu mir durch, Mr. Cromwell!« Sir Howard schüttelte pikiert den Kopf. »Ich habe diesen Mann nicht zu Gesicht bekommen. Ich weigerte mich strikt, ihn zu empfangen.«

»Wenn ich Ihnen einen guten Rat geben darf, Sir, dann überlegen Sie sich Ihren Entschluss noch einmal«, bedeutete Cromwell ihm freundlich. »Sie würden der Polizei einen Dienst erweisen, wenn Sie diesen Käse kaufen würden.«

»Das ist doch wohl nicht Ihr Ernst, Mr. Cromwell!«

»Doch, mein bitterer Ernst. Wenn Sie den Auftrag erteilen, helfen Sie nicht nur uns, sondern auch sich selbst. Auf diese Weise würden Sie sich ähnliche unangenehme Überraschungen ersparen.«

»Ja, um Himmels willen, Mr. Cromwell, was wollen Sie damit sagen?« Sir Howard riss vor Erstaunen die Augen auf. »Sie können doch nicht im Ernst behaupten, dass dieser Überfall von der Hodge's Käse-Company inszeniert wurde?«

»Ich bin sogar davon überzeugt. Gewiss, wir haben keine Beweise – keine greifbaren Beweise. Ich möchte bezweifeln, dass diese Brüder uns jemals einen handfesten Beweis liefern werden. Darum kann ich Ihnen nur empfehlen: Erteilen Sie den Auftrag!«

»Das kommt überhaupt nicht in Frage«, beharrte Sir Howard eigensinnig. »Warum auch? Gewiss, der Vertreter von Hodge rief mich zehn Minuten nach dem Überfall an, aber das kann ebenso gut nur ein Zufall...«

»Ein recht eigenartiger Zufall, finden Sie nicht?«, unterbrach ihn der Chefinspektor.

»Sie glauben das Gegenteil? Aber das ist doch unsinnig, Mr. Cromwell! Welche seriöse Firma würde denn mit solchen Mitteln arbeiten!«

»Ich habe nie behauptet, dass Hodge eine seriöse Firma ist.«

»Lächerlich! Einfach lächerlich!« Sir Howard blieb hartnäckig bei seiner Ansicht. »Es setzt mich wirklich in Erstaunen, dass Sie mich zum Nachgeben überreden wollen. Ich lasse mich nicht einschüchtern! Ich habe gesagt, dass ich von Hodge keinen Käse will – und mein Wort gilt!«

»Wir können uns alle einmal irren, Sir.« Ironsides zuckte resigniert die Schultern. »Komm, Johnny. Wir verschwenden nur unsere Zeit.«

Neuntes Kapitel

Obwohl Sir Howard Bristow in dieser Nacht keinen Schlaf fand, fuhr er am nächsten Morgen zur gewohnten Stunde in sein Büro.

Die Polizei hatte nichts ermittelt und keine Verhaftung vornehmen können. Darüber war Sir Howard sehr unzufrieden. Schließlich konnte er als Steuerzahler verlangen, dass man ihn vor so peinlichen Abenteuern bewahrte.

Mit Unbehagen erinnerte er sich an den Vorschlag von Chefinspektor Cromwell. Natürlich würde er den Käseauftrag nicht erteilen. Unglaublich, dass ein Mann in einer solchen Position derartigen Unsinn reden konnte.

Als der Wagen in der Gracechurch Street vor dem Gebäude der Bristows Stores hielt, öffnete ein gutgekleideter und sehr selbstbewusst wirkender Herr den Schlag. Höflich half er Sir Howard beim Aussteigen, ehe der Chauffeur überhaupt dazukam.

»Guten Morgen, Sir«, grüßte er freundlich. »Dimmock ist mein Name. Ich dachte mir, dass Sie vielleicht doch noch an meinem Kontrakt interessiert sind.«

Mit diesen Worten zog er ein imponierendes Formular aus der Tasche. Sir Howard blickte ihn eisig an.

»Mein lieber Herr, ich pflege meine Geschäfte nicht auf der Straße abzuschließen. Außerdem ist mir Ihr Name kein Begriff.«

Der Fremde lächelte. »Dimmock, Sir. Charles Dimmock. Natürlich erinnern Sie sich an mich. Ich vertrete die Firma Hodge...«

»Zum Teufel!« Sir Howards Gesicht lief puterrot an. »Sie sind also dieser unverschämte Kerl, der mich seit drei Tagen belästigt? Verschwinden Sie! Ihr Käse interessiert mich nicht. Verschwinden Sie, oder ich rufe die Polizei!«

»Aber, aber... Warum denn gleich so aufgeregt, Sir. Darf ich Ihnen diese kleine Probe überreichen...«

»Ich brauche Ihre verdammte Probe nicht!« Sir Howard schäumte vor Zorn. »Mit Ihren amerikanischen Überrumpelungsversuchen haben Sie bei mir kein Glück.«

»Ich bin kein Amerikaner, Sir. Wir sind auch keine amerikanische Firma«, widersprach Dimmock unbeeindruckt.

»Aber Sie wenden Geschäftsniethoden an, die ich verabscheue! Guten Tag, Sir!«

Mit langen Schritten verschwand er in der pompösen Eingangshalle. Mr. Dimmock zuckte die Schultern. Dann ging er zu einer in der Nähe befindlichen Telefonzelle. Dort wählte er eine Nummer in Finchley. Er sprach nur wenige Worte.

»Bist du's, Sam? Es kann losgehen.«

»In Ordnung, Charlie.«

Mr. Dimmock hängte ab. Jetzt lächelte er.

Kaum zehn Minuten später bummelte ein Mann gemächlich am Dienstboteneingang von Sir Howard Bristows Villa vorbei. Er holte ein kleines Päckchen aus der Tasche, riss an einer Schnur und warf den Gegenstand in hohem Bogen durch das nächste Fenster. Mit lautem Klirren zersprang die Scheibe. Der Mann ging schnell weiter, nachdem er deutlich die dumpfe Explosion gehört hatte. Ein kurzer Blick rückwärts zeigte ihm, dass das Zimmer sofort in hellen Flammen stand. Noch ehe jemand auf ihn aufmerksam werden konnte, bestieg der Unbekannte sein Motorrad und fuhr davon.

Wenig später erfuhr Sir Howard telefonisch von dem Unglück. Völlig entnervt sank er in seinen Schreibtischsessel. Lady Bristow hatte ihm eben berichtet, dass sein Haus in Flammen stand. Auf unerklärliche Weise musste eine besonders gefährliche Brandbombe ins Frühstückszimmer gelangt sein. Innerhalb weniger Sekunden brannte der ganze Raum. Das Feuer griff schnell um sich. Die Feuerwehr traf gerade ein...

Unsicher erhob Sir Howard sich und drückte automatisch auf einen Knopf. Miss Groves erschien an der Tür.

»Bitte Hut und Mantel«, murmelte Sir Howard undeutlich.

»Ist etwas geschehen, Sir Howard?« Die Sekretärin sah ihn überrascht an. »Sie sehen krank aus.«

»Ich bin nicht krank. Menschenskind, ich habe gerade erfahren, dass mein Haus brennt!«

»Oh, wie schrecklich...«

»Brandstiftung«, flüsterte Sir Howard heiser. »Eine Brandbombe! Mein Gott.«

»Eine Brand... Brandbombe, Sir?«, stotterte Miss Groves erschrocken.

»Das zweite Attentat in vierundzwanzig Stunden«, sagte Sir Howard schwach und zwängte sich hastig in seinen Mantel. »Meine Frau sagt, das Feuer hat wie rasend um sich gegriffen. Wohnzimmer und Bibliothek brennen bereits. Mein Gott! Selbst, wenn man den Brand eindämmen kann, ist der Schaden nicht wiedergutzumachen!« Er fuchtelte verzweifelt mit den Händen. »Meine Bibliothek! Seit fünfundzwanzig Jahren mein ganzer Stolz...«

Mit verstörtem Gesicht stolperte er hinaus. Unten auf der belebten Gracechurch Street versperrte ihm ein Mann den Weg – Mr. Charles Dimmock,

»Wie schön, dass ich Sie treffe, Sir«, rief Mr. Dimmock fröhlich. »Aber Sie sehen so aufgeregt aus! Wenn Sie mich nur fünf Minuten anhören wollen...«

»Gehen Sie mir aus den Augen!«, donnerte Sir Howard ihn an.

Einige Passanten wurden aufmerksam und blieben verwundert stehen.

»Aber Sir! Ich biete Ihnen ein ausgezeichnetes Geschäft an...«

»Noch ein Wort, Sie unverschämter Kerl, und ich rufe die Polizei. Ich lasse Sie festnehmen, wenn Sie mich weiter belästigen!«

Nur mühsam beherrschte er sich. Zu allem Überfluss musste ihm auch noch dieser widerliche Vertreter über den Weg laufen! Sir Howard winkte ein Taxi herbei – und in diesem Augenblick kam ihm ein Gedanke. Wie angewurzelt blieb er stehen.

Er merkte nicht, dass das Taxi vorbeifuhr, es war bereits besetzt. Er stand an der Bordkante und dachte nach. Sonderbar, dass ihn der Vertreter ausgerechnet jetzt ansprechen musste! Die Erkenntnis traf ihn wie ein Keulenschlag: gestern Abend der Feuerüberfall auf sein Haus, wenige Minuten später der Anruf von Dimmock. Chefinspektor Cromwell behauptete, es bestünde ein Zusammenhang zwischen dem Attentat und dieser hartnäckigen Käsefirma. Aber das war ja absurd, einfach undenkbar! Und trotzdem...

Vor kaum einer halben Stunde hatte er den Vertreter abgewiesen, und jetzt stand sein Haus in Flammen. Und auf der Straße erwartete ihn Mr. Dimmock! Konnte das noch ein Zufall sein? Kaum! Die Angriffe auf sein Haus und die hartnäckigen Bemühungen von Mr. Dimmock mussten irgendwie zusammenhängen. Allmächtiger Gott! Der Chefinspektor vom Yard hatte recht!

»He – was, zum Teufel...«

Ein brutaler Schlag fegte ihm den Hut vom Kopf. Aufs äußerste gereizt, fuhr Sir Howard herum. Merkwürdig, in seiner unmittelbaren Nähe befand sich niemand. Es war außerdem völlig windstill. Trotzdem rollte der elegante Hut den Rinnstein entlang.

»Hier, Sir«, rief ein kleiner Junge eifrig und brachte ihm den Hut zurück.

Gedankenverloren drückte Sir Howard dem Jungen ein Trinkgeld in die Hand und bemerkte gleichzeitig die beiden Löcher in seinem Hut – eins vorn und eins hinten. Das Vorderloch glatt und rund, aber das hintere ausgefranst. Ihm lief es eiskalt den Rücken herab. Man hatte auf ihn geschossen! Fast wahnsinnig vor Schreck blickte er sich um, aber in der Gracechurch Street herrschte der übliche rege Verkehr. Autobusse fuhren vorüber, Taxis und Lastwagen. Passanten hasteten eilig vorbei.

Jemand berührte zaghaft Sir Howards Ellbogen.

»Sie sehen gar nicht gut aus, Sir Howard, und ich bitte um Entschuldigung, wenn ich Ihnen lästiggefallen bin.« Mr. Dimmocks Worte klangen ehrlich. »Aber Geschäft ist Geschäft. Ich möchte gern den Auftrag haben. Sie wissen ja gar nicht, was Sie sich hier entgehen lassen. Hodge's Käseecken sind wirklich ausgezeichnet. Sie würden bestimmt keinen Fehler machen. Sehen Sie, Sir, Sie brauchten nur hier zu unterschreiben.«

»Sie... Sie abgefeimter Halunke! Sie haben auf mich geschossen!«

»Geschossen?«, wiederholte Mr. Dimmock verwundert. »Wieso geschossen? Großer Gott, Sir! Sie sind aber wirklich mit den Nerven fertig. Wenn man sich schon solche Dinge einbildet

Sir Howard blickte in das dreist lächelnde Gesicht des Mannes und übersah nicht das höhnische Zwinkern. Zitternd suchte er nach seinem goldenen Füllhalter.

»Haben... haben Sie den Kontrakt hier?«

»Bitte, Sir«, erwiderte Dimmock und zog einige Papiere aus der Tasche.

»Ich werde unterschreiben – und zwar sofort.«

Und damit schloss Sir Howard Bristow zum ersten Mal in seinem Leben ein Geschäft auf der Straße ab.

Als es ihm endlich gelang, das betäubende Erlebnis der letzten Minuten abzuschütteln, war Mr. Dimmock verschwunden. Sir Howard fühlte sich nicht mehr in der Lage, nach Hause zu fahren. Er kehrte ins Büro zurück und rief seine Frau an. Zu seiner Erleichterung erfuhr er, dass die Feuerwehr den Brand eindämmen konnte, obwohl der Schaden auch ohnehin noch groß genug war. Immerhin konnte der größte Teil des Gebäudes gerettet werden, glücklicherweise auch fast die ganze Bibliothek. Sir Howard seufzte befreit auf.

Er hatte sich zwar nicht stark genug gefühlt, nach Hause zu fahren, immerhin brachte er es aber jetzt fertig, innerhalb kürzester Zeit in Scotland Yard zu sein. Er ließ sich bei Chefinspektor Cromwell melden und wurde ohne weiteres vorgelassen. Volle fünf Minuten schimpfte er auf den Chefinspektor ein.

»Attentat auf Attentat!«, schloss er atemlos. »Maschinengewehrsalven! Brandbomben! Ich selbst werde als Zielscheibe benutzt. Man ist sich wahrhaftig seines Lebens nicht mehr sicher. Sind Sie sich eigentlich darüber klar, dass ich heute Morgen nur um Haaresbreite dem Tod entging?«

»Nein, so schlimm wird es nicht gewesen sein«, erwiderte Cromwell unbeeindruckt von den Tiraden des wütenden Geschäftsmannes. »Gewiss, so etwas mag auf die Nerven gehen, aber ich darf Sie daran erinnern, dass ich Sie warnte.«

»Warnte!«, polterte Sir Howard erneut los. »Zu etwas anderem ist die Polizei wohl nicht mehr in der Lage! Ich brauche keine Warnungen, Mr. Cromwell, ich brauche Schutz!

Mein Gott! Begreifen Sie denn überhaupt: Man hat mich gezwungen, zwanzigtausend Kisten von diesem unaussprechlichen Käse zu bestellen!«

»Schließlich wird er ja nicht völlig unbrauchbar sein, Sir

»Darauf kommt es gar nicht an. Seit zwanzig Jahren habe ich meine festen Lieferanten, und jetzt hat man mich durch nackten Terror gezwungen, ein Produkt abzunehmen, das ich überhaupt nicht haben will.«

»Es ist nicht nur Ihnen so ergangen, Sir Howard«, entgegnete Cromwell und blätterte in einem Aktenstück. »Hier sind die Berichte über neunundzwanzig gleiche Fälle. Es laufen täglich neue Beschwerden ein. Fast alle großen Unternehmen werden terrorisiert.«

»Und Sie sitzen seelenruhig hier und drehen die Daumen!«, explodierte Sir Howard. »Wozu ist Scotland Yard eigentlich da? Wollen Sie mir vielleicht erzählen, dass die Polizei diese Käseleute wegen ihrer Erpressungen und Gewalttaten nicht belangen kann?«

»Da liegt ja der Hase im Pfeffer«, seufzte Ironsides. »Die Schwierigkeit ist die, dass wir keinen Beweis für einen Zusammenhang zwischen den hartnäckigen Vertretern dieser Firma und den Attentaten haben. Nehmen wir einmal Ihren eigenen Fall. Die Tatsachen sprechen für sich selbst, und auch der größte Narr muss einsehen, dass diese Attentate nur von einer bestimmten Stelle ausgehen können – von der Firma Hodge nämlich. Aber wir haben nicht den geringsten Beweis in Händen, der einen Richter überzeugen würde. Wir können nur vermuten, und unsere Vermutungen sind zweifellos richtig. Aber diese Banditen sind so raffiniert, uns keine rechtliche Handhabe zu geben. Schließlich unterschrieben Sie den Auftrag doch freiwillig, nachdem Dimmock sich wiederholt darum bemüht hatte.«

»Aber doch nur aufgrund der fortwährenden Bedrohungen!«

»Stellen Sie ruhig Dimmock vor Gericht. Was würden Sie damit erreichen? Nichts! Er würde alles bestreiten. Der Mann, der diese Käsefirma leitet, wagt ein dreistes Spiel. Als Opfer sucht er sich nur große Firmen. Seine Machenschaften sind, eine offene Herausforderung an die Polizei. Nicht in einem einzigen Fall können wir ihm beweisen, dass er der Urheber dieser Gewalttaten ist.«

Sir Howard wandte sich abrupt um. Er verließ das Zimmer mit dem bitteren Gefühl, dass Scotland Yard für einen rechtsuchenden Bürger eine völlig sinnlose Institution sei. Sein besonderer Zorn galt Chefinspektor Cromwell, den er für absolut unfähig hielt.

Seine Meinung war natürlich keineswegs gerechtfertigt, aber in diesem besonderen Fall hatte er noch nicht einmal so unrecht. Ironsides war mit seinem Latein beinahe am Ende. Beinahe – aber doch noch nicht ganz! Schließlich konnte er sich nicht nur um Anthony Farrow und seine erpresserischen Machenschaften kümmern. Als Chef der Abteilung G. 2 verfolgte er eine Bande von Schwarzhändlern, die südlich der Themse ihr Unwesen trieb. Eine zweite Bande terrorisierte Camden Town. Unmöglich konnte er seine Leute nur auf eine einzige Aufgabe konzentrieren.

Farrow war allerdings eine Klasse für sich. Unglaublich frech und maßlos überheblich. Er schien sich für unüberwindlich zu halten. Aus diesem Grunde hielt Cromwell es für angezeigt, sich persönlich um ihn zu kümmern. Die kleinen Fische durfte er mit gutem Gewissen seinen Leuten überlassen.

»Johnny, wir werden uns Farrow wohl einmal vorknöpfen müssen«, sagte der Chefinspektor übelgelaunt. »Es hat wenig Sinn, noch länger auf eine günstige Gelegenheit zu warten.«

»Du willst dir also selbst diese Gelegenheit schaffen?«

»Jawohl! In diesem Fall dürfte eine Schocktherapie ganz angebracht sein.« Cromwells Augen blitzten entschlossen auf. »Komm, mein Junge. Wollen wir doch Mr. Farrow mal mit seiner eigenen Medizin behandeln!«

Eine halbe Stunde später blickte Mr. Anthony Farrow überrascht auf. Die Tür zu seinem geschmackvoll eingerichteten Allerheiligsten wurde rücksichtslos aufgestoßen. Farrows Miene verriet deutlichen Ärger, bis er die beiden Männer auf der Schwelle erkannte. Da zog ein breites, einladendes Lächeln über sein Gesicht.

»Well, well! Mr. Cromwell und Mr. Lister«, begrüßte er die beiden gelassen. »Treten Sie ein, meine Herren! Welche Ehre.«

Die Eindringlinge überquerten den dicken Teppich und blieben vor dem mächtigen Schreibtisch stehen. Ein Angestellter mit feuerrotem Kopf, der vergeblich versucht hatte, die beiden Yard-Leute zurückzuhalten, verschwand auf eine Handbewegung seines Chefs. Johnny verschloss hinter ihm die Tür.

»Schön, Sie wieder einmal zu sehen, Johnny«, begann Farrow liebenswürdig. »Und Sie ebenfalls, Chefinspektor. Das nenne ich wirklich einen freundschaftlichen Besuch. Unangemeldet zu mir zu kommen, ohne erst die Karte zu senden – so habe ich es gern. Unter Freunden soll man auf solche Förmlichkeiten verzichten.«

»Wir hatten das Gefühl, Mr. Farrow, dass ein unangemeldeter Besuch für uns vorteilhafter sein könnte«, sagte Bill Cromwell leutselig. »Unsere nächsten Schritte werden zwar nicht ganz gesetzlich sein, aber ich nehme doch an, dass Sie kein Spielverderber sind. Wir haben die Absicht, diesen Raum, Ihre werte Person, Ihren Schreibtisch und Ihren Safe gründlich unter die Lupe zu nehmen, Sie können einstweilen schön ruhig auf Ihrem Stühlchen sitzen bleiben. Sollten Sie allerdings Schwierigkeiten machen – nun, wir haben hier ein hübsches Seil mitgebracht.«

»Ich glaube, wir fesseln ihn lieber gleich, Old Iron«, warf Johnny ein. »Dann haben wir völlig freie Hand.«

»Wahrscheinlich hast du recht«, nickte Cromwell.

Johnny warf dem verblüfft Dasitzenden das Seil über Kopf und Schultern und band ihn an seinen Sessel fest. Damit war es Farrow unmöglich gemacht, nach dem Klingelknopf zu greifen – oder nach einer Pistole.

»Na schön. Und was wollt ihr hellen Jungs nun anfangen?«, fragte Farrow verächtlich. »Ihr habt doch wohl nichts dagegen, wenn ich lache? Ich nehme an, dass ihr einen Haussuchungsbefehl mitgebracht habt?«

»Leider nein. Wir kommen ohne Haussuchungsbefehl«, bemerkte Cromwell kühl, während er die Schriftstücke auf dem Schreibtisch durchsah. »Zu dumm, wir haben dieses reizende Papierchen ganz vergessen. Wirklich nachlässig von uns.«

»Ich würde es lieber unvorsichtig nennen«, meinte Farrow von oben herab. »Wenn der Commissioner davon erfährt, werden Sie ganz schön eins auf den Deckel bekommen.«

»Er wird aber nichts davon erfahren, werter Freund«, erwiderte Ironsides mit butterweicher Stimme. »Wir sind doch ganz unter uns, mein Lieber. Die Tür ist abgeschlossen – ganz genau die gleiche Situation wie damals bei Oberst Winton, als dieser sich genötigt sah, einem Ihrer Vertreter den gewissen Auftrag zu erteilen. Diese geschäftliche Unterredung fand ohne Zeugen statt – und auch unsere kleine Unterhaltung wird durch keinen Zuschauer gestört. Selbst der an starre Vorschriften gebundene Scotland Yard kann einmal auf alle Formalitäten verzichten.«

»Sie überraschen mich.« Farrows Ton hatte merklich an Sarkasmus verloren. »Ich hätte nie geglaubt, dass Sie es so faustdick hinter den Ohren haben. Nicht etwa, dass dieser dreiste Besuch Sie weiterbringen wird. Wofür halten Sie mich eigentlich? Für einen Idioten? Sie werden hier nichts finden, was für Sie interessant sein könnte. Meine Firma ist ein ordentlich geführtes Unternehmen.«

»Die Büros anderer ebenfalls ordentlich geführter Unternehmen bekamen kürzlich ebenso dreiste Besuche«, sagte Cromwell trocken. »Die Firmeninhaber wurden auf unglaubliche Weise terrorisiert.«

»Tja, alter Freund, jetzt wird Ihnen mal mit gleicher Münze heimgezahlt«, warf Johnny hämisch grinsend dazwischen. »Wir Yard-Leute ahmen gern einmal ein gutes Beispiel nach.«

Farrow lächelte gezwungen. Innerlich kochte er vor Zorn. Er wusste genau, dass Cromwell den Stier jetzt bei den Hörnern packen würde.

»Na, Mr. Cromwell, kein Glück?«, fragte er nach einer Weile ironisch, nachdem Cromwell den Schreibtisch inspiziert hatte. »Zu dumm! Was hatten Sie eigentlich zu finden gehofft? Die Ausbeute der letzten Schaufenstereinbrüche? Marihuana?«

Cromwell beachtete weder ihn noch das Telefon, das schon eine geraume Weile klingelte. Farrow war aus bereits angeführten Gründen verhindert, den Hörer abzunehmen. Es hatte an der Tür geklopft, aber auch darauf wurde nicht reagiert. Ironsides suchte mit verschlossenem Gesicht weiter. Aber dann ließ er plötzlich die Maske fallen und zeigte offen seinen Ärger. Ihm wurde klar, dass Farrow sich auf diese Weise niemals überrumpeln ließ. In seinem Büro befanden sich nur Dinge, die mit der Hodge's Käse-Company zu tun hatten.

»Na, immer noch kein Glück«, sagte Farrow höhnisch. »Ich bin wirklich gespannt, was der Commissioner sagen wird, wenn ich ihm von Ihrem Besuch erzähle.«

»Er wird Sie auslachen oder – was noch wahrscheinlicher ist – einfach an die frische Luft setzen«, meinte Johnny Lister honigsüß. »Wenn Sie wirklich annehmen, dass er Ihnen so ohne weiteres glaubt, sind Sie entweder sehr optimistisch oder ein Narr. Wie schmeckt Ihnen übrigens Ihre eigene Medizin, Mr. Farrow?«

»Wie geht es eigentlich Ihrer Frau Mutter?«, entgegnete Farrow statt einer Antwort.

Johnny krauste gefährlich die Stirn.

»Lassen Sie gefälligst meine Mutter aus dem Spiel! Diese alte Schuld habe ich bezahlt. Wir sind quitt, Mr. Farrow. Und wenn ich irgendwie behilflich sein kann, Sie wegen Erpressung und Nötigung vor Gericht zu bringen, dann wird mir das eine besondere Freude sein. Ich bestreite nicht, dass Sie gerissen sind – aber wir sind auch nicht gerade von gestern.«

Farrow grinste nur. Er grinste auch noch, als Cromwell ihm den Schlüsselbund aus der Tasche nahm und den großen Safe aufschloss.

Der Chefinspektor beschäftigte sich fast zehn Minuten lang mit dem Geldschrank. Er blätterte die Geschäftsbücher und verschiedene andere Dokumente durch – um schließlich festzustellen, dass sie nur das Geschäft betrafen. Mit einem Seufzer winkte er Johnny Lister heran.

»All right, du kannst ihn losbinden.« Sein Gesicht verriet deutlichen Missmut. »Wir sind hier fertig.«

»Da war Ihre Mühe also umsonst, wie?«, lächelte Farrow und dehnte sich. »Ihr seid mir wirklich ein paar lustige Vögel!«

Cromwell verbarg seine Enttäuschung, so gut er konnte.

»Sie spielen ein gefährliches Spiel«, sagte er streng. »Ich möchte Sie warnen, noch länger mit dem Gesetz Schindluder zu treiben!«

»Welches Gesetz meinen Sie eigentlich?«, brauste Farrow auf. »Ich muss schon sagen, Ihr Verhalten ist einfach erstaunlich! Dringen hier so mir nichts, dir nichts ohne Haussuchungsbefehl ein und stellen alles auf den Kopf. Mein Unternehmen ist seriös, merken Sie sich das! Sie können von mir aus jedes andere Zimmer durchsuchen, aber Sie werden nicht den geringsten Beweis einer Unregelmäßigkeit feststellen. Kann ein anständiger Mensch eigentlich keine ehrliche Firma gründen, ohne dass ihr Polypen sofort auf komische Ideen kommt?«

»Das nächste Mal kann das Resultat anders aussehen!«

»Es wird kein nächstes Mal geben!«, brüllte Farrow gereizt. »Mein Gott! Ich habe immer in dem Glauben gelebt, dass die Polizei Recht und Eigentum der Bürger zu schützen hat. Aber von nun an werde ich mir eine Leibwache halten, die mir euch vom Halse halten wird. Oh nein, es wird kein nächstes Mal geben. Sie werden nicht mehr auf diese Weise in mein Büro eindringen – es sei denn, Sie kommen mit einem offiziellen Haussuchungsbefehl. Aber was sollten Sie sich wohl davon versprechen?«

Cromwell ignorierte das wütende Gezeter. Seinen Ärger unterdrückend, spazierte er gelassen zur Tür hinaus, gefolgt von Johnny Lister. Der Alvis parkte ganz in der Nähe.

»So ein Pech, Old Iron«, murmelte Johnny und setzte sich hinter das Steuer. »Ich kann mir gut vorstellen, wie dir zumute ist. Der Bursche ist noch gerissener, als wir dachten. Ein schöner Reinfall für uns.«

Er startete und bemerkte zu seiner größten Überraschung, dass Cromwell selbstzufrieden vor sich hinlächelte.

»Wenn man es recht bedenkt, war es eigentlich kein Reinfall«, sagte er heiter.

»Was? Dann hast du –!« Johnny fluchte abscheulich und bedachte sich selbst mit den verschiedensten Kosenamen. »Das hätte ich mir gleich denken können! Du hast den Burschen also nur geblufft?«

»Ja. Gewissermaßen«, nickte Cromwell.

Während der Fahrt weigerte er sich, mehr zu sagen. Johnny musste sich in Geduld fassen.

»Nun aber heraus damit«, verlangte er dann um so energischer, als sie wieder hinter ihren Schreibtischen saßen.

»Mir ist eine interessante Kleinigkeit aufgefallen«, begann Cromwell endlich und stopfte seine Pfeife. »Es dreht sich um die Lieferungen von Hodge's Käse nach Palm Beach.«

»Wohin?«, fragte Johnny überrascht. »Palm Beach?« Er runzelte die Stirn »Der Name kommt mir doch bekannt vor... Richtig, du meinst das neue Lokal auf der Themseinsel, in der Nähe von Hampton Court?«

»Es hieß früher Tadd's Island. Vor dem Krieg hat es öfter seinen Besitzer gewechselt, keiner verstand ein großes Geschäft daraus zu machen.« Cromwell nickte. »Ja, dieses Lokal meine ich. Aus Farrows Papieren ersah ich, dass täglich Käseecken nach Palm Beach Island geliefert werden.«

»Und was soll schon dabei sein?«

»Ich verstehe deine Skepsis. Andere Gaststätten sind ebenfalls gezwungen worden, dieses Käsezeug abzunehmen. Aber bei Palm Beach Island besteht ein kleiner Unterschied. Warum sollte sich ausgerechnet dieses Restaurant derartig eindecken?«

»Wieso siehst du da einen Unterschied?«

»Ach – nur weil Farrow zufällig der Eigentümer ist.«

»Was?!«

»Ja, glücklicherweise habe ich das mit herausgefunden. Völlig korrekte Sache übrigens, handelsgerichtlich eingetragen und so weiter. Aber warum, zum Teufel, beliefert Farrow sich selbst mit diesem Käse?«

»Weil er wahrscheinlich von seiner Güte überzeugt ist.«

»Oh nein«, winkte Cromwell erbost ab.

»Also Tarnung?«

»Wozu Tarnung, wenn sie nicht einen ganz bestimmten Grund hat? Und wenn dieses feudale Restaurant auf Palm Beach Island seinen Gästen Hodge's Käseecken serviert, dann hat das einen Grund, darauf kannst du dich verlassen. Dieses Lokal ist neuerdings ganz groß in Mode gekommen. Vor ungefähr vierzehn Tagen wurde der Laden eröffnet, und heute läuft halb London hin. Ganz Mayfair kannst du dort treffen, wenn du willst. Allerdings muss man schon zu diesen exklusiven Kreisen gehören, um die astronomischen Rechnungen bezahlen zu können.« Cromwell schwieg nachdenklich. »Hm! Vor zwei Tagen unterhielt ich mich mit Dicky Purcell über Whiskeysorten, und dabei erwähnte er, dass man auf Palm Beach Island den Whiskey literweise bekommen kann, wenn man das entsprechende Kleingeld hat. In anderen Lokalen ist das Zeug rationiert. Kein Wunder übrigens, denn Whiskey ist heutzutage knapp.«

»Wem erzählst du das«, sagte Johnny mit einem Seufzer.

»Über das Ganze muss ich einmal gründlich nachdenken«, murmelte Cromwell in Gedanken versunken. »Woher bekommt Farrow so viel Whiskey? Diese Frage ist zwar erst in zweiter Linie interessant – aber immerhin. Zunächst wollen wir den Käse im Auge behalten. Du wirst schon selber auf die Idee gekommen sein, dass es mit diesem Zeug was

Besonderes auf sich haben muss. Was hat Farrow doch gleich im *Rosa Elefanten* getrieben?«

»Zum Teufel!«, rief Johnny ungeduldig. »Natürlich hat er da Rauschgift verkauft! Und nun treibt er's fleißig weiter, wie? Das wolltest du doch sagen?«

»Jawohl«, nickte Ironsides. »Genau das wollte ich sagen.«

»Hm, jetzt geht mir ein Licht auf. Die Elefantenbar ist hochgegangen, und nun hat er sich mit seiner Ware auf Palm Beach Island stationiert. Aber was hat der Käse damit zu tun?«

»Das weiß ich noch nicht. Aber ich werde es herausbekommen«, entgegnete Cromwell entschlossen.

Zehntes Kapitel

Noch am gleichen Abend fuhren Bill Cromwell und sein Sergeant hinaus nach Hampton Court, um dem Lokal auf der Themseinsel einen Besuch abzustatten.

Palm Beach erwies sich als ein Traumland, besonders nachts, wenn die unzähligen Lämpchen brannten. Über die ganze Insel zogen sich breite, schattige Wege zwischen gepflegten Rasenflächen. Weitausladende Palmen mit bequemen Bänken darunter luden zum Verweilen ein. In nächster Nähe floss dunkel und träge die Themse vorbei. An warmen Sommerabenden konnte man sich hier in ein modernes Märchenland versetzt fühlen. Kein Wunder, dass Palm Beach Island von Anfang an ein großer Erfolg wurde. Alles, was in der Gesellschaft Rang und Namen hatte, fuhr zum Abendessen und Tanzen hinaus.

»Herr im Himmel! Die Renovierung von Tadd's Island muss Farrow ein Vermögen gekostet haben«, bemerkte Johnny. Die beiden Beamten schlenderten durch die weiten Gartenanlagen. »Ich habe zwar schon allerhand davon gehört, aber das übertrifft wirklich alles. Wie hat Farrow das in so kurzer Zeit fertiggebracht?«

»Stell dich nicht dümmer, als du schon bist«, knurrte Cromwell missmutig. »Dieser Laden gehört ihm bestimmt schon seit Monaten. Er wird Zeit genug gehabt haben, alles instand zu setzen. Wahrscheinlich wollte er den *Rosa Elefanten* und dieses Lokal hier gleichzeitig betreiben. Aber da er mit der Bar Pech hatte, konzentrierte. er sich nun wohl auf Palm Beach Island.«

»Und dass er der Eigentümer ist, wollte er natürlich geheim halten, wie?«, nickte Johnny. »Moment mal, da fällt mir gerade ein: Nach unserer Inspektion in seinem Büro wird er sich wohl denken können, dass wir jetzt orientiert sind?«

»Stimmt, Johnny. Und deshalb müssen wir gut aufpassen. Farrow hat bereits zur Genüge bewiesen, dass er vor drastischen Maßnahmen nicht zurückschreckt. Wenn er mich schön unauffällig aus dem Weg räumen kann, wird er keine Sekunde zögern.«

»Und wie steht es mit mir?«

»Er ist hinter mir her. Du musst dir nicht zu viel einbilden, Johnny. Er wird sich darauf konzentrieren, mich um die Ecke zu bringen.«

»Ist es dann nicht ziemlich riskant für dich, heute Abend so offen hierherzukommen?«

»Wenn ich Angst hätte, könnte ich gleich in Pension gehen«, brummte Ironsides geringschätzig.

»Nun, es besteht wohl auch nicht die geringste Gefahr, dass du erkannt wirst.« Johnny grinste unverschämt. »Mir sind beinahe die Augen übergegangen, als ich dich in diesem Aufzug sah.«

»Die dicke Hornbrille macht sich gut, wie?«, sagte der Chef Inspektor zufrieden. Außerdem wird Farrow sich bei diesem Hochbetrieb kaum blicken lassen. Na schön, gehen wir rein.«

Sie betraten das Lokal nicht gemeinsam. Ironsides wartete ungefähr fünf Minuten, bevor er seinem Sergeanten folgte. Das große Restaurant war dicht besetzt. Eine Kapelle spielte. Auf der Tanzfläche drängten sich die Paare. Cromwell wählte einen Platz, von dem aus er unauffällig den ganzen Raum überblicken konnte. Johnny saß fünf oder sechs Tische entfernt.

Cromwell verfolgte mit diesem Besuch keinen bestimmten Zweck. Er wollte sich vielmehr nur orientieren. Allerdings hoffte er im Stillen, dass sich vielleicht das eine oder andere ereignen würde. Sein Hauptinteresse galt natürlicherweise dem Käse.

Im Verlauf der nächsten Stunde beobachtete er, dass Hodge's Käseecken in ihrer auffälligen Verpackung an vielen Tischen serviert wurden. Er speiste bedächtig und gut. Johnny Lister gab sich der gleichen Beschäftigung hin. Als Cromwell sein Mahl beendet hatte, befand sich eine schön in Silberpapier verpackte Käseecke in seiner Tasche. Er zweifelte allerdings nicht daran, dass eine Laboruntersuchung sinnlos sein würde. Die sorgsam in seiner Tasche versteckte Käseecke war wirklich nichts anderes als Käse – oder zumindest ein durchaus annehmbarer wohlschmeckender Käseersatz.

Der Abend dehnte sich in die Länge, aber dann hatte Cromwell doch das Gefühl, seine Zeit nicht völlig verschwendet zu haben. Ein offensichtlich nervöser Herr in mittleren Jahren hatte allein an einem kleinen Tisch Platz genommen. Cromwells geschultem Auge entging nicht, dass dieser Mann rauschgiftsüchtig sein musste. Seine Augen und seine Gesichtsfarbe wiesen die typischen Merkmale des Süchtigen auf. Es war genau der Mann, auf den Cromwell gewartet hatte.

Selbstverständlich hatte der Chefinspektor auch noch andere Gäste unauffällig beobachtet – beispielsweise einige schwer angemalte junge Damen in kostbaren Modellkleidern, deren Gesichter ebenfalls Spuren von Rauschgift zeigten. Aber beim Anblick des einsam dasitzenden Mannes verlor er jedes Interesse an ihnen. Der unstete Blick, das nervös zuckende, verlebte Gesicht, die unordentlich zurückgestrichenen Haare verrieten, dass es sich um keinen Besucher handeln konnte, der zum Vergnügen nach Palm Beach Island gekommen war.

Cromwells Aufmerksamkeit galt scheinbar ausschließlich den tanzenden Paaren. In Wahrheit aber achtete er mit angespannten Sinnen auf jede Bewegung des Mannes. Der Unbekannte berührte kaum das Essen, das ihm der Kellner gebracht hatte. Ein Gang nach dem anderen wanderte in die Küche zurück. Als schließlich die Käseplatte serviert wurde, trat deutliche Gier in die unruhig flackernden Augen.

Einem harmlosen Besucher mussten diese Beobachtungen unwichtig erscheinen. Aber Cromwell war mit einem bestimmten Verdacht hierhergekommen.

Die zuletzt gereichte Platte enthielt sechs verschiedene Käseecken. Cromwell glaubte zu bemerken, dass zwischen Gast und Kellner ein kurzer Blick getauscht wurde. Allerdings war er sich dessen nicht ganz sicher. Es wurde jedenfalls kein Wort gewechselt.

Erstaunlich, welch einen außerordentlichen Appetit der Mann, nachdem er sämtliche Gänge unberührt hatte zurückgehen lassen, nun plötzlich für Käse entwickelte. Mit zitternden Fingern öffnete er das Silberpapier.

»Hm!«, seufzte Cromwell leise.

Anstatt die Umhüllung auf die übliche Weise beiseite zu legen, faltete der Mann sie sorgfältig zusammen und ließ sie in seine Tasche gleiten. Das war immerhin seltsam, selbst wenn der Unbekannte an einem übersteigerten Ordnungssinn leiden sollte. Ein zweiter Käse wurde geöffnet, und abermals verschwand das Papier in der Tasche. Jetzt kam der dritte an die Reihe.

Cromwell rauchte bekanntlich nur Pfeife, aber in diesem Augenblick brannte er sich umständlich eine Zigarette an und paffte genießerisch vor sich hin. Johnny Lister blickte auf. Dieses Signal hatte er schon lange erwartet. Ihm war nicht entgangen, dass Cromwell sich für den einsamen Gast interessierte, der mit so auffallendem Appetit der Käseplatte zusprach. Um sich gut vorzubereiten auf das, was jetzt folgen sollte, kippte er mehrere Gläser Whiskey hintereinander. Und er musste zugeben, der Whiskey war ausgezeichnet.

Unsicher erhob er sich dann und wankte hinüber zu dem gesondert stehenden Tisch. Der Mann zuckte überrascht zusammen, als Johnny ihn mit einem kräftigen Schlag auf die Schulter begrüßte.

»Na, so was! Da will ich doch gleich einen Sack Flöhe hüten, wenn das nicht Fruity ist. Fruity, mein alter Freund!«, stammelte Cromwells Gehilfe mit schwerer Zunge. »Fruity, um alles in der Welt, wie geht's dir denn? Alter Junge, na so was!«

Er schwankte etwas und schien die Absicht zu haben, auf dem Fußboden Platz zu nehmen, aber im letzten Augenblick klammerte er sich am Tisch fest.

»So was – so was – so was!« Die Wiederholung dieser geistlosen Worte schien Johnny Vergnügen zu bereiten. »Zum Teufel, warum hast du mir nicht gesagt, dass du in London bist, Fruity?«

Der Mann blickte sich ärgerlich um.

»Ich bin nicht Ihr Freund Fruity«, sagte er barsch. »Ich kenne Sie nicht, und ich wünsche Ihre Bekanntschaft auch nicht. Sie sind betrunken.«

»Bin ich«, gab Johnny offenherzig zu. »Wir zwei, was!« Er stieß den Fremden freundschaftlich in die Rippen. »Ich bin doch Snoots! Nun komm schon, Fruity! Natürlich bist du Fruity – Sir Bertram Frutill, mein alter Adjutant. Mein lieber Fruity, du wirst doch einen alten Kameraden nicht verleugnen wollen, nur weil er ein bisschen beschwipst ist!«

»Zum Donnerwetter, junger Mann, ich sage Ihnen nochmals, dass ich Sie nicht kenne!« Der andere geriet in Zorn. »Mein Name ist Bartrop, und wenn Sie jetzt nicht verschwinden, rufe ich den Kellner. «

»Das sind aber böse Worte von meinem alten Adjutanten«, seufzte Johnny bekümmert. Seine whiskeyumflorten Augen drohten jeden Augenblick in Tränen zu schwimmen. »Das hätte ich nie von dir gedacht, Fruity! Jetzt gib dir mal ’nen Stoß, alter Bursche! Komm rüber an meinen Tisch und trink ein Glas mit mir.«

Sein Versuch, den Mann am Arm hochzuzerren, scheiterte. In diesem Augenblick hielt Cromwell es für ratsam, Johnnys Auftritt ein Ende zu machen.

»Nun mal langsam, junger Mann«, sagte er scharf. »Machen Sie hier kein Theater! – Kann ich Ihnen behilflich sein, Sir?«, wandte er sich liebenswürdig an den belästigten Gast.

»Kennen Sie diesen Narren? Es wäre schön, wenn Sie ihn mir vom Hals schafften«, antwortete Bartrop nervös. »Ich habe ihn noch nie gesehen. Ich empfinde sein Benehmen als ausgesprochen peinlich.«

»Kommen Sie, Snoots, oder wie Sie sich nennen. Setzen Sie sich an meinen Tisch«, sprach Ironsides freundlich auf den betrunkenen jungen Mann ein. »Vielleicht wird Ihnen auch ein wenig frische Luft guttun. – In Ordnung, Sir. Ich werde mich um ihn kümmern.«

Nach einer leichten Verbeugung vor dem Mann namens Bartrop führte Cromwell den leicht Schwankenden an seinen eigenen Tisch. Niemand – am wenigsten Mr. Bartrop selbst – wäre auf die Idee gekommen, dass Cromwell während der kleinen Szene einen Tausch vorgenommen hatte. Geschickt hatte er seine eigene Käseecke auf den fremden Teller geschmuggelt und gleichzeitig die dort liegende unauffällig eingesteckt.

Der unbedeutende Zwischenfall schien bald vergessen. Mit einem verstohlenen Blick stellte Bartrop erleichtert fest, dass niemand seinem Tisch besondere Aufmerksamkeit schenkte. Zufrieden lehnte er sich in seinen Stuhl zurück, als das Licht ausging und sich ein einzelner Scheinwerfer auf die hereinschwebende Gestalt einer Tänzerin konzentrierte.

»Bravo, Johnny«, flüsterte Cromwell. »Du hast nicht einmal übertrieben.«

»Schon gut, Old Iron. Aber nun wüsste ich zu gern, was eigentlich los ist«, antwortete Johnny erstaunlich nüchtern. »Der Kerl ist scharf auf Rauschgift, das steht fest. Aber ich verstehe nicht...«

Neugierig beobachtete er, wie Ironsides die Käseecke auspackte und vorsichtig davon kostete. Das Zeug schmeckte nicht schlecht, nur etwas fad.

»Hm!«, brummte Ironsides.

Ein kurzer Blick orientierte ihn, dass Bartrop seine Mahlzeit beendet hatte. Hastig und mit zitternden Händen, wie es schien, schob er das Gedeck zur Seite.

»Füll rasch die Gläser nach, Johnny, und nimm dabei keine besondere Rücksicht auf das Tischtuch«, flüsterte Cromwell.

Eilfertig kam Johnny diesem Wunsche nach. Mit Vergnügen kippte er sein Glas um, während Cromwell die Verwirrung benutzte, um auf seinen Knien die Verpackung des Käses zu untersuchen. Er seufzte zufrieden auf. Zwischen der äußeren Verpackung und der Silberfolie hatte er einen winzigen Umschlag entdeckt. Als er ihn vorsichtig öffnete, sah er eine weiße pulvrige Masse. Er steckte Verpackung und Umschlag in die Tasche. An seinem Finger blieb eine Spur des weißen Pulvers haften.

»Glück gehabt?«, flüsterte Johnny.

»Und wie!«, entgegnete Cromwell. »Schnee, Johnny! Reines Kokain. Mein Gott! Diesmal haben wir etwas in Händen. Du weißt, was jetzt passiert?«

»Und ob!«, rief Johnny. »Ich muss schon sagen, dieses schnelle Resultat kommt überraschend. Für dich nicht auch? Das erste Mal in diesem Laden und nicht einmal umsonst.«

Sie erhoben sich und gingen zu Bartrops Tisch. Ihre Stühle nahmen sie mit. Zu beiden Seiten des Mannes ließen sie sich nieder und übergingen diskret den bestürzten Blick des auf originelle Weise Eingekeilten.

»Der Tisch ist reserviert«, protestierte Mr. Bartrop.

»Es wäre gut, wenn Sie sich still verhielten, Mr. Bartrop«, unterbrach Cromwell ihn leise. »Kriminalpolizei! Bitte kommen Sie mit. Wenn Sie vernünftig sind, können wir jedes Aufsehen vermeiden.«

Bartrop saß wie versteinert, aus seinem Gesicht wich jede Farbe. Dann fasste er sich. Seine Kinnlade klappte herab, und ein komisches Gurgeln entrang sich seiner Kehle.

»Ich... ich verstehe nicht recht«, flüsterte er heiser. »Kriminalpolizei? Aber ich habe doch nichts verbrochen! Ich werde nach dem Kellner rufen – ich werde um Hilfe schreien...!«

»Das wäre sehr dumm von Ihnen«, unterbrach Cromwell das mühsame Gestammel, und seine Stimme wurde eiskalt. »Sie werden jetzt aufstehen und ganz zwanglos mit uns diese gastliche Stätte verlassen. Das Ding, das Sie zwischen den Rippen fühlen, ist keine Tabakspfeife. Also los. Sind Sie fertig?«

Bartrop überlief ein Schauer. Eigentlich ganz zu Unrecht, denn das, was er zwischen den Rippen fühlte, war tatsächlich nur der Stiel von Cromwells Tabakspfeife. Unsicher erhob er sich. Er konnte sich kaum auf den Beinen halten, so verstört schien er. Cromwell warf einen Geldschein auf den Tisch, um Bartrops Rechnung zu begleichen.

Von niemandem beachtet, schritten sie durch das dichtbesetzte Lokal zum Ausgang.

»Holen Sie jetzt Ihren Mantel, Bartrop«, befahl Cromwell im Foyer. »Johnny, du ebenfalls. Ich werde inzwischen auf ihn aufpassen.«

Bartrop unternahm keinen Versuch, eine Szene zu machen. Nachdem sie ihre Garderobe hatten, verließen sie die Gaststätte und überquerten schweigend die Brücke zum Festland. Palm Beach Island lag bereits weit hinter ihnen, und sie schwiegen immer noch. Johnny fragte sich verblüfft, wieso alles derart glattgehen konnte.

Bartrop fand langsam seine Fassung wieder und begann endlich zu protestieren. Aber Cromwell bedeutete ihm grob, den Mund zu halten, und gab Johnny einen kurzen Wink. Der junge Mann verschwand und tauchte wenig später in Gesellschaft eines hünenhaften Constables wieder auf.

»Chefinspektor Cromwell, Abteilung G. 2, Scotland Yard«, wies Ironsides sich aus. »Bringen Sie diesen Mann auf die Polizeistation. Ich hätte das zwar mit meinem Sergeanten selbst erledigen können, aber der Anblick einer Uniform ist für manche Leute ganz nützlich. Mr. Bartrop, Sie sind verhaftet.«

Der Constable salutierte und betrachtete den berühmten Chefinspektor vom Yard voller Neugier.

»Das... das ist eine Unverschämtheit!«, brach Bartrop los. »Ich verlange eine Erklärung! Was werfen Sie mir eigentlich vor?«

»Sie sind verhaftet, Mr. Bartrop, weil Sie unberechtigt im Besitz von Rauschgift sind«, erwiderte Cromwell barsch. »Führen Sie ihn ab, Constable.«

Bartrop schrumpfte förmlich zusammen. Er machte noch den kläglichen Versuch zu widersprechen, brachte aber kein verständliches Wort heraus. Zehn Minuten später befand er sich im Vernehmungszimmer der Polizeiwache. Der Spaziergang an der frischen Luft hatte seine verschütteten Lebensgeister geweckt. Mit hochrotem Kopf baute er sich vor Cromwell auf.

»Ihre Anklage ist einfach lächerlich!«, raste er. »Ich weiß nichts von Rauschgift. Wann soll ich das Zeug bekommen haben?«

»Ihr Leugnen ist sinnlos, Mr. Bartrop. Ich rate Ihnen, jetzt ein offenes Geständnis abzulegen«, bedeutete Cromwell ihm barsch.

»Aber ich habe nichts zu gestehen! Ich habe auf Palm Beach Island lediglich zu Abend gegessen und ein wenig Wein getrunken.«

»Und das soll wirklich alles gewesen sein?«, fragte Ironsides kühl. Gleichzeitig riss er eine der Käseverpackungen auf, die er aus Bartrops Tasche genommen hatte. Ein winziger Umschlag mit weißem Pulver kam zum Vorschein. In diesem Augenblick zeigte sich in Bartrops Augen unverhüllte Gier. Aber er leugnete trotzdem.

»Mein Gott!«, stammelte er heiser. »Ich habe gar nicht gewusst... Sie meinen also, dieses... dieses Zeug ist Rauschgift?«

»Führen Sie ihn ab«, seufzte Cromwell.

Bartrop brach fast in Tränen aus, als ihm bewusst wurde, dass er kein Kokain mehr besaß – dass es für ihn unerreichbar war. Er verlangte, gegen Kaution freigelassen zu werden – vergeblich. Dumpf fiel die Zellentür hinter ihm ins Schloss.

Cromwell setzte sich augenblicklich mit Scotland Yard in Verbindung. Innerhalb weniger Sekunden hatte die Zentrale sämtliche Funkstreifenwagen angewiesen, Palm Beach Island abzuriegeln. Der Chefinspektor wollte das Eisen schmieden, solange es heiß war. Der weißpulvrige Fund in Bartrops Käseecken bot hinreichenden Grund für eine sofortige Razzia.

»So, Johnny, mehr können wir im Augenblick nicht tun«, sagte Ironsides aufseufzend. »Dass wir uns selbst an der Razzia beteiligen, hat keinen Sinn. Wir sind auch nicht gerade entsprechend angezogen.« Der Chefinspektor wirkte müde und pessimistisch. »Was den Erfolg anbelangt, habe ich nicht viel Hoffnung. Farrow ist ein gerissener Teufel!«

»Deine Trauermiene verstehe ich absolut nicht.« Johnny fühlte sich ausgesprochen heiter aufgelegt. »Selbst wenn wir mit der Razzia kein Glück haben, ist der Erfolg des heutigen Abends durchaus annehmbar. Wir haben einen von Farrows Kunden mitsamt der heißen Ware erwischt! Ist das nichts? Alles Weitere ist sowieso nur Routinearbeit. Ich möchte wissen, wie Farrow sich diesmal herausreden will.«

»Wieso herausreden?«, brummte Cromwell. »Wir können nur gegen Bartrop Anklage erheben, und Bartrop ist nur einer von vielen. Wenn wir tatsächlich auf Palm Beach Island kein Rauschgift finden, haben wir nicht den geringsten Anklagepunkt gegen Farrow. Er ist mit allen Hunden gehetzt, Johnny. Dass Bartrop in Nummer Sicher ist, verdanken wir einem glücklichen Zufall. Da gebe ich mich keiner Illusion hin. Wir hätten genauso gut monatelang vergeblich das *Insel-Traumland* besuchen können.«

»Nun, ich glaube jedenfalls, dass wir ihn jetzt haben.«

»Schön, schön – wir werden's ja erleben.« Cromwells Stimmung schwenkte plötzlich um. »Du hast doch erkannt, worum es bei der ganzen Sache geht?«, setzte er seinem Sergeanten auseinander. »Farrows Hauptgeschäft ist Rauschgift. Diese gewaltsamen Käseverkäufe sind eigentlich nebensächlich für ihn. Selbstverständlich holt er auch dabei soviel wie möglich heraus, aber der Profit ist geradezu lächerlich im Vergleich zu dem Gewinn, den er aus dem Rauschgifthandel zieht.«

»Warum aber dann erst die ganze Mühe?«

»Streng endlich mal dein winziges Gehirn an, Johnny! Wenn Hodge's Käse nur auf Palm Beach Island verkauft würde und sonst nirgends – das wäre doch sonderbar, nicht wahr? Ein Blick darauf, und wir hätten sofort gesagt: *Hallo, mit diesem komischen Käse stimmt etwas nicht!*«

»Hm... Ich verstehe«, nickte Johnny. »Dank Farrows Geschäftstüchtigkeit wird Hodge's Käse mindestens in jedem zweiten Restaurant angeboten, ganz zu schweigen von den Lebensmittelgeschäften, Kiosken und so weiter. Diese gigantische Käseorganisation dient also lediglich dazu, den Rauschgifthandel zu tarnen.«

»Und aus eben diesem Grund bin ich so wenig optimistisch«, grübelte Cromwell. »Farrow hat ein Riesengeschäft aufgezogen, das an Raffinesse nicht zu überbieten ist. Er wäre ein Narr, wenn er gewisse Vorsichtsmaßregeln außer Acht gelassen hätte. Ich kann einfach nicht glauben, dass wir ihn jetzt schon erwischen. Dieser Rauschgifthandel wirft einen enormen Gewinn ab«, überlegte er weiter. »Ein paar Gramm Kokain haben keinen großen Handelswert, müssten ihm selbst aber einige Pfund einbringen. Du kannst dir ausrechnen, wieviel er jede Nacht daran verdient. Nimm zum Beispiel Opium... Eine Tonne Opium für medizinische Zwecke kostet offiziell fünfzehnhundert Pfund. Verkaufst du das Zeug aber illegal – sagen wir, in Ägypten –, dann bekommst du fünfundsiebzigtausend Pfund. An Kokain ist noch bedeutend mehr zu verdienen. Es ist schon eine abscheuliche Gemeinheit, sich durch die Dummheit und Willenlosigkeit anderer zu bereichern und sie skrupellos vor die Hunde gehen zu lassen.«

Cromwell behielt recht mit seiner Skepsis. Die Razzia auf Palm Beach Island wurde ein kompletter Reinfall. Obwohl Haus, Gäste und Kellner gründlichst durchsucht und sämtliche Käseecken konfisziert wurden, konnte nicht ein Stäubchen Kokain gefunden werden.

Der Kellner, der Bartrop bedient hatte, war spurlos verschwunden. Man hatte seine zurückgebliebenen Kollegen scharf ins Verhör genommen, aber sie behaupteten einmütig, dass er plötzlich ohne jeden Grund gegangen sei.

»Das wusste ich ja!«, knurrte Cromwell bei der Durchsicht des Berichtes. »Damit ist uns Farrow abermals entwischt!«

»Es kann also kein Haftbefehl gegen ihn ausgestellt werden?«, fragte Johnny langsam. »Aber warum nicht? Wir können beide beschwören, dass Bartrop das Kokain auf Palm Beach Island bekommen hat.«

»Allerdings. Aber von einem Kellner, der spurlos verschwunden ist und den wir nie finden werden«, antwortete Cromwell wütend. »Wenn wir den Mann auftreiben und zum Reden bringen könnten – ja, das wäre ein glatter Fall. Aber so...«

Er schwieg und zuckte mit den Schultern.

Elftes Kapitel

Am nächsten Morgen kurz nach neun wurde Chefinspektor Cromwell eine Karte überbracht. Er war eben erst mit Johnny Lister im Yard eingetroffen.

»Ei, ei! Sieh dir das an, Johnny!«

»Farrow!« Johnny pfiff durch die Zähne. »Der Kerl muss Nerven haben. Wagt sich direkt in die Höhle des Löwen!«

»Interessant«, murmelte Cromwell, während er sich im Sessel zurücklehnte und nachdenklich das Kinn rieb. »Ich möchte nur wissen, was er von mir will. Du kannst Gift darauf nehmen, dass er mit dem wirklichen Grund nicht herausrücken wird. Also, achte scharf auf irgendwelche Tricks.«

»Aber zum Teufel, Old Iron! Der Mann ist doch nicht wahnsinnig. Er kann doch nicht im Yard selber eine krumme Tour versuchen«, widersprach Johnny. Dann blickte er nachdenklich auf. »Oder etwa doch?«

»Um das festzustellen, lassen wir ihn am besten gleich heraufkommen. Also, Gregg«, nickte er dem Polizisten zu, »bringen Sie den Gentleman herauf.«

Wenige Minuten später wurde Mr. Anthony Farrow von dem Constable hereingeführt. Farrow schien außerordentlich erregt. Ob diese Erregung echt oder geschauspielert war, ließ sich schwer sagen. Constable Gregg blieb an der Tür stehen, und Cromwell bemerkte mit einem Seitenblick, dass Farrow ihn überrascht und ein wenig fassungslos anstarrte.

»Sie sind wohl enttäuscht, Mr. Farrow?«, fragte Ironsides liebenswürdig. »Erwarteten Sie etwa Constable Jenkins bei mir zu sehen? Ich bin sehr traurig, dass ich Ihnen den Gefallen nicht tun kann. Nach einem gewissen kleinen Zwischenfall hielt ich es für ratsam, Jenkins in eine andere Division zu versetzen. Sie erwarten sicherlich nicht, dass ich Ihnen nähere Angaben über diese Division mache. Jenkins brauchte dringend Luftveränderung, aus gesundheitlichen Gründen, versteht sich.«

Farrow gab sich überaus erstaunt.

»Jenkins?«, wiederholte er. »Wer ist Jenkins? Sie sprechen in Rätseln, Mr. Cromwell. Ich bin nicht gekommen, um mich mit Ihnen über Ihre Leute zu unterhalten. Ich komme mit einer Beschwerde... He! Was, zum Teufel...«

Wütend fuhr er herum, aber Johnny hatte ihn bereits mit wenigen geschickten Bewegungen abgetastet – eine Tätigkeit, die in gewissen Kreisen als *Filzen* bekannt ist.

»Wir möchten nur sichergehen«, murmelte Johnny.

»Was fällt Ihnen ein, mich nach Waffen abzusuchen!«, brauste Farrow auf. »Das brauche ich mir nicht bieten zu lassen! Ich bin ein freier Bürger! Filzen Sie, wen Sie wollen, aber...«

»Entschuldigen Sie, Mr. Farrow«, unterbrach ihn Cromwell. »Mein Assistent war etwas voreilig. Sie hätten das nicht tun sollen, Sergeant Lister«, wandte er sich in streng dienstlichem Ton an Johnny. Dann stand er auf und ging hinüber zum Kamin. Dort blieb er mit dem Rücken vor dem wärmenden Feuer stehen. »Nun, Mr. Farrow, was kann ich für Sie tun?«

Unwillkürlich brach er ab. In Farrows Mienen las er deutliche Enttäuschung, mehr noch, für den Bruchteil einer Sekunde schien der Mann sogar völlig verdutzt. Ganz offensichtlich verdross es ihn, dass Cromwell seinen Schreibtisch verlassen hatte. Weshalb? Ironsides war auf der Hut. Genau besehen, mochte sein Misstrauen in diesem Augenblick absurd sein. Aber er hatte es mit einem unberechenbaren Gegner zu tun. Hinter der müden und gelangweilten Miene des Chefinspektors hätte niemand seine äußerste Wachsamkeit vermutet.

»Sie haben gestern Abend auf Palm Beach Island einen Gast verhaftet. Ich möchte wissen, was das zu bedeuten hat! Sie dürften wohl bestens orientiert sein.«

»Aber selbstverständlich weiß ich genau Bescheid«, nickte Cromwell freundlich. »Vielleicht besser, als Sie annehmen.«

»Was wollen Sie mit dieser Bemerkung sagen? Sie müssen sich schon näher erklären, wenn Sie mir etwas in die Schuhe schieben wollen. Wozu diese Razzia eine halbe Stunde später?« Farrows Fragen klangen arrogant und selbstsicher.

Seine Dreistigkeit überstieg alles Dagewesene. Er versuchte wohl nur zu bluffen. Cromwells Augen wurden zu zwei schmalen Schlitzen. Bartrops Verhaftung war stillschweigend erfolgt, er hatte bis jetzt keine Gelegenheit gehabt, sich mit irgendjemand in Verbindung zu setzen.

»Ich verstehe nicht ganz, Mr. Farrow...«

»Lassen Sie doch diese Ausflüchte, Cromwell!«, polterte Farrow los. »Auf diese Weise können Sie mich nicht hereinlegen! Sie wissen genau, dass ich der Besitzer von Palm Beach Island bin – und Palm Beach Island ist ein seriöses Lokal. Genauso seriös wie das *Trocadéro* oder das *Criterion*.«

»Und selbstverständlich auch genauso harmlos wie Hodge's Käseecken, nicht wahr?«, brummte Ironsides.

»Jawohl, ganz recht! Und weil es sich um legale Geschäfte handelt, Mr. Cromwell, verbitte ich mir ganz energisch jede Einmischung.«

Nervös ging er durch das Zimmer und blieb mit dem Rücken vor den beiden großen Fenstern stehen.

»Woher wissen Sie eigentlich, dass Bartrop verhaftet wurde, Mr. Farrow?«

»Wie...? Ach, das tut nichts zur Sache. Zum Teufel, warum setzen Sie sich eigentlich nicht hin?«, fügte er erregt hinzu. »Ich kann so nicht sprechen. Warum setzen Sie sich nicht an Ihren Schreibtisch?«

»Oh, entschuldigen Sie, Mr. Farrow«, sagte Cromwell liebenswürdig. »Vielleicht ist es etwas würdelos, wenn der Chef von Abteilung G. 2 vor dem Kamin steht und sich die Sitzfläche röstet. Aber ich verabscheue Konventionen, und ich hasse es, zu sitzen, während meine Besucher stehen. Wenn Sie Platz nehmen wollen, werde ich Ihrem Beispiel folgen. Was meinen Sie dazu?«

»Das will ich gern«, erwiderte Farrow prompt.

Er ging auf den Stuhl am Fenster zu... und wieder spürte Cromwell eine ungewisse Gefahr. Johnny stand nachlässig an die Tür gelehnt und hörte interessiert zu, obwohl er nicht ganz folgen konnte.

»Aber nein, Mr. Farrow«, lächelte Cromwell wie ein Salonlöwe. »Für einen so sympathischen Gast ist dieser Stuhl viel zu unbequem. Darf ich Ihnen meinen Sessel anbieten? Bitte, machen Sie es sich recht bequem.«

»Aber ich möchte nicht –«

Farrow stockte. Eine Sekunde lang zeigte sein Gesicht deutliches Erschrecken, aber dann nahm er sich gewaltsam zusammen. Cromwells Misstrauen war jetzt vollends geweckt.

»Kommen Sie, Mr. Farrow, mein Sessel ist außerordentlich bequem.«

Er fasste Farrow am Arm und zwang ihn mit sanfter Gewalt in den großen, gepolsterten Drehsessel.

»Nun, sitzen Sie gut, Sir?«, erkundigte er sich zuvorkommend und ließ sich selbst auf dem Stuhl am Fenster nieder.

Auf Farrows Stirn zeigten sich Schweißperlen.

»All right, unterhalten wir uns also weiter«, stieß er mit gepresster Stimme hervor. »Aber – zum Teufel, in diesem Sessel fühle ich mich nicht wohl!«

»Unsinn!«, widersprach Cromwell lächelnd.

Seine Ruhe entwaffnete, den Besucher. Johnny Lister fühlte die gespannte Atmosphäre – Cromwell und Farrow fochten ein Duell aus, aber er hatte noch nicht erfasst, worum es ging.

»Für Sie besteht doch kein Grund zur Aufregung, Mr. Farrow, wenn ein Mann in einem Restaurant verhaftet wird, das zufällig Ihnen gehört«, fuhr der Chefinspektor freundlich fort. »Ich gebe zu, dass gestern Abend ein gewisser Bartrop auf Palm Beach Island festgenommen wurde. Ich weiß es, weil ich ihn selbst verhaftete.«

»Und der Grund für diese Verhaftung?«

»Der Mann ist angeblich Theateragent«, entgegnete Cromwell stirnrunzelnd. »Ich betone *angeblich*, denn wir haben Grund zu der Annahme, dass er ein ganz übler Schwindler ist. Er hat jungen Mädchen Engagements versprochen. Er scheint nicht nur ein Schwindler und Betrüger, sondern überhaupt eine ganz üble Kreatur zu sein.«

»Und deswegen wurde er verhaftet?« Farrow beugte sich interessiert vor.

»Warum sonst?«, murmelte Cromwell abwesend.

Johnny kannte Ironsides gut genug, um zu wissen, dass dieser einen bestimmten Zweck verfolgte. Die Position der beiden war völlig verkehrt – und bestimmt nicht unabsichtlich. Farrow hinter Cromwells Schreibtisch und Cromwell auf dem Stuhl, der normalerweise den Besuchern vorbehalten blieb – eine idiotische Situation, wenn nicht mehr dahintersteckte.

Plötzlich stand der Chefinspektor auf und hob einen Arm.

»Großer Gott!«, flüsterte Farrow entsetzt, stieß den Sessel zurück und ließ sich in Sekundenschnelle zu Boden gleiten.

Im gleichen Moment schlug eine Kugel durchs Fenster und blieb mit dumpfem Klatschen in der Wand stecken, genau hinter der Stelle, wo soeben noch Farrow gesessen hatte. Der Nachtlokalbesitzer erhob sich zitternd und mit kalkweißem Gesicht.

Cromwell war mit einem Schritt bei ihm. Seine Augen funkelten gefährlich.

»Sehr interessant, Mr. Farrow«, sagte er mit schneidender Stimme. »Ihre Geistesgegenwart ist einfach verblüffend. Darf ich mich erkundigen, wieso Sie ausgerechnet im richtigen Augenblick in Deckung gingen?«

»Was – was wollen Sie damit sagen?«, stammelte Farrow und schluckte schwer. »Das tat ich wohl ganz instinktiv...«

»Dann scheinen Sie einen ganz besonderen Instinkt zu haben, mein Freund. Sie sind nur um Haaresbreite davongekommen. Wären Sie auch nur den Bruchteil einer Sekunde länger sitzen geblieben, steckte die Kugel nicht in der Wand, sondern zwischen Ihren Rippen!«

»Oder zwischen deinen, Old Iron, wenn du nicht klugerweise deinen Platz geräumt hättest«, stieß Johnny mit wutverzerrtem Gesicht aus. »Du dreckiger Lump! Ich möchte dich mit meinen eigenen Händen erwürgen!«

Nur mühsam beherrschte er sich. Seine Finger öffneten und schlossen sich nervös, während Cromwell ans Fenster trat. Draußen gab es nichts Verdächtiges zu sehen.

»Ich verschwinde jetzt«, murmelte Farrow kleinlaut. »Hier drin ist mir die Luft zu ungesund. Mein Gott, nicht für eine Million möchte ich Ihren Posten haben, Cromwell. Ständig damit rechnen zu müssen, als Zielscheibe benutzt zu werden...«

Er machte einen langen Schritt auf die Tür zu. Johnny wollte ihn aufhalten, aber Ironsides winkte ab.

Mr. Anthony Farrows Abgang war sehr viel weniger wirkungsvoll als sein Auftritt.

»Warum lässt du ihn nicht einfach verhaften?«, schimpfte Johnny. »Jetzt haben wir ihn doch! Schließlich muss er es doch gewesen sein, der diesen Mordanschlag inszeniert hat.«

»Zweifellos.«

»Warum lässt du ihn dann laufen?«

»Als Farrow zur Tür hereinkam, schwante mir schon, dass er etwas im Schilde führte«, brummte Cromwell. »Aber verhaften? Mit welchem Grund? Welche Beweise können wir vorbringen?«

»Seine blitzartige Reaktion! Er wusste, dass der Schuss kommen würde...«

»Ziemlich dünn, mein Junge.« Ironsides schüttelte den Kopf. »Nein, nein – das ist zwecklos. Wir haben nicht die geringste Handhabe, dass er an dem Anschlag beteiligt ist. Wir beide wissen natürlich genau, dass er nicht hierherkam, um über Bartrop zu sprechen. Er suchte nur nach einer Gelegenheit, um am Fenster das Signal geben zu können. Ich roch den Braten, als er mich zum Hinsetzen drängte. Na schön, bis jetzt hatte ich ja immer noch Glück...«

»Glück nennst du das!« Johnny fuhr in die Höhe. »Deine Klugheit hat dich gerettet, nichts sonst. Mein Gott, Old Iron, wie unerhört raffiniert von dir, Farrow in deinen Sessel zu platzieren.«

»Gewusst habe ich das natürlich nicht. Ich verließ mich mehr auf mein Gefühl. Diese Kugel überraschte mich genauso wie dich.« Abwesend starrte er hinaus. »Die Sache muss ich aufklären. Wo, zum Teufel, kam die Kugel her?«

»He, stell dich nicht so ans Fenster. Wie leicht kann noch eine –«

»Ich bin noch nicht pensionsreif. Soweit sind wir noch nicht«, winkte Cromwell übellaunig ab. »Sei kein Narr! Jetzt ist keine Gefahr mehr. Selbst ein so skrupelloser Gauner wie Farrow würde das nicht ein zweites Mal wagen. Nein, Johnny, die Kugel muss von einer ganz bestimmten Stelle gekommen sein. Farrow hat nicht einfach einen Komplizen mitten vor Scotland Yard postiert und losballern lassen. Das wäre geradezu idiotisch gewesen. Außerdem könnte niemand von dort unten in diese Richtung schießen.«

»Darüber zerbreche ich mir gerade den Kopf«, nickte Johnny. »Wir sind hier im ersten Stock, außerdem kann man von keinem anderen Gebäude unsere Fenster einsehen. Und wie du eben schon sagtest – von der Straße aus ist es unmöglich, auf deinen Sessel zu zielen.«

»Ich glaube, ich hab's, Johnny«, rief Cromwell plötzlich aus. »Siehst du die große Bogenlampe da drüben?«

»Du meinst, da ist jemand hinauf geklettert...?« Johnny schwieg verblüfft. »Nein, das ist unmöglich. Aber wie, zum Teufel –«

»Komm, wir wollen nachsehen!«

Wenige Minuten später staunten einige Yard-Beamte nicht schlecht, als der Chef der Abteilung G. 2 die Leiter zur Spitze der großen Bogenlampe hinaufstieg.

»Ha!«, knurrte Ironsides. »Nicht schlecht. Sogar verdammt raffiniert!«

An die Leiter geklammert, untersuchte er eine Pistole mit Schalldämpfer, die unauffällig im Zierrat am Kopfende des Mastes befestigt war, und deren Mündung genau auf das Fenster von Cromwells Büro zielte. Ein am Abzug befestigter Draht lief fast unsichtbar nach unten.

Cromwell kletterte wieder herunter und entdeckte am Fuße des Mastes in einer kleinen Nische versteckt den Druckknopfschalter, in den der Draht mündete.

»Da haben wir's, Johnny«, sagte er aufatmend. »Sehr einfach das Ganze, und nahezu sicher.«

»Aber wie haben sie das Ding hier direkt vor dem Yard anbringen können?«

»Das dürfte nicht schwer gewesen sein. Wenn ein Elektriker im Monteuranzug den Mast hinaufklettert, kümmert sich kein Mensch darum. Wahrscheinlich haben sich Farrows Leute auch noch den Nebel zunutze gemacht. Gestern und vorgestern hatten wir ja eine ganz hübsche Waschküche. Aber das spielt jetzt schließlich keine Rolle mehr.«

»Dann hat man diese Apparatur möglicherweise schon vor Tagen angebracht?«

»Warum nicht? Schließlich bestand keine Gefahr, dass jemand Verdacht schöpfte.«

Mit gemischten Gefühlen kehrten sie in ihr Büro zurück.

»Ein heißer Sessel!« Johnny betrachtete Cromwells Schreibtischstuhl mit offenem Argwohn. »Ein Druck auf den Knopf – und du befindest dich im Jenseits. In den vergangenen Tagen hätte es dich jeden Augenblick erwischen können. Mir sträuben sich jetzt noch die Haare.«

»Oh nein. Farrow geht immer auf Nummer Sicher. Er überlässt nichts dem Zufall. Darum kam er ja heute persönlich her. Er selbst wollte am Fenster das verabredete Zeichen geben.«

»Und dieser Kerl da draußen hat prompt auf den Knopf gedrückt und ist anschließend einfach davonspaziert«, rief Johnny wütend. »Es muss Farrow ziemlich in die Knochen gefahren sein, als du die Rollen vertauschtest.«

»Das machte mich ja überhaupt erst stutzig, dass der Kerl so nervös wurde«, lächelte Cromwell. »Er musste etwas Übles vorhaben, und darum war ich einigermaßen auf dem Posten.«

»Wieso nur einigermaßen? Ich kann mir nicht vorstellen, dass jemand geistesgegenwärtiger hätte reagieren können.«

»Ich muss schon sagen, Mr. Farrow flößt mir immer mehr Respekt ein«, murmelte Cromwell und sank aufatmend in seinen Sessel. »Angenommen, mich hätte es wirklich erwischt. Ein Schuss durchs Fenster, und kein Mensch weiß, woher. Farrow hier in meinem Büro, und mein Sergeant hätte selber bezeugen müssen, dass unser sauberer Besucher nichts mit der Sache zu tun haben kann. Großartig! Um ein Haar wäre ihm sein teuflischer Plan aber ins eigene Auge gegangen. Du hast sicher begriffen, dass es nur ein Experiment von mir war, als ich plötzlich den Arm hob. Ich fühlte mich ziemlich benommen, als im nächsten Augenblick die Kugel durchs Fenster pfiff.«

»Schön. Und was nun?«, wollte Johnny wissen. »Farrow kann also nicht wegen Mordversuchs angeklagt werden. Wir können ihm praktisch gar nichts zur Last legen. Stattdessen haben wir Bartrop. Er wird verurteilt werden, weil wir bei ihm Rauschgift fanden. Aber was wird aus Palm Beach Island und dem Käse?«

»Nach Bartrops Verhaftung möchte ich annehmen, dass Hodge's Käseecken in kürzester Zeit vom Markt verschwunden sind. Freund Farrow wird keine Verwendung mehr für das Zeug haben«, brummte Cromwell übellaunig. »Auf diese Weise wird er sein Kokain nicht mehr an den Mann zu bringen versuchen. Wir können überhaupt von Glück sagen, dass wir in so kurzer Zeit hinter seine Schliche gekommen sind.«

»Ja, du bist tatsächlich ein unerhört schlauer Fuchs«, sagte Johnny in ehrlicher Begeisterung. »Niemand außer dir wäre auf die Idee gekommen, dass in den Silberpapierdien mehr steckt als eine mittelmäßige Käsesorte.«

»Nun übertreib mal nicht, mein Junge«, murmelte Cromwell abwehrend. »Wir haben eben Glück gehabt. Dass Farrow mit Rauschgift handelte, ahnten wir ja. Ich fuhr auch hauptsächlich nach Palm Beach Island, um mich nach Süchtigen umzusehen.«

»Du hast dir jedenfalls von Anfang an über diese Käseecken Gedanken gemacht«, widersprach Johnny. »Und du hieltest die Augen offen. Mich wurmt nur, dass wir diesem Farrow nichts nachweisen können. Sieht ganz so aus, als dürfte er ungestraft so weitermachen.«

»Wir werden ihn weitermachen lassen und ihm trotzdem ins Handwerk pfuschen. Darauf kannst du dich verlassen. Nach diesem Zwischenfall kann er sich auf einiges gefasst machen. Ich werde nicht eher ruhen, bis ich die nötigen Beweise gegen ihn zusammen habe. Nur noch ein wenig Geduld.«

Wie bereits vermutet, Team bei der Affäre Bartrop nichts weiter heraus. Der Mann wurde wegen unerlaubten Besitzes von Rauschgift zu neun Monaten Gefängnis verurteilt. Vor Gericht blieb er dabei, dass ihn der Kellner persönlich mit dem Kokain versorgt habe. Und dieser Kellner blieb erwartungsgemäß verschwunden. Da sonst nirgends im Restaurant die kleinste Menge Rauschgift gefunden werden konnte, fehlte jede Handhabe, um gegen Farrow oder einen seiner Angestellten vorzugehen.

»Trotz allem sind wir vorangekommen«, erklärte Cromwell dem Assistant Commissioner. »Wir haben ihm sein Käsegeschäft verdorben. Auf diese Art kann er die Verteilung nicht mehr vornehmen. Das dürfte ein Verlust von ein paar tausend Pfund sein.«

»Glauben Sie, dass er es auf andere Weise versuchen wird?«

»Meinen Sie das Rauschgiftgeschäft?« Ironsides schüttelte den Kopf. »Das bezweifle ich stark. Davon wird er für eine Weile die Finger lassen. Die Razzia gestern Abend muss ein ziemlicher Schoch für ihn gewesen sein. Er wird sich darüber klar sein, dass wir Bescheid wissen und dass er nur knapp mit heiler Haut davongekommen ist. Raffiniert von ihm, diesen Kellner so blitzschnell verschwinden zu lassen. Dadurch stehen wir natürlich mit leeren Händen da.«

»Können Sie den Mann denn nirgendwo auftreiben?«, fragte Lockhurst. »Wenn Sie ihn finden und zum Reden bringen...«

»Ich bezweifle nicht, dass wir ihn über kurz oder lang finden werden, Sir. Auf dem Grund der Themse wahrscheinlich, mit einem netten kleinen Loch im Kopf.«

»Großer Gott! Sie meinen, er wird ihn beseitigen lassen?«

»Er hat zwei unserer Leute umgebracht, da wird er kaum viel Federlesens mit diesem Kellner machen. Er wäre ein hervorragender Kronzeuge, falls wir ihn lebend erwischten. Dieses Risiko wird Farrow nicht eingehen.«

»Das gefällt mir nicht.« Der Assistant Commissioner war sichtlich nervös. »Die ganze Situation ist unerträglich geworden. Farrow scheint sich einzubilden, dass er das alles ungestraft machen kann. Er lässt eine Pistole vor Ihrem Fenster montieren und ist kaltblütig genug, sich persönlich davon zu überzeugen, ob der Plan auch klappt! Diese Frechheit übersteigt alles Dagewesene.«

»Der springende Punkt ist der, Sir – der Plan hat nicht geklappt«, meinte Cromwell liebenswürdig.

»Weil Sie wachsam waren. Ich möchte bezweifeln, ob ich diesen Trick durchschaut hätte.« Der Oberst lehnte sich bequem in seinen Sessel zurück. »Übrigens, Cromwell, diese Geschichte mit der automatischen Pistole kommt mir doch reichlich unsicher vor. Angenommen, man hätte mich zur Zielscheibe gewählt. In diesem Augenblick käme die Kugel durchs Fenster – ich brauchte mich ja nur etwas vorzubeugen, vielleicht, um nach dieser Akte zu greifen – und würde dadurch nur in die Schulter getroffen, anstatt ins Herz.«

»Das ist allerdings das Risiko bei derartigen Basteleien«, gab Cromwell ihm recht. »Aber immerhin bestünde die Möglichkeit, dass Sie nicht gerade in diesem Augenblick nach einer Akte greifen. Und selbst, wenn Sie der Schuss nicht auf der Stelle töten sollte – Sie würden für eine ganze Weile außer Gefecht gesetzt.«

»Tja, dass dieses raffiniert ausgeklügelte Attentat auf sein Konto geht, wissen wir. Und trotzdem können wir ihm nichts anhaben«, brummte der Oberst ärgerlich. »Was haben Sie übrigens mit seinem neuen Restaurant vor?« Er blickte Ironsides prüfend an. »Sie müssen wissen, Cromwell, dass kürzlich verschiedene Freunde von mir Palm Beach Island besuchten und mir das Lokal in überschwänglichsten Farben schilderten. Ich nahm darum an, dass es sich um eine seriöse Angelegenheit handelt.«

»Den Eindruck macht es auch – wenn man nicht näher hinschaut«, stimmte Ironsides zu. »Das ist es eben. Je anständiger diese Gaststätten nach außen hin wirken, um so unanständigere Geschäfte werden dort heimlich getrieben. Aber machen Sie sich keine Sorge, Sir. Von jetzt an werde ich Palm Beach Island nicht mehr aus den Augen lassen.«

»Und was versprechen Sie sich davon? Vor ein paar Minuten noch haben Sie mir erst bestätigt, dass Farrow kaum noch länger mit Rauschgift handeln wird.«

»Wenn er das Gefühl hat, dass unser Interesse an ihm nachlässt, versucht er es unter Umständen wieder«, antwortete Cromwell. »Ich weiß, dass das Ganze eine Geduldsprobe ist. Es kann Wochen dauern, bis wir zu einem Ergebnis kommen.« Cromwell schwieg. »Ich möchte zu gern wissen, woher Farrow seinen Whiskey bezieht«, fuhr er dann nachdenklich fort.

»Sind Sie der Meinung, dass er nach der Sperrstunde noch Alkohol ausschenkt?«

»Nein, so dumm ist er bestimmt nicht. Aber ich frage mich, aus welcher Quelle sein Whiskey stammt. Ein ausgezeichneter Whiskey übrigens. Erstaunlich, wenn man bedenkt, wie knapp das Zeug heutzutage ist. In allen anderen Lokalen ist Whiskey rationiert – nur auf Palm Beach Island können Sie soviel davon trinken, wie Sie mögen. Während der offiziellen Verkaufszeit natürlich.«

»Demnach müsste er schwarzgebrannt sein?«, brummte Oberst Lockhurst. »Mein Gott! Dieser Kerl scheint seine Finger aber auch in jedem schmutzigen Geschäft zu haben.«

»Er ist ein abgefeimter Halunke, Sir. Um sich zu bereichern, ist ihm jedes Mittel recht. Schaufenstereinbrüche, Diebstähle, Rauschgifthandel – alles, was Sie sich nur denken können. Wenn eine Sache schiefgeht, schaltet er um auf die nächste. Aber wir erwischen ihn, Sir. Das verspreche ich Ihnen.«

Eine Weile später saß Cromwell hinter seinem Schreibtisch und warf einen langen, nachdenklichen Blick auf Johnny Lister.

»Eigentlich müsste es ziemlich einfach sein«, sinnierte er vor sich hin. »Ein kleines Bärtchen, blonde Locken, ein Monokel ins Auge geklemmt – und dazu ein affektiertes Benehmen... So erkennt dich kein Mensch, mein Junge. Das affektierte Benehmen dürfte dir ohnehin nicht schwerfallen.«

Johnny blickte ziemlich verdutzt drein.

»Würdest du dich bitte deutlicher erklären?«

»Ich hätte eine Beschäftigung für dich, mein Lieber. Du kannst sogar stolz darauf sein. Immerhin hätte ich die Möglichkeit, ein Dutzend andere mit dieser Aufgabe zu betrauen. Aber du sollst der Auserwählte sein. Von jetzt an, Johnny, muss jemand auf Palm Beach Island Stammgast werden.«

»Und mit dieser Aufgabe willst du mich beglücken. Vielen Dank. Dann werde ich mir also ein paar schöne Tage machen.« Johnnys Begeisterung wirkte ziemlich kläglich. »Was soll übrigens der Unsinn von blonden Locken, Monokel, affektiertem Benehmen und so weiter?«

»Dein *New Look*, mein Freund.«

»Wie? Nimm bitte zur Kenntnis, dass meine Haare dunkel sind.«

»Nichts einfacher als das. Man kann sie bleichen.«

»Meine Haare *bleichen!*«, rief Johnny ehrlich entsetzt.

»Was ist denn weiter dabei!« Johnnys ablehnende Haltung machte wenig Eindruck auf Cromwell. »Du wirst wohl keinen besonderen Wert darauflegen, dass man dich gleich am ersten Abend erkennt.«

»Aber, zum Teufel! Deswegen die Haare färben!«, protestierte Johnny. »Das ist wirklich etwas viel verlangt, Old Iron! Und was meinst du mit dem kleinen Bärtchen? Du glaubst doch wohl nicht...«

»Oh, so ein Bärtchen ist schnell gewachsen. Wenn du dir Mühe gibst, kannst du innerhalb einer Woche jedem Tangojüngling Konkurrenz machen«, unterbrach Cromwell ihn. »Es wird auch ganz angebracht sein, Farrow eine Woche lang sich selbst zu überlassen. Übrigens möchte ich nicht behaupten, dass diese Aufgabe besonders angenehm für dich sein wird. Du wirst dich sehr bald mächtig langweilen. Aber betrachte die Sache als einen Sonderauftrag, der unter deine Dienstpflichten fällt. Wir können es uns eben nicht leisten, das Lokal auch nur eine Minute aus den Augen zu lassen. Die einfachste Lösung, dass sich jemand hinsetzt und aufpasst – und zwar jemand, auf den ich mich verlassen kann und der das Gebaren eines reichen Einfaltspinsels von Haus aus mitbringt.«

Obwohl Johnny reichlich verschnupft war – sowohl über Cromwells letzte Bemerkung als auch über die drastische Veränderung, die mit seinem Äußeren vor sich gehen sollte –, fühlte er sich andererseits doch auch wiederum geschmeichelt. Es war eine Auszeichnung, dass Cromwell ihn mit dieser Aufgabe betrauen wollte, obwohl es doch genügend andere geeignete Leute gab.

»Na schön, Old Iron. Wenn das also ein Befehl sein soll gab er sich endlich einverstanden. Vielleicht kann ich damit die Sache mit meinem eigenmächtigen Urlaub wettmachen. Außerdem bin ich persönlich scharf darauf, Farrow das Handwerk zu legen. Viel verspreche ich mir allerdings nicht davon. Auf Palm Beach Island wird es nichts Besonderes mehr geben. Er müsste ja ein kompletter Narr sein, wenn er weiter mit Rauschgift handeln würde.«

»Nun, ich erwarte von dir, dass du trotzdem etwas entdeckst«, unterbrach ihn der Chefinspektor unwirsch. »Du brauchst nichts anderes zu tun, als deine Augen aufzumachen. Der Laden ist faul. Zum Teufel, Johnny, ich verlange nichts weiter von dir, als dass du deinen Verstand gebrauchst.«

Die Anerkennung seines bärbeißigen Chefs rührte ihn. Trotzdem sträubte er sich noch und grinste über Cromwells Versuche, ihn zu überreden.

Zwölftes Kapitel

Auf den Tag exakt vier Wochen später hatte Detektivsergeant Johnny Lister das Ganze restlos satt: Palm Beach Island, die blondierten Haare, das affektierte Benehmen – kurz gesagt, er langweilte sich.

Der Neid musste ihm lassen, er spielte seine Rolle großartig – ganz so, wie Chefinspektor Cromwell es vorausgesehen hatte. Schließlich war Johnny kein gewöhnlicher Pflastertreter. Seine aristokratische Erziehung erwies sich bei seiner jetzigen Beschäftigung als äußerst nützlich.

Eines Abends tauchte er mit ein paar hübschen, mit reichlich viel Schmuck behangenen Mädchen in Palm Beach Island auf. Bis zur Polizeistunde hatte er sie auf kunstvolle Weise über die Tanzfläche gesteuert. Zwei Nächte später erschien er allein, und von da ab galt er als Stammgast. Die Kellner kannten ihn und bemühten sich, dem Ehrenwerten Archie Carstairs – dem reichen, aber etwas vertrottelten Sohn eines Peers – jeden Wunsch von den Augen abzulesen. Verschiedentlich hatte man ihm auch schon beim Aufbruch behilflich sein müssen, wenn er sich reichlich beschwipst und darum recht unsicher auf den Füßen nach Hause begeben wollte. Man drängte sich geradezu um diese Ehre, weil stets ein ordentliches Trinkgeld abfiel.

Hin und wieder kam er in Damenbegleitung, ein- oder zweimal war er auch ganz weggeblieben. Man hatte sich aber bereits so an ihn gewöhnt, dass auf Palm Beach Island etwas zu fehlen schien, wenn er einmal nicht kam. Die Art, wie er mit dem Geld um sich warf und sich regelmäßig betrank, wirkte sehr anziehend. Alles in allem wurde er sowohl von den Gästen als auch von den Kellnern als liebenswürdiger Trottel angesehen.

Seine Anstrengungen schienen jedoch vergeblich. Die Wochen vergingen, ohne dass er auch nur die kleinste Unregelmäßigkeit entdecken konnte. Nicht nur das Restaurant, sondern ganz Palm Beach Island mitsamt seinen illuminierten Gärten und dem großen Tanzsaal wurden tadellos geführt. Die Beliebtheit dieser nächtlichen Märcheninsel hatte sich mehr und mehr herumgesprochen.

Der Besitzer dieser illustren Vergnügungsstätte war allerdings noch nicht ein einziges Mal aufgetaucht. Und Johnny selbst hatte bisher glücklicherweise nicht den geringsten Verdacht erregt.

Sein Interesse galt nicht nur dem Restaurant. In dunklen Nächten, wenn das Wetter jeden noch so romantischen Schwärmer aus den weiten Gartenanlagen fernhielt, hatte er sich dort gründlich umgesehen. Jetzt kannte er die Insel wie seine Westentasche und würde sich jederzeit mit geschlossenen Augen zurechtfinden.

Der Tisch, den man an diesem Abend für ihn reserviert hielt, war geradezu ideal für seine Zwecke. Er konnte mühelos die ganze Tanzfläche übersehen und befand sich außerdem direkt neben der Tür. Die verschwenderischen Blätter einer gepflegten Palme boten ihm gute Deckung. Er würde unauffällig verschwinden können, wann immer er wollte.

Die Tanzkapelle spielte ungewöhnlich gut. Auf dem spiegelnden Parkett drehten sich die Paare nach den Klängen eines langsamen Walzers. Johnny – eine Faschingskappe über den Kopf gestülpt – beschäftigte sich dem Anschein nach tiefsinnig mit Glas und Whiskeyflasche.

Da geschah es!

Ein kleiner Zwischenfall, drei Tische entfernt.

Ein junger Mann – dem Aussehen nach ein R. A. F. Offizier auf Urlaub – hatte gerade sein Glas hingesetzt und wurde von einem fürchterlichen Hustenanfall geschüttelt.

»Teufel! Man will mich vergiften!«, keuchte er. »Was ist das bloß für ein verdammtes Zeug!«

Ein neuer Hustenanfall schüttelte ihn. Seine Begleiterin, ein entzückendes junges Mädchen, blickte sich schüchtern um.

»Freddie! Man sieht auf uns...!«

»Das kann ich nicht ändern«, prustete Freddie erbost. »Wo ist dieser verdammte Kellner?« Er blickte sich wütend um. »Schon gut, Pat. Ich mache keinen Krawall. Aber ich denke nicht daran, mir so ein Dreckzeug als Whiskey vorsetzen zu lassen. Meine Kehle brennt wie Feuer. Wo steckt dieser vermaledeite Kellner?«

Abermals schüttelte ihn ein Hustenkrampf. Die Gäste an den Nachbartischen beobachteten neugierig interessiert die Szene, und jetzt eilte auch endlich der Kellner herbei.

Aber Johnny – ein bis jetzt betont desinteressierter Zuschauer – kam ihm zuvor. Er probierte den gleichen Trick, den er vor einiger Zeit so erfolgreich bei Bartrop verwendet hatte. Mühsam erhob er sich und schaukelte hinüber zu dem anderen Tisch.

»Schon gut, alter Freund«, rief er aufmunternd, mit etwas schwerer Zunge. »Sie brauchen nichts weiter als einen kräftigen Schlag ins Kreuz. Ist mir auch schon passiert. Das Zeug ist Ihnen in die falsche Kehle gerutscht.«

Er hob gerade die Hand, um seinen eben erwähnten Vorschlag in die Tat umzusetzen, als Freddie unter einem erneuten Hustenanfall über dem Tisch zusammensank.

»He!«, grinste Johnny beschwipst. »Dieser Rachenreißer muss Sie ja gewaltig umgeworfen haben!«

»Sie betrunkener Idiot!«, schrie das Mädchen aufgebracht, als Johnny mit unsicherer Hand nach dem Glas griff und von dem Whiskey kostete. »Wie können Sie sich erlauben, uns zu belästigen!«

»Verzeihung – wollte Sie nicht belästigen«, entschuldigte Johnny sich. »Schon in Ordnung. Dieses Zeug muss den stärksten Mann umschmeißen. Wie...? Oh, Verzeihung! Tut mir leid, Kleines. Ich soll verschwinden, hm?«

Durch sein Monokel blickte er sie gutmütig an. Nichts verriet die grimmige Entschlossenheit, die hinter seinem treuherzigen Blick stand. Dieser eine Schluck hatte ihm genug gesagt.

In diesem Augenblick trat der Kellner an den Tisch. Der junge Mann namens Freddie hatte sich zwar etwas erholt, fühlte sich jedoch von dem Hustenanfall so schwach, dass er kaum sprechen konnte. Auf der Tanzfläche bewegte man sich gleichmütig im Takt der Musik, aber viele Zuschauer beobachteten den Vorfall mit kritischer Aufmerksamkeit.

Einen Schwall Entschuldigungen auf den Lippen tauchte der Oberkellner auf.

»Gehen Sie nach hinten, Paul«, befahl er kurz und warf seinem Untergebenen einen vernichtenden Blick zu. »Ich werde mich persönlich um den Herrn kümmern.«

»Aber Sir...«

»Sie haben mich wohl verstanden!«, sagte der Oberkellner schneidend.

Sein Befehl duldete keinen Widerspruch. Johnny gefiel diese Stimme nicht. Und seine wachsamen Augen registrierten, dass der erschreckte Ausdruck in dem leichenblassen Gesicht des gescholtenen Kellners in gar keinem Verhältnis zu diesem Zwischenfall stand.

Während sich der Oberkellner in übertriebenen Worten bei Freddie entschuldigte, verschwand Johnny unauffällig aus dem Saal. Seit Wochen hatte er darauf gewartet – auf diesen oder einen ähnlichen Zwischenfall. Gepanschter Whiskey, daran gab es keinen Zweifel. Ein kurzer Schluck hatte genügt, um das festzustellen. Nach fruchtlosen Wochen endlich ein kleiner Schritt vorwärts!

Johnny verlor keine Zeit. Palm Beach Island war eine schmale, langgestreckte Insel inmitten der Themse. Das Hauptgebäude und die illuminierten Gärten umfassten drei Viertel des Eilands. Das letzte Viertel hinter der Tanzhalle war Privatgrund. Eine Mauer mit einem schmiedeeisernen Gitter lief quer über die an dieser Stelle sehr schmale Insel.

»Teufel! So ein Glück!«, murmelte er vor sich hin.

Die Gartenanlagen lagen dunkel und menschenleer unter einem wolkenverhangenen Himmel. Gemächlich schlenderte Johnny zwischen Palmen und sorgsam beschnittenen Hecken hindurch und verschwand dann im Schatten der Mauer. Ohne viel Mühe zog er sich hinauf, kletterte über das Gitter und sprang zur anderen Seite hinab. Das Ganze geschah in wenigen Sekunden. Die Gefahr, trotzdem gesehen zu werden, musste er auf sich nehmen.

An diesem Ende der Insel standen die Wirtschaftsgebäude. Zu beiden Seiten verlief nur ein schmaler Uferstreifen. Hinter den Gebäuden, nach der niedrigen Landzunge hin, befand sich ein freier Platz. Hier gab es weder Illuminationen noch Palmen, noch sorgfältig gehaltene Wege. Nur vereinzelte, von keiner Gärtnerhand gepflegte Sträucher, wucherten wild empor.

Johnnys Interesse galt dem Personaleingang. Auf seinen früheren Erkundungsgängen hatte er festgestellt, dass sich am äußeren Ende der Insel ein kleiner Landungssteg befand. Dort hatte er häufig Motorboote an- und ablegen sehen. Daran war allerdings trotz aufmerksamster Beobachtung nichts Verdächtiges festzustellen gewesen.

Das Sträuchergewirr bot gute Deckung, hinzu kam die Finsternis – zwei Gegebenheiten, die Johnny optimistisch stimmten. Vorsichtig näherte er sich dem Gebäudeteil, der

Küche und Vorratsräume enthielt. Aus einem angelehnten Fenster drangen erregte Stimmen. Er wusste, dass dieses Fenster zum Aufenthaltsraum des Personals gehörte. Wie ein Schatten huschte er näher.

»Du verdammter Narr!«, vernahm er die Stimme des Oberkellners. »Habe ich dir nicht ausdrücklich gesagt, dass du die Finger von diesem Zeug lassen solltest?«

»Deswegen brauchst du doch nicht gleich so ein Theater zu machen«, brummte der andere. »Der junge Mann verlangte etwas ganz Besonderes, und da glaubte ich, ihm einen Gefallen zu tun.«

»Wofür hältst du mich eigentlich? Wohl für einen kompletten Idioten, wie? Schließlich ist es nicht das erste Mal, dass du den Whiskey gepanscht hast. Abend für Abend vergreifst du dich an unserer Spezialmarke! Wohl für deine bevorzugten Gäste, wie? Dicke Trinkgelder einstecken! Damit ist es jetzt ein für alle Mal vorbei!«

»Warum regst du dich eigentlich auf?«, jammerte Paul. »Es ist doch gar nichts

»...nichts passiert, meinst du?«, schrie der Oberkellner wütend. »Da irrst du dich aber gehörig. Dieser Sprit ist schlecht, nur versehentlich geliefert worden. Ich habe ausdrücklich angeordnet, dass das Zeug nicht angerührt werden soll!«

»Zum Teufel! Das konnte ich doch nicht wissen.«

»Wir haben keinen Platz für solche leichtfertigen Halunken wie dich. Du hast nur dicke Trinkgelder im Kopf und vergisst darüber alles andere.«

»Also schön – ich werde mich nicht mehr an dem Zeug vergreifen.«

»Nein, das wirst du sogar ganz bestimmt nicht mehr!«, tobte der Oberkellner weiter. »Du wirst überhaupt nichts mehr verkaufen, weil du hier verschwinden wirst. Du fliegst raus!«

Paul begann heftig zu protestieren. Johnny verstand so viel, dass er sich das nicht gefallen ließe, der Oberkellner habe kein Recht, ihn rauszuwerfen, er würde abwarten, bis der Chef käme.

»Bis dahin können noch etliche Tage vergehen, und ich denke nicht daran, dich nur noch fünf Minuten länger hierzubehalten«, schrie der Oberkellner zurück.

Die Tonart wurde immer erregter, die Sprache immer blumenreicher. Manche Vokabeln waren vollkommen neu für Johnny. Plötzlich hörte er deutliche Anzeichen einer Rauferei. Keuchende Atemzüge, die schrille, zeternde Stimme des Oberkellners, dann einen leisen Knall, gefolgt von gurgelndem Stöhnen und einem dumpfen Fall.

»Dieser Narr!«, geiferte der Oberkellner. »Er zwang mich ja dazu! Schnell, Charlie! Los, Lew! Helft mir jetzt!«

Johnny überlief es eiskalt. Der leise Knall stammte von einer Pistole mit Schalldämpfer, da gab es keinen Zweifel. Eine reichlich seltsame Angelegenheit, das Ganze! Es lohnte sich unbedingt, weiter scharf aufzupassen.

Als sich fünf Minuten später eine Tür öffnete, stand Johnny gut getarnt hinter einem Berg alter Lattenkisten. Ein schmaler Spalt verschaffte ihm gute Sicht.

Seine Gedanken überschlugen sich. Er hatte längst begriffen, dass seine wochenlange vergebliche Mühe endlich zu einem positiven Ergebnis führte. Die Bemerkung über den gepanschten Whiskey vorhin war aufschlussreich. Und dieser Oberkellner! Ziemlich ungewöhnlich, dass ein Mann in seiner Stellung eine Pistole mit sich herumschleppt und gleich bei der erstbesten Gelegenheit auf seine Leute schießt.

Johnny wunderte sich nicht weiter, als jetzt zwei Männer in die offene Tür traten. Sie trugen einen schweren Gegenstand.

Ei, ei!, dachte Johnny zynisch. *Die Leiche im Sack! Wie im Kriminalroman!*

»Hör mal, Wally«, rief der eine. Es war kein anderer als Mr. Charles Dimmock, der überaus tüchtige Vertreter der Firma Hodge. »Warum müssen ausgerechnet wir das machen? Die Sache ist ziemlich heikel. Sind zu viele Lichter auf dem Fluss.«

»Wir müssen ihn schnellstens loswerden«, erwiderte ein dritter, der jetzt in der Tür erschien. Es war der Oberkellner, er hieß also Wally. »Es kann überhaupt nichts passieren. Wer soll euch denn in dieser Finsternis sehen?«

Johnny erschrak. Aus dem Sack drang ein Stöhnen. Paul war also noch gar nicht tot. In wenigen Minuten aber würde er es zweifellos sein. Es gehörte nicht viel Phantasie dazu, um sich auszumalen, was mit dem Sack passieren würde.

Die beiden Männer schleppten ihre Bürde zum Landungssteg und warfen sie in ein Boot. Dann stiegen sie ein und ruderten hinaus in die Dunkelheit. Vom gegenüberliegenden Ufer blinkten Lichter herüber. Einige erleuchtete Hausboote lagen vor Anker. Vom Restaurant her erklang leise Musik. Das ferne Hupen der Autos erinnerte an den nächtlichen Verkehr. Aber hier, an dieser äußersten Spitze von Palm Beach Island, war es finster und ruhig.

Johnny stand in seinem Versteck, hilflos vor Zorn. Er hörte Schritte, dann fiel eine Tür ins Schloss. Wie der Blitz stand er am Ufer, riss sich Mantel und Jackett vom Leib und schoss wie ein Seehund ins Wasser. Ein paar kräftige Schwimmstöße, und er fühlte, wie ihn die Strömung packte. Das eiskalte Wasser ließ ihn frösteln, aber er achtete nicht darauf. Als gutem Schwimmer fiel es ihm nicht schwer, dem Boot zu folgen.

Die Jagd – wenn man Johnnys mutige Verfolgung so nennen will – dauerte nicht lange. Die beiden Männer ruderten nur bis zur Strommitte, dann zogen sie die Riemen ein. Johnny trat Wasser und wartete ab.

»Das genügt, Charlie«, vernahm er eine heisere Stimme. »Schmeiß ihn rein.«

Das Wasser stieß klatschend gegen das schaukelnde Boot, ein knarrendes Geräusch und schließlich das dumpfe Aufspritzen. Ein paar Luftblasen tanzten langsam zur Oberfläche.«

»Gott sei Dank, das wäre geschafft«, kam eine erleichterte Stimme. »Und nun zurück.«

Die Riemen tauchten ins Wasser, das Boot schwenkte schwerfällig in Richtung Palm Beach Island. Der ganze Spuk hatte höchstens drei oder vier Minuten gedauert. Johnny paddelte unbemerkt mitten in der Themse herum. Er hielt genau die Stelle im Auge, an der man den Sack versenkt hatte. Ohne erst abzuwarten, bis sich das Boot in genügender Entfernung befand, tauchte er.

Steil schoss er nach unten, stieß auf den schlammigen Grund und tastete wild um sich. Er griff etwas Hartes und Schleimiges, wohl ein altes Wrack. Daran zog er sich entlang und tastete verzweifelt weiter. In wenigen Sekunden würde er auftauchen müssen, um Luft zu schnappen.

Da zuckte er zusammen. Seine Hand fasste etwas Unbestimmbares, Weiches. Er packte fester zu und fühlte Sackleinwand. Mit größter Anstrengung krallte er sich daran fest. Fraglich, ob der Mann überhaupt noch lebte. Man hatte ihn zweifellos noch mit Steinen beschwert, aber das spielte unter Wasser keine große Rolle.

Langsam löste er sich mit seiner Bürde vom Flussbett. Seine Lunge schmerzte und sein Kopf dröhnte. Ihm schien, als würde er nie mehr die Wasseroberfläche erreichen. Als er es endlich doch geschafft hatte, holte er tief Luft und blickte sich vorsichtig um. Das Boot lag inzwischen wieder am Landungssteg, und die beiden Männer verschwanden eben im Wirtschaftsgebäude.

»Und wohin jetzt?«, fragte sich Johnny.

Immerhin ein Problem – und keine Zeit, sich darüber den Kopf zu zerbrechen. Er hätte sein Bündel gern ans jenseitige Ufer gebracht, aber die Entfernung schien ihm zu groß und die Strömung zu stark. Dieses Risiko konnte er nicht eingehen. Lieber das kleinere Übel auf sich nehmen: die verhältnismäßig kurze Strecke bis zum Landungssteg zurückschwimmen und sich das Boot holen.

Johnny nahm alle Kraft zusammen, um sein lebloses Bündel nicht zu verlieren. Es gelang ihm, den Sack oben zu öffnen und damit Pauls Kopf zu befreien. Der Mann gab kein Lebenszeichen von sich. Wenn Johnny nur eine Sekunde nachgab, seinen festen Griff lockerte, würde Paul wie ein Stein versinken.

Endlich erreichte er den Steg. Er kletterte hinauf und zog den Sack nach. Dann überzeugte er sich, ob der Mann noch lebte. Sein Herz schlug schwach und unregelmäßig.

»Er lebt also noch. Dieses Lumpenpack!«

Außer sich vor Zorn über dieses brutale Verbrechen riss er den Sack weiter auf und zog den Verletzten heraus. Aus dem Mund des Geretteten drang jetzt ein leises Gurgeln. Seine Lunge musste voll Wasser sein und außerdem von der Kugel verletzt. Die Sache sah böse aus. Der Mann gehörte sofort in ärztliche Behandlung. Zunächst einmal begann Johnny mit Wiederbelebungsversuchen. Dabei ging er mit größter Behutsamkeit zu Werke.

Bald gab er es auf. Es hatte keinen Sinn. Er musste schnellstens hier verschwinden, bevor man ihn entdeckte. Eilig zog er Jackett und Mantel an und legte Paul vorsichtig ins Boot. Er wollte gerade vom Landungssteg abstoßen, als sich plötzlich die Tür öffnete und ein breiter Lichtstrahl nach draußen fiel.

»Mal nachsehen, ob ihr auch nichts im Boot liegengelassen habt«, ertönte die Stimme des Oberkellners. »Ihr habt die Sache zwar gut gemacht, Jungs, aber man kann nicht vorsichtig genug sein.« Johnny stieß einen unterdrückten Fluch aus und duckte sich so tief wie möglich. Jetzt gab es nur eins: als Wally am Ende des Steges auftauchte, sprang Johnny blitzschnell in die Höhe und traf den Mann mit seiner geballten Faust mitten im Gesicht.

Wally gab keinen Laut von sich. Gehorsam kippte er hintenüber und blieb reglos liegen. Die anderen blieben – dem Himmel sei Dank – im Haus. Johnny sprang ins Boot zurück und legte sich kräftig in die Riemen. Er hatte bereits die Strommitte erreicht, als aufgeregte Stimmen von der Insel herüberdrangen. Aber die störten ihn jetzt nicht mehr.

»Vielleicht ahnen sie, was los ist«, brummte er vor sich hin. »Schade, dass ich nicht unbemerkt weggekommen bin.«

Er hielt auf eine Landungsbrücke zu. Am Ufer angekommen, setzte er sofort seine Polizeipfeife an die Lippen. Dabei hoffte er inständig, dass man das Signal auf der Insel nicht hören möchte.

Wenige Augenblicke später tauchte ein Polizist auf, reichlich verdutzt. Er half, Paul an Land zu schaffen. Johnny zeigte ihm seinen aufgeweichten Dienstausweis, gab aber weiter keine Erläuterungen. Der Constable war auch nicht neugierig.

Nach knapp zehn Minuten war die Ambulanz zur Stelle. Johnny fuhr mit ins Krankenhaus.

»Ich fürchte, für den armen Kerl besteht nicht viel Hoffnung, Mr. Lister«, sagte der Arzt nah einer kurzen Untersuchung. »Die Lunge ist ernstlich verletzt. Ich vermute, dass auch noch andere Organe in Mitleidenshaft gezogen sind. Fraglich, ob er überhaupt die Besinnung wiedererlangt.«

»Das habe ich befürchtet«, murmelte Johnny enttäuscht.

»Wir werden natürlich unser Möglichstes tun«, fuhr der Arzt fort und blickte den jungen Sergeanten forschend an. »Wie ist das eigentlich passiert?«

Johnny gab ihm nur eine flüchtige Schilderung, dann schlüpfte er in die geborgte Kleidung und fuhr auf schnellstem Wege nach Scotland Yard. Zuvor hatte er noch angeordnet, dass Chefinspektor Cromwell sofort zu verständigen sei, wenn der Verletzte aus seiner Bewusstlosigkeit aufwache – wenn er jemals aufwachen sollte.

Zum Glück war Ironsides noch anwesend. Wortlos musterte er Johnnys seltsamen Aufzug. Das Gesicht seines Sergeanten verriet deutlich genug, dass etwas Außergewöhnliches passiert sein musste. Cromwell lehnte sich in den Sessel zurück und zielte mit seiner Pfeife nach ihm.

»Nun, was ist los?«

Aufmerksam lauschte er Johnnys knappem Bericht. »Hm, das sieht ja ganz vielversprechend aus«, sagte er schließlich langsam. »Ein Kellner serviert eine falsche Whiskeysorte und wird bei dem anschließenden Streit niedergeschossen. Daraufhin wirft man ihn in die Themse. Man sollte denken, dass so etwas nur in Chicago passiert. Was war übrigens mit dem Whiskey? Hast du ihn probiert? Taugt er was?«

»Ein ganz übles Zeug, Old Iron.«

»Das ist seltsam. Farrow hat stets erstklassigen Whiskey gehabt. Der Oberkellner regte sich also darüber auf, dass Paul sich in der Sorte vergriffen hat? Dann war also eine bestimmte Kiste nicht in Ordnung. Hm! Sehr interessant, Johnny.«

»Auf jeden Fall gibt das zu denken. Sieht aus, als behielten wir recht, Old Iron. Farrow verkauft also doch keinen legalen Whiskey. Irgendwie muss er eine schlechte Sendung erwischt haben. Darauf haben wir ja die ganze Zeit gewartet. Trotzdem ist mir die Sache noch rätselhaft. Whiskey ist zwar in England knapp, aber wir haben doch keine Prohibition.«

»Ich habe mir genaue Unterlagen verschafft«, fuhr Cromwell nachdenklich fort. »Farrows Lieferanten sind mir bekannt. Dabei ist mir etwas Merkwürdiges aufgefallen: Ohne jede Schwierigkeit ließ sich feststellen, woher er Sekt, Likör und Wein bezieht, aber es ist völlig schleierhaft, wo sein Whiskey herstammt.«

»Nun, Whiskey ist knapp. Wahrscheinlich kauft er ihn ohne Rechnung in Schottland ein.«

»Mein lieber Freund, es gibt keine Brennerei, die das wagen kann«, erwiderte Ironsides ungeduldig. »Der Whiskey auf Palm Beach Island ist ohne Zweifel gut. Ich habe mich selbst davon überzeugt, Es steht fest, dass fünfundneunzig Prozent aller dort servierten Getränke Whiskey-Sodas sind. Das ergibt jede Woche eine ganz hübsche Menge. Woher bekommt Farrow das Zeug? Darauf gibt es nur eine Antwort: Er macht den Whiskey selbst!«

»Mein Gott! Wie sollte er das fertigbringen?«

»Auf Palm Beach Island nicht, das steht fest. Wir haben nicht die geringsten Anzeichen dafür bemerkt. Trotzdem bekommt er regelmäßig Nachschub. Im vergangenen Monat herrschte auf Palm Beach Island Hochbetrieb. Unzählige Gäste – unzählige Whiskeys. In jedem gutgehenden Nachtlokal ist der Verkauf von legalem Whiskey schon ein lohnendes Geschäft. Wenn du ihn aber schwarzbrennst, erzielst du phantastische Gewinne.«

»Klingt ganz vernünftig, Old Iron.«

»Und würde durchaus zu Farrow passen«, knurrte Cromwell. »Hinterzieht Steuern und scheffelt damit ein Vermögen zusammen. Wenn wir uns Whiskey kaufen, bezahlen wir mehr Branntweinsteuer, als das Zeug wert ist. Die Herstellung ist sehr billig. Und was bezahlt man auf Palm Beach Island für ein Glas? Drei Schilling, nicht wahr? Die gleiche Menge schwarzgebrannt kostet nur wenige Pence – was sage ich, nur den Bruchteil eines Pennys.«

»Die müssen ja Geld wie Heu verdienen. Wenn du den Laden hochgehen lassen kannst –«

»Da gibt es kein *Wenn*«, unterbrach Cromwell ihn entschlossen. »Ich werde ihn hochgehen lassen, über kurz oder lang. Hoffentlich rückt dieser Kellner mit ein paar Informationen heraus. Wir müssen mit ihm sprechen, bevor Farrow ihn unschädlich macht.«

»Wie sollte er denn? Der Bursche liegt doch im Krankenhaus!«

»Was macht das schon. Hast du vergessen, was vor ein paar Wochen hier in diesem Zimmer passiert ist?«, brummte Ironsides. »Für einen gewiegten Gauner ist das kein Problem. Sofort nach deinem Anruf habe ich mich mit den Leuten im Krankenhaus in Verbindung gesetzt. Ich habe dem Arzt ausdrücklich verboten, jemanden an den Mann heranzulassen, ganz gleich, unter welchem Vorwand man kommt. Der Bursche liegt zwar im Sterben, aber er weiß zuviel. Wenn er zur Besinnung kommen sollte, würde er bestimmt auspacken. Und das wird Farrow zu verhindern suchen.«

Das Telefon klingelte.

»Chefinspektor Cromwell«, meldete Ironsides sich.

»Hier Dr. Morley, Granville Hospital«, kam es durch den Draht. »Ich bin froh, dass ich Sie erreiche, Mr. Cromwell. Der Mann hat das Bewusstsein erlangt und möchte eine Aussage machen. Sie müssen sich aber sehr beeilen, sonst dürfte es zu spät sein. Der Zustand des Verletzten verschlechtert sich zusehends.«

»In fünfzehn Minuten bin ich dort«, erwiderte Cromwell kurz, »Vielen Dank für den Anruf, Doktor.«

Er warf den Hörer auf die Gabel,

»Los, Johnny«, rief er. »Vielleicht haben wir Glück.«

Dreizehntes Kapitel

Dr. Morley führte Ironsides und Johnny persönlich an das Bett des Patienten.

»Sie werden gerade noch zurechtkommen, Mr. Cromwell«, sagte er, und seine Miene drückte Besorgnis aus. »Es steht schlecht. Der Ärmste ist bereits zwanzig Minuten bei Bewusstsein. Es kann jeden Moment mit ihm zu Ende gehen.«

»Keine Möglichkeit, ihn zu retten?«

»Nicht die geringste. Ich wundere mich überhaupt, dass er noch einmal zu sich gekommen ist. Wenn er erneut bewusstlos wird, dürfte es endgültig vorbei sein.«

Bei ihrem Eintritt erhob sich die Schwester, die neben dem Bett gesessen hatte, und verließ taktvoll das Zimmer. Bill Cromwell setzte sich auf ihren Platz. Aus dem bleichen, verfallenen Gesicht starrten ihn die Augen des Verletzten groß an.

»Wer sind Sie?«, flüsterte er schwach. »Ich möchte jemand von Scotland Yard sprechen.«

»Ich bin Chefinspektor Cromwell von Scotland Yard.«

»Ja, jetzt erkenne ich Sie, Sir«, sagte Paul, und seine Augen glänzten fiebrig. »Ich muss Ihnen etwas sagen, Sir... Dieser Lump, dieser niederträchtige Lump!« Sein Blick flackerte, und seine Stimme schwoll unnatürlich laut an. »Dem werde ich's heimzahlen!«

»Nicht aufregen«, murmelte Cromwell. »Wir haben Zeit...«

»Ich werde sterben – ich weiß es. Wir haben nicht viel Zeit«, murmelte der Kranke. »Ich muss mich beeilen. Hören Sie...«

Krach!

Cromwell, der sich über das Bett gebeugt hatte, saß so unbeweglich wie eine Statue. Es war vom Fenster gekommen, aber er blickte gar nicht hin. Er starrte auf Pauls Kopf – und der bot keinen schönen Anblick. Vor seinen Augen hatte man den Mann erschossen. Cromwell fühlte sich unsagbar elend.

»Großer Gott! Was war das?«, rief der Arzt entsetzt und starrte fassungslos auf das Fenster.

»Hier, sehen Sie es sich an, Doktor«, murmelte Ironsides. »Ihr Patient wird uns nichts mehr sagen können.«

»Ich begreife nicht...«

»Er ist erschossen worden. Wie Sie sehen, ein sauberer Kopfschuss. He, Johnny, willst du wohl vom Fenster wegbleiben!«, wies er seinen Sergeanten mit scharfer Stimme zurecht. »Du bist wohl wahnsinnig?! – Ist hier ein Gebäude vor dem Fenster, Doktor?«, wandte er sich wieder an den Arzt.

Dr. Morley antwortete nicht, ihm hatte es die Sprache verschlagen. Noch nie zuvor war etwas Ähnliches im Granville Hospital passiert.

Cromwells Gedanken überstürzten sich. Farrows Leute mussten Johnny beobachtet und Paul in diesem Krankenzimmer aufgespürt haben. Dieser Schuss durchs Fenster bedurfte keiner weiteren Erklärung.

Er stürzte aus dem Zimmer, Johnny ihm nach. Cromwell riss ein Flurfenster auf und blickte auf die öde Fassade eines großen Möbellagerhauses, das an das Krankenhaus angrenzte.

»Flaches Dach«, knurrte er. »Siehst du? Dieses Gesindel! Einfache Sache, da hinaufzuklettern und den armen Kerl mit einem gutgezielten Schuss ins Jenseits zu befördern.«

»Aber warum haben sie ihn nicht schon vorher erschossen?«

»Wollten wahrscheinlich kein unnötiges Risiko eingehen. Es ist ja nicht unbedingt empfehlenswert, Patienten durchs Fenster umzulegen. Der Schütze muss genau aufgepasst haben, ob Paul das Bewusstsein zurückerlangte – und ob er plapperte. Wäre der Bursche ohnehin gestorben, hätte man sich nicht die Mühe gemacht. Aber als wir beide das Krankenzimmer betraten und Paul zu sprechen begann –«

»Gefährliche Bande«, brummte Johnny.

»Wir werden sie ausrotten, Johnny – darauf kannst du dich verlassen.« Cromwells Stimme klang trotz der eben erlittenen Niederlage zuversichtlich. »Dieser letzte Mord beweist eindeutig, dass der Kellner genügend wusste, um Farrow und seinen Kumpanen gefährlich zu werden. Aber wir vertrödeln hier nur unsere Zeit.«

Sie liefen den langen Flur entlang durch eine Tür ins Freie und erreichten schließlich das große Lagerhaus. Dunkel lag es vor ihnen, von einem Nachtwächter keine Spur. An der Rückseite des Gebäudes führte eine eiserne Feuerleiter bis zum Dach. Das untere Ende war, wie üblich nicht ausgezogen.

»Sieht aus, als ob niemand mehr oben ist, Johnny. Aber wir werden trotzdem nachsehen. Wir brauchen eine Leiter, um auf die unterste Plattform zu kommen.«

»Wozu?«, meinte Johnny.

Er nahm einen kurzen Anlauf und bekam die Eisenverstrebung zu fassen. Gewandt zog er sich hinauf und ließ nun den unteren Teil der Feuerleiter zu Boden. Cromwell brummte und kletterte ihm nach. Stockwerk um Stockwerk ließen sie hinter sich. Möglich, dass der Mörder in der Eile eine wichtige Spur hinterlassen hatte.

Als sie das Dach erreichten, hielten sie vorsichtig an. Man musste mit allem rechnen.

Das Dach lag flach und dunkel vor ihnen. Cromwell stieg hinauf und überquerte es ohne Zwischenfall. Dann beugte er sich über die Brüstung.

»He, vorsichtig, Old Iron!«, rief Johnny und kam hinterher. »Diese verflixte Brustwehr ist ja nur ein paar Zentimeter hoch.«

»Immerhin einen halben Meter.« Ironsides' Stimme klang geringschätzig. »Mach dir um mich keine Sorgen, mein Junge. Ich passe auf mich allein auf.« Er deutete auf die gegenüberliegende Seite. »Da, sieh dir das an.«

Von hier hatte man einen prächtigen Einblick in das Krankenzimmer. Sie beobachteten Dr. Morley und einige Schwestern, die geschäftig am Bett des Ermordeten herumhantierten.

»Hier etwa muss der Revolverschütze gestanden haben«, fuhr Cromwell fort und knipste seine Taschenlampe an. »Vorsichtig, Johnny! Überall Dreck und Ruß. Vielleicht finden wir Fußspuren oder sogar Fingerabdrücke.«

Plötzlich sah er etwas Schwarzes am Rand des Daches, etwa zwei Meter von ihm entfernt. Es sah aus wie ein Schal oder eine Mütze. Er ging darauf zu.

Im nächsten Augenblick hörte man ein seltsames Schwirren. Cromwell stieß einen Fluch aus. Seine Füße verfingen sich in einem Hindernis. Blitzartig erkannte er die Situation. Man hatte einen dünnen Draht gespannt, über den er unweigerlich in der Dunkelheit stolpern musste. Er taumelte und fiel auf die Brüstung zu.

»Aufpassen!«, schrie Johnny entsetzt.

Es war zu spät. Cromwell konnte sich nicht mehr festhalten, er rutschte über den Rand des Daches. Aber er verlor nicht einen Augenblick den Kopf. Verzweifelt suchte er Halt, versuchte, sich in dem rauen Mauerwerk festzukrallen. Vergeblich. Da traf er auf einen Mauervorsprung. Dadurch wurde die Wucht des Falles etwas gemildert, aber es ging weiter nach unten – in eine ewige Finsternis hinein, wie ihm schien. Wild griff er um sich, und diesmal fanden seine Finger Halt.

Johnny Lister, dem der Herzschlag zu stocken schien, beugte sich vorsichtig über die niedrige Brüstung. Er sah Cromwell ungefähr einen Meter unter sich, gefährlich über dem Abgrund baumelnd. Ganz in der Nähe wuchs aus der Dunkelheit der Umriss eines anderen Gebäudes. Johnny blickte hinab in die gähnende Finsternis eines Fabrikhofes.

»War ein kritischer Augenblick, mein Junge«, kam Cromwells Stimme von unten herauf. Sie klang kühl und beherrscht wie immer. »Ich dachte schon, es ist aus.«

»Um Gottes willen, halt dich fest!«, keuchte Johnny. »Wenn ich dir nicht zu Hilfe kommen kann, ist es sowieso aus.«

Es bestand kein Zweifel, dass Ironsides sich in einer geradezu aussichtslosen Lage befand. Er konnte sich nur mit den Fingerspitzen anklammern, ohne mit den Füßen einen Halt zu finden. Es mochte ihm gelingen, sich einige Minuten festzukrallen, aber länger bestimmt nicht.

»Los, Johnny, versuch, eine Feuerleiter zu holen.«

»Rede doch keinen Unsinn! Das würde eine halbe Stunde dauern, und du wirst dich keine drei Minuten mehr festhalten können.« Johnny zögerte nicht länger. Er ließ sich über die Brustwehr gleiten und tastete vorsichtig mit Händen und Füßen nach einem Halt. Ihn beherrschte nur der Gedanke, Cromwell zu erreichen, bevor er abstürzte. Endlich fand er mit den Füßen einigermaßen Halt und stand neben seinem Chef. Mit wilder Energie klammerte er sich fest und griff Ironsides mit einer Hand unter die Schultern. »In Ordnung, Old Iron«, sagte er mit fester Stimme.

»Was soll diese optimistische Behauptung, du Idiot?«, fauchte Cromwell. »Bist du dir eigentlich klar darüber, dass du dich selbst umbringst? Zurückklettern kannst du nicht, und herunterholen wird uns auch niemand, weil niemand weiß, dass wir hier oben hängen.«

»Doch, jemand weiß es...«, flüsterte Johnny entgeistert.

Über den Rand des Daches hatte sich ein Gesicht geschoben. Cromwell starrte nach oben – und blickte in die schwach glitzernde Mündung einer Pistole. Der Mörder hatte sich also die ganze Zeit über auf dem Dach versteckt gehalten! Und nun wollte er die beiden in aller Seelenruhe erledigen. Ein kleiner Streifschuss in den Arm genügte schon, und die Yard-Männer würden unweigerlich in die Tiefe stürzen.

Krach!

Ein Aufschrei folgte. Der Schuss stammte nicht aus der Pistole mit Schalldämpfer, sondern aus einem Polizeirevolver. Bill Cromwell verstand selbst in der ausweglosesten Situation blitzschnell zu handeln. Dadurch, dass Johnny ihn stützte, hatte er mit raschem Griff die Waffe aus der Tasche ziehen können.

Jetzt überstürzten sich die Ereignisse. Der Mörder, der sich weit über die Brustwehr gelehnt hatte, stieß einen wilden Schrei aus, verlor die Balance und stürzte kopfüber ab. Im Fallen schlug er mit seinem Bein an Johnnys Schulter, der dadurch den Halt verlor. Johnny und Cromwell klammerten sich verzweifelt aneinander und stürzten ebenfalls in die Tiefe.

Das ist das Ende!, dachten sie gleichzeitig.

Aber das nächste kam so unerwartet, dass die beiden nicht wussten, wie ihnen geschah. Ein gewaltiger Aufprall, das Splittern von Glas. Johnny traf mit der Hüfte etwas Hartes, wurde herumgeschleudert, geriet ins Rutschen und schoss kopfüber durch einen Haufen Glas. Sie waren nicht tiefer als drei Meter gefallen.

Johnny sammelte seine Knochen zusammen und tastete in der Finsternis um sich. Er war einfach sprachlos vor Überraschung, denn der Hof befand sich gut fünfzehn Meter weiter unten. Neben sich spürte er eine Bewegung, dann fühlte er eine Hand an seinem Arm.

»Bist du verletzt, Johnny?«

»Heiliges Kanonenrohr! Was ist eigentlich passiert?« Johnny schnappte nach Luft.

»Ein Wunder. Eigentlich sind wir beide schon tot.«

Cromwell zündete ein Streichholz an. Johnny blinzelte. Ironsides bot einen schrecklichen Anblick: Gesicht und Hände zerschnitten, das Blut lief in kleinen Bächen an ihm herab. Hinter ihm warfen große, staubbedeckte Möbelberge riesige Schatten.

»Verdammtes Zeug, dieses Glas«, brummte der Chefinspektor und holte sein Taschentuch heraus. »Gott sei Dank, dass nicht mehr passiert ist. Scheint nicht gefährlich zu sein. Aber trotzdem bin ich für mindestens drei Monate ein Krüppel. Mein Fuß ist verstaucht. Du blutest übrigens auch nicht schlecht, Johnny.«

»Zum Teufel! Wie sind wir eigentlich hier hereingekommen?«, fragte Johnny noch immer verdutzt. »Wo sind wir nur? Normalerweise müssten wir jetzt vor Petrus stehen.«

»Das da hat uns gerettet.« Cromwell wies nach dem Fenster.

Johnny sah hin und verstand. Die Glasscheibe war dahin und ein ganzer Teil vom Fensterrahmen ebenfalls. Ein großes Loch gähnte dort, wo die beiden hindurchgesaust waren. Draußen vor dem Fenster befand sich ein Spiegel, der mit großen Winkeleisen schräg an der Mauer verankert war. Die beiden mussten auf seiner glatten Oberfläche aufgeschlagen, durch das Fenster gerutscht und schließlich in einem der oberen Stockwerke des Lagerhauses gelandet sein. Zwar arg zerschnitten, aber sonst unverletzt.

»Ich bin einfach sprachlos!«, murmelte Johnny.

Cromwell tupfte sich seine Wunden ab.

»Bis jetzt waren mir diese Spiegelungeheuer vor den Fenstern ein Dorn im Auge«, brummte er. »Aber sie scheinen doch noch für andere Zwecke bestimmt, als nur das Licht zu reflektieren.«

»Jetzt verstehe ich alles.« Johnny atmete hart. »Natürlich, solche Spiegel sind mir schon aufgefallen. Im dichten Häusergewühl der City sieht man sie überall. Auf diese Weise macht man die Räume hell. Aber dass auch an Lagerhäusern solche Dinger angebracht sind, ist mir neu.«

»Vielleicht war hier früher ein Büro oder ein Verkaufsraum«, antwortete Cromwell. »Das Nachbargebäude ist so eng angebaut, dass es wahrscheinlich ohne den Spiegel tagsüber zu finster ist. Jedenfalls sind wir dadurch mit dem Leben davongekommen.«

»Und was ist aus unserem Revolverhelden geworden? Der ist doch unmittelbar vor uns herabgesegelt. Wo steckt er?«

»Wahrscheinlich am Spiegel vorbeigestürzt. Es sollte mich wundern, wenn er noch lebt.«

Der Ausgang vom Lagerraum war rasch gefunden. Am Fuße einer endlos scheinenden Treppe standen sie schließlich vor einer kleinen Tür, die allerdings verriegelt und zudem noch verschlossen war. Ironsides gelang es ohne besondere Mühe, sie zu öffnen, und wenige Augenblicke später befanden sie sich in einem Hofraum. Vor ihnen lag die gekrümmte Gestalt eines Mannes.

»Der tut niemandem mehr was«, murmelte Cromwell und drehte ihn vorsichtig herum.

»Deine Kugel hat ihn nicht getötet.« Johnnys Taschenlampe beleuchtete kurz die Verletzung am Hals des Mannes. »Ein Streifschuss, zwar eine tiefe Fleischwunde, aber nicht gefährlich. Der Mann hat den Absturz nicht überlebt.«

Mit einiger Überwindung durchsuchte Cromwell die Taschen des Unbekannten. Er fand nicht den geringsten Hinweis auf dessen Identität.

»Wenn du endlich damit fertig bist, könnten wir uns unsere zerschundenen Gesichter verbinden lassen«, meinte Johnny ungeduldig.

Sie kehrten ins Krankenhaus zurück. Beim Anblick der beiden Beamten erlebte Dr. Morley den zweiten Schock dieses Abends.

»Um Gottes willen, Mr. Cromwell, was ist passiert? Sie sind ja beide fürchterlich zugerichtet!«

»Wir hatten drüben auf dem Dach eine kleine Auseinandersetzung. Aber der Kerl, dem wir die Kratzer verdanken, ist noch viel übler dran als wir«, sagte Cromwell gleichmütig.

Nach gründlicher Säuberung, Desinfizierung und Verpflasterung sahen die beiden beinahe wieder wie menschliche Wesen aus. Glücklicherweise waren die Schnittwunden nicht tief, sodass nicht genäht zu werden brauchte.

»Unglaublich!« Der Doktor schüttelte verwundert den Kopf. »Als Sie hereinkamen, war ich davon überzeugt, Sie stationär behandeln zu müssen. Und dabei habe ich ziemliche Erfahrung in Unfallchirurgie.«

Cromwell setzte sich anschließend telefonisch mit der nächsten Polizeiwache in Verbindung. Man versprach, sofort einige Leute zu schicken.

»Offen gestanden, ich verstehe bis jetzt absolut gar nichts.« Nachdem sich sein Schreck gelegt, zeigte der Doktor ein verständliches Interesse an den verwirrenden Vorgängen der letzten halben Stunde. »Das sind ja wirklich herrliche Zeiten, wenn die Gangster schon meine Patienten umbringen – ich bin einfach sprachlos.«

»Aber der arme Kerl wäre doch auf jeden Fall gestorben, nicht wahr?«

»Schon. Er hätte keine zehn Minuten mehr gelebt. Aber das ändert nichts an der Tatsache, dass andere Patienten sich schrecklich Aufgeregt haben, und das kann ich als Arzt natürlich nicht einfach hinnehmen.«

»Der Kellner gehörte einer Verbrecherbande an. Seine Kumpane hatten Angst, er könne zuviel verraten«, erklärte Cromwell. »Darum haben sie ihn auf diese Weise unschädlich gemacht. Wirklich jammerschade, dass wir nicht mehr erfahren konnten, was Paul sagen wollte.«

»Vielleicht nützen Ihnen diese Notizen etwas, Mr. Cromwell.« Der Doktor zog einen Zettel aus der Tasche seines weißen Mantels.

»Notizen?«, fragte Cromwell interessiert.

»Gewiss. Der Mann phantasierte wirres Zeug zusammen, bevor Sie kamen. Ich dachte mir, es könnte nicht schaden, alles aufzuschreiben.«

Ironsides griff hastig nach dem Zettel.

»Ein ausgezeichneter Gedanke, Doktor!«, sagte er anerkennend. »Großartig! Dann ist der Kerl auf dem Dach doch noch zu spät gekommen!« Er betrachtete stirnrunzelnd den Zettel. »Hm! *Wirres Zeug* ist allerdings der richtige Ausdruck.«

»Es tut mir wirklich leid, wenn Ihnen diese Aufzeichnungen nicht weiterhelfen«, meinte Dr. Morley bedauernd. »Mir scheinen sie jedenfalls ziemlich wertlos. Soviel ich verstanden habe, muss es in einem Nachtlokal zu einem Streit gekommen sein. Paul zog wohl in der Hitze des Gefechts ein Messer – oder nahm es vom Tisch, ich weiß nicht mehr genau, was er sagte. Dann hat ihn ein anderer niedergeschossen.«

»So war das also«, sagte Johnny. »Ich wunderte mich schon, warum er ohne ersichtlichen Grund niedergeschossen wurde.«

»Er sprach sehr unzusammenhängend«, fuhr der Doktor fort. »Immer wieder erwähnte er die Worte *Themse* und *Feuerwerk*.«

»Feuerwerk?«, fuhr Ironsides hoch.

»Ja, ganz recht. Er wiederholte das Wort mehrmals. Als ich ihn fragte, was damit gemeint sei, wiederholte er nur noch nachdrücklicher *Feuerwerk* und *Themse*. Er bat übrigens auch um Schutz. Wenn sie ihn erwischten, würden sie ihn fertigmachen, sagte er. Dann murmelte er wieder *Themse* und *Feuerwerk*, und schwor, ihnen alles heimzuzahlen. Mir sagt das Ganze natürlich gar nichts.« Cromwell blickte nachdenklich vor sich hin.

»Wirklich, ein Jammer, dass wir nicht mehr mit ihm sprechen konnten. Aber daran lässt sich nichts mehr ändern«, seufzte er dann. »Wir werden uns jedenfalls Ihre Notizen gründlich ansehen. Nochmals vielen Dank dafür, Doktor.«

Als Cromwell kurze Zeit später auf der Polizeiwache vorsprach, konnte, ihm der dortige Inspektor eine interessante Mitteilung machen.

»Einer unserer Beamten hat den Kerl erkannt, Sir. Er heißt Harker und ist unter dem Spitznamen *Fensterputzer* bekannt. Unsere Leute in diesem Viertel kennen ihn sehr gut.«

»Der *Fensterputzer*...«, grübelte Cromwell.

»Er hat eine Menge Einbrüche auf dem Kerbholz. Dabei ist er stets als Fensterputzer aufgetreten«, erklärte der Inspektor. »Ich habe mir sofort seine Strafakten angesehen. Einer der gerissensten Fassadenkletterer.«

»Also der richtige Mann für eine solche Aufgabe«, nickte Cromwell.

Wenig später in ihrer Wohnung in der Victoria Street grübelte Cromwell im Verein mit Johnny über die vergangenen Ereignisse nach.

»Feuerwerk«, murmelte er, während er sich entkleidete. »Was soll das heißen? Und dieser Whiskey! Seit Wochen – seit du den reichen Nichtstuer gemimt hast, Johnny – ließ ich Palm Beach Island sorgfältig überwachen. Jedes Boot, jede Barke auf der Themse wurde unauffällig beobachtet, eine ganze Reihe durchsucht. Aber nicht die geringste Spur von Whiskey.«

»Die können das Zeug aber unmöglich auf der Insel brennen.«

»Das wäre viel zu riskant, ganz recht. Aber von irgendwoher müssen sie es kriegen. Das Restaurant bekommt doch regelmäßig – ich möchte fast annehmen, täglich – Nachschub. Größere Vorräte können sie sich auf der Insel nicht hinlegen. Und es steht fest, dass der Whiskey in ordentlich versiegelten Flaschen geliefert wird. Aber woher kommt er? Das ist für mich das große Rätsel.«

»Vielleicht verrät Farrow sich selbst. Nach den Ereignissen dieser Nacht muss er ziemlich nervös geworden sein«, brummte Johnny gähnend. »Meine Aufgabe auf Palm Beach Island ist jedenfalls beendet. Der Ehrenwerte Archie Carstairs ist sanft verschieden.«

»Vielleicht hast du recht.« Cromwell sank stöhnend ins Bett. »Auf jeden Fall werden wir den Kampf jetzt noch intensiver rühren. Wenn Farrow erst den Kopf verliert, haben wir gewonnen. Pauls Griff in die falsche Whiskeykiste hat uns einen hübschen Schritt weitergebracht.«

»Ich habe davon gekostet – das Zeug war reines Gift.«

»Übrigens bin ich noch gar nicht dazu gekommen, dir zu deiner vorbildlichen Arbeit zu gratulieren, mein Junge«, sagte Ironsides ungewöhnlich herzlich. »Was wir heute Nacht erreicht haben, gebt ausschließlich auf dein Konto. Wirklich ein Meisterstück, wie du den Mann aus der Themse gefischt hast. – Was, zum Teufel, meinte er bloß mit seinem fortwährenden *Themse-Feuerwerk*?«, schweifte er wieder ab. »Offensichtlich wollte er doch damit sagen, dass der Whiskeynachschub auf dem Wasserweg geliefert wird. Das haben wir ja bereits vermutet. Aber – *Feuerwerk*?«

»Ob das wirklich so rätselhaft ist?«, gab Johnny zu bedenken. »Vielleicht meinte er damit nur, es wird große Aufregung – eben *Feuerwerk* – geben, wenn Farrow von dem Zwischenfall erfährt.«

»Schon möglich«, räumte Cromwell zögernd ein. »Aber Ich glaube es nicht. Wie der Doktor sagte, hat er das Wort *Feuerwerk* ganz besonders betont. Zum Donnerwetter! Wo soll hier ein Zusammenhang bestehen zwischen schwarzgebranntem Whiskey, einem verdächtigen Nachtlokal und Feuerwerk. Lass uns jetzt die ganze Angelegenheit überschlafen. Vielleicht kommt uns morgen die Erleuchtung.«

»Komisch, wie manchmal alles ganz plötzlich ins Rollen kommt«, meinte Johnny verschlafen. »Hätten die Burschen nicht versucht, ihren Kumpan in die Themse zu befördern, säße Farrow noch immer auf hohem Ross. Aber jetzt sind wir ihm dicht auf den Fersen.«

»Und Farrow, vergiss das bitte nicht, ist *uns* auf den Fersen!« Ironsides gähnte herzhaft. »Denk stets daran und sei vorsichtig!«

Vierzehntes Kapitel

Obgleich Cromwell erst in den frühen Morgenstunden ins Bett gekommen war, traf er zur gewohnten Stunde in Scotland Yard ein. Als er zusammen mit Johnny Lister das Büro betrat, schrillte das Telefon. Inspektor Harper, der zu einer anderen Abteilung gehörte, meldete sich.

»Tut mir leid, dass ich Sie stören muss, Mr. Cromwell, aber hier ist ein Herr, der Sie unbedingt sprechen will«, begann er. »Im Allgemeinen befasse ich mich mit den Leuten, die sich beschweren wollen. Dieser alte Knabe aber ist so hysterisch wie ein altes Weib. Ich werde mit ihm nicht fertig.«

»Was will er denn?«

»Keine Ahnung. Das will er nur dem Chef von Abteilung G. 2 sagen. Ich bin mit meinem Latein am Ende.«

Wie Harper weiter berichtete, wartete dieser unbeherrschte alte Herr schon über eine Stunde. In dieser Zeit war es ihm gelungen, eine ganze Reihe von Yard-Beamten in helle Verzweiflung zu bringen.

»Wenn Sie ihn nicht empfangen wollen, bleibt mir nichts anderes übrig, als ihn hinauszuwerfen. Und das würde mir – offen gestanden – bei einem mindestens siebzigjährigen Knaben keinen Spaß machen. Ehrlich gesagt, haben wir nur auf sein hohes Alter Rücksicht genommen, sonst wäre er schon längst an die frische Luft gesetzt.«

»Sie machen mich direkt neugierig«, erwiderte Ironsides belustigt. »Bringen Sie ihn in Gottes Namen her.«

Eine Minute später führte Harper einen zweifellos sehr aufgeregten Herrn ins Zimmer. Er war mit altmodischer Eleganz gekleidet und sah ungewöhnlich rechtschaffen aus.

Sorgfältig gescheiteltes, schneeweißes Haar und ein flatternder Bart verstärkten noch diesen Eindruck.

»Sind Sie Cromwell?«, begann er hitzig. Seine Hand fuchtelte mit einem Regenschirm in Ironsides' Richtung. »Sind Sie Chefinspektor Cromwell, Chef der Abteilung G. 2?«

»Gewiss, Sir, der bin ich«, antwortete Cromwell bemerkenswert sanft. »Wollen Sie nicht Platz nehmen?«

»Ich bin nicht in der richtigen Stimmung, um ruhig auf einem Stuhl zu sitzen«, lehnte der Besucher böse ab. »Mein Name ist Edward Oldfield Sinclair, Sir, und ich wohne in St. John's Wood.«

»Sie scheinen etwas auf dem Herzen zu haben, Mr. Sinclair. Wenn ich irgendetwas für Sie tun kann...«

»Sie können! Sie können sogar sehr viel für mich tun, Mr. Cromwell«, sprach der alte Herr zornig weiter. »Sie sind doch für den Alkoholausschank in der City verantwortlich?«

»Nun, ich glaube kaum...«

»Keine Ausflüchte, Sir!«, schrie Mr. Sinclair. »Ich weiß ganz genau, dass niemand anders als Scotland Yard dafür zuständig ist, wenn in London schlechter Alkohol verkauft wird. Sie sind der Chef der Abteilung, die sich darum zu kümmern hat. Weiß Gott, wohin wir in England noch kommen werden, wenn das so weitergeht!«

»Vielleicht möchten Sie jetzt zur Sache kommen, Sir.«

»Ich komme zur Sache, wenn es mir passt!«, brauste der alte Herr auf. »Ich mache Sie persönlich verantwortlich, Sir, für das schreckliche Unglück meines armen Enkels. Ich war schon von jeher überzeugt, dass die ganze Polizei nur eine Horde von Dummköpfen ist – und jetzt weiß ich es sogar ganz bestimmt.«

Johnny Lister bemerkte, dass Ironsides – der bis jetzt geduldig, aber mit gelangweilter Miene zugehört hatte – plötzlich aufhorchte. In der Tat schien es eigenartig, dass ausgerechnet nach dem Abenteuer der vergangenen Nacht Mr. Sinclair über schlechten Alkohol schimpfte. Bestand etwa ein Zusammenhang zwischen diesem alten Knaben und Anthony Farrow?

»Es betrübt mich außerordentlich, dass Sie mich als Dummkopf betrachten, Mr. Sinclair«, erwiderte Cromwell freundlich. »Nicht etwa, dass Sie der erste sind, der das behauptet. Aber trotzdem denke ich, dass Ihr Urteil über die Polizei ein wenig hart ist. Scotland Yard muss sich oft harte Worte sagen lassen. Haben wir Erfolg, so spricht kein Mensch darüber, aber geht einmal etwas nicht ganz so, wie wir es uns wünschen möchten, fällt man sofort mit strenger Kritik über uns her. Aber kommen wir zur Sache, Sir. Beruhigen Sie sich, und dann erzählen Sie mir, was mit Ihrem Enkel passiert ist. Ich werde sehen, ob ich Ihnen helfen kann.«

Cromwells freundlich-ironische Zurechtweisung verfehlte ihre Wirkung nicht.

»Verzeihung, Mr. Cromwell, wenn ich ausfallend geworden bin.« Der Alte fuhr sich mit zittriger Hand über seine weißen Schläfen und setzte sich. »Ich bin ernstlich beunruhigt – ja, ich bin außer mir. Dieses Unglück hat mich beinahe um den Verstand gebracht. Sie müssen wissen, dass mein Enkel kein Gewohnheitstrinker ist. Er hat manche schlechte Angewohnheit, genau wie andere junge Männer auch. Aber ich wüsste nicht, dass er sich jemals betrunken hat.«

»Vielleicht erklären Sie mir jetzt...«

»Papperlapapp! Ich bin ja schon dabei!« Mr. Sinclair winkte ungeduldig ab. »Drängen Sie doch nicht so. Wie ich schon sagte, trinkt Harry nicht übermäßig. Das ist eine Tatsache. Gestern Abend nun besuchte er ein kleines Café in Kew, dicht an der Themse. Soviel ich weiß, nennt es sich *Bauernhütte*. Komischer Name, aber es heißt so.«

Cromwell warf eine kurze Notiz auf seinen Block.

»Die *Bauernhütte* macht einen durchaus anständigen Eindruck und hat auch die Genehmigung zum Ausschank von alkoholischen Getränken«, fuhr Mr. Sinclair schwer atmend fort und lehnte sich über den Schreibtisch. »Soviel ich weiß, spielt abends eine Kapelle zum Tanz. Aber das tut nichts zur Sache. Ich wollte Ihnen vielmehr sagen, dass mein Enkel gestern Abend dieses Café besuchte und Whiskey serviert bekam, an dem er sich vergiftet hat.«

»Sie meinen, der Whiskey war schlecht?«

»Nicht schlecht im üblichen Sinn, Mr. Cromwell, sondern einwandfrei giftig«, antwortete Mr. Sinclair aufgebracht. Seine Stirnader schwoll abermals bedenklich an. »Ich betone ausdrücklich *giftig*. Harry hat mehrere Whiskeys getrunken, drei oder vier, wie er sagte. Ich weiß nur, dass er kurz nach Mitternacht in ganz übler Verfassung nach Hause kam. Nein, nicht betrunken. Aber vielleicht wird Ihnen die Tragweite meiner Worte klar, wenn ich Ihnen sage, dass er im Laufe der Nacht erblindet ist.«

»Erblindet?«, wiederholte Cromwell scharf. »Er ist blind geworden, nachdem er Whiskey getrunken hat?«

»Ich habe heute Morgen zwei Ärzte hinzugezogen«, fuhr der Alte verzweifelt fort. »Ihre Diagnose ist mehr als ernst. Sie fürchten, dass der Junge sein Augenlicht nicht wiedererlangen wird. Außerdem ist die Lunge in Mitleidenschaft gezogen und der Magen verätzt. Ich sage Ihnen, dieser Whiskey muss der gefährlichste Fusel –«

»Einen Augenblick, Sir«, unterbrach Cromwell den Redefluss. »Sind Sie sicher, dass Ihr Enkel sonst nichts getrunken hat? Zum Beispiel, als er wieder zu Hause war? Vielleicht wollte er eine Medizin nehmen, weil er sich schlecht fühlte, und hat sich in der Flasche vergriffen?«

»Unsinn! Die Ärzte sind überzeugt davon, dass der genossene Whiskey die Ursache ist. Und darum ersuche ich Sie, als Chef der Alkoholabteilung – oder wie sich das nennt –, Maßnahmen zu ergreifen.«

Cromwell bemerkte Johnnys vielsagenden Blick. Möglich, dass beide den gleichen Gedanken hatten. Kew lag schließlich nicht allzu weit entfernt von Hampton Court und Palm Beach Island. Immerhin ein reichlich seltsamer Zufall, dass auf Palm Beach Island einem jungen Mann nach dem Genuss von Whiskey übel wird und in der gleichen Nacht ein anderer – der seinen Whiskey in Kew trank – sogar erblindet. Es musste auf der Hand liegen, dass Farrow nicht nur Palm Beach Island belieferte.

»Sie sagten eben, Mr. Sinclair, dass Scotland Yard Maßnahmen ergreifen müsse«, erwiderte Cromwell bedächtig. »Aber wie stellen Sie sich das vor? Sie vermuten also, dass Ihr Enkel nach dem Genuss von schlechtem Whiskey erblindet ist. Aber die einwandfreie Beschaffenheit des Whiskeys, der bei uns verkauft werden darf, wird von den Destillateuren garantiert...«

»Destillateure!«, brauste der alte Herr auf. »Großer Gott, Mr. Cromwell, kommen Sie mir nicht damit! Dieser Whiskey wurde bestimmt nicht auf legalem Weg hergestellt. Das war synthetisches Zeug, heimlich in irgendeinem Keller gebraut. Ich bin überzeugt, dass die verflixte *Bauernhütte* einer Bande von Betrügern gehört. Es mag noch mehr solche Lokale geben, in denen dieser gefährliche Schnaps von skrupellosem Gesindel ausgeschenkt wird. Und da soll ein rechtschaffener Bürger ruhig zusehen? Soll nichts dagegen unternommen werden? Mein Enkel wird blind, nur weil er sich in einem nach außen hin seriösen Lokal einen Whiskey zu einem horrenden Preis servieren lässt – ich muss sagen, das schreit ja zum Himmel!«

»Ich gebe ohne weiteres zu, dass hier etwas unternommen werden muss, Mr. Sinclair«, räumte Cromwell ein. Seine Miene hatte sich verfinstert. »Ihr Bericht beeindruckt mich wirklich so sehr, dass ich sofort einen Beamten nach Kew schicken

»Und was versprechen Sie sich davon?«, unterbrach ihn der Alte unbeherrscht. »Einen Ihrer Beamten! Dazu habe ich nicht das geringste Vertrauen! Eben darum bestand ich ja darauf, Sie persönlich zu sprechen. Ich möchte nicht, dass Sie Ihre Leute hinschicken. Ich will nicht behaupten, dass sie allesamt unfähig sind, aber nur ein Mann mit Ihren Erfahrungen und Ihrem Scharfsinn dürfte diesen Verbrechern gewachsen sein. Ich möchte, dass Sie selbst nach Kew fahren und sich den Laden ansehen.«

Über Cromwells Gesicht huschte ein seltsames Lächeln.

»Es ist nicht üblich, dass ich selbst solche Ermittlungen führe, Mr. Sinclair«, erklärte er geduldig. »Darum kann ich Ihren Wunsch bedauerlicherweise nicht erfüllen!«

»Dann war mein Besuch also völlig sinnlos«, stieß der Alte verbittert aus. »Ich hatte Sie höher eingeschätzt, Mr. Cromwell. Mein Gott! Da erzähle ich Ihnen diese wirklich schreckliche Geschichte, und Sie erklären mir lächelnd und anscheinend völlig unbeeindruckt, Sie würden einen Ihrer Leute hinschicken!« Er beugte sich über den Schreibtisch und blickte Ironsides beinahe flehend an. »Ich bitte Sie so sehr darum! Bitte, tun Sie mir den persönlichen Gefallen und gehen Sie selbst nach Kew.«

»Wenn Ihnen wirklich so viel daran gelegen ist, Mr. Sinclair, will ich Ihnen ausnahmsweise Ihren Wunsch erfüllen«, antwortete Cromwell langsam und zuckte nachsichtig die Schultern.

»Ausgezeichnet!«, rief Mr. Sinclair lebhaft und sprang mit einem Elan auf, den man dem alten Knaben gar nicht zugetraut hätte. »Tausend Dank, Mr. Cromwell! Ich muss meine Vorwürfe gegen Scotland Yard zurücknehmen. Ich sehe ein, dass mein Zorn ungerechtfertigt war. Sie geben mir Ihr Wort, dass Sie persönlich zur *Bauernhütte* gehen werden?«

»Sie haben mein Wort.«

»So gehen Sie noch heute Vormittag?«

»Noch heute Vormittag«, versprach Cromwell. »Genügt das?«

»Ich bin Ihnen zu tiefem Dank verpflichtet, Sir«, sagte Mr. Sinclair, und in seinen alten Augen stand deutliche Genugtuung. »Ich bin überzeugt, dass Sie etwas Gesetzwidriges entdecken werden.« Ironsides drückte auf die Klingel, und im nächsten Augenblick wurde Mr. Edward Oldfield Sinclair hinausgeführt. Als die Tür hinter ihm ins Schloss fiel, winkte Cromwell Johnny Lister mit einer hastigen Bewegung zu sich her.

»Lass den Mann beschatten«, befahl er kurz.

Johnny starrte ihn verdutzt an.

»Beschatten? Ja, wieso denn...?«

»Setz Parsons ein, er ist unser bester Mann. Ich müsste ja ein Narr sein, wenn ich auf diesen Schwindel hereinfiele.« Der Chefinspektor lachte böse auf. »Das ist eine bildhübsche Falle, Johnny, aber eine sehr dürftige. Passt übrigens wunderbar in meine Pläne. Darum ging ich auch so bereitwillig darauf ein.«

Johnny beeilte sich, Detektivsergeant Parsons auf die Spur von Mr. Sinclair zu setzen. Als er fünf Minuten später zurückkehrte, blickte er Cromwell bewundernd an.

»Wer war dieser alte Knabe nun eigentlich? Ich fand ihn direkt bezaubernd. Allerdings muss ich zugeben, dass sein beharrlicher Wunsch, du selbst möchtest nach Kew gehen, ein bisschen verdächtig wirkte.«

»Wir wollen eine halbe Stunde warten, dann fahren wir los.« Cromwell lehnte sich bequem zurück und begann seine Pfeife zu stopfen. »Ich will ehrlich sein, Johnny. Dieser silberhaarige Patriarch hat mich anfangs auch getäuscht. Ich will darum nicht behaupten, dass ich ihn vom ersten Augenblick an durchschaute. Übrigens glaube ich auch jetzt noch nicht, dass er ein Gangster ist. Sicher ein alter Schauspieler, dem man für diese Rolle eine anständige Summe geboten hat. Als der alte Knabe anfing, ins Detail zu gehen, als er die Erblindung seines Enkels schilderte, wusste ich Bescheid.«

»Nun, ich muss sagen, er wirkte ziemlich echt«, meinte Johnny. »Natürlich hat Farrow ihn geschickt!«

»Und hat sich damit einen bösen Schnitzer geleistet, mein Junge. Höchst erfreulich für uns. Wenn ein Mann von Farrows Intelligenz derart plump vorgeht, muss er außerordentlich nervös sein. Ich habe das angenehme Gefühl, dass er sich noch mehr Schnitzer leisten wird, wenn wir ihm weiter dicht auf den Fersen bleiben.«

»Hoffentlich«, nickte Johnny. »Immerhin, so plump finde ich die Falle gar nicht. Unser guter Alter hat seine Rolle recht eindrucksvoll gespielt.«

»Das bestreite ich nicht. Nur der Text war schwach.« Ironsides setzte die Pfeife in Brand und stieß dichte Rauchwolken in die Gegend. »Die ganze Geschichte hat Farrow ausgeheckt. Aber er hat etwas ungemein Wichtiges übersehen.«

»Und das wäre?«

»Aber Johnny! Wer in England illegalen Whiskey verkaufen will, macht guten Whiskey. Anders würde es sich nicht lohnen. In den USA wurde Fusel gebrannt, von dem man blind werden konnte oder gelähmt. Aber da gab es auf legalem Wege keinen Whiskey zu kaufen, und darum wurde er in riesigen Mengen schwarzgebrannt und dann mit Methyl und ähnlichem Zeug verschnitten.«

»Hm, das ist mir bekannt. Aber –«

»Unterbrich mich nicht. Auf die gleiche Art hat man Methylalkohol – redestillierten Holzgeist – verwendet. Und davon wird man natürlich blind. Aber wenn mir heute ein Mensch weismachen will, dass solcher Schnaps in London verkauft wird, dann kann ich ihm einfach nicht ganz folgen. Warum sollte hier ein Schwarzbrenner seinem Branntwein giftige Bestandteile beifügen! Er kann doch einwandfreien Sprit brennen, wenn er will. Er muss sogar einwandfreien brennen, oder sein Geschäft ist erledigt. Minderwertiges Zeug lässt sich bei uns gar nicht verkaufen. Als ich diese dünne Stelle in Sinclairs Geschichte bemerkte, war ich auf der Hut.«

»Und was bezweckt Farrow mit dem alten Märchenerzähler?«, fragte Johnny begriffsstutzig.

»Ich soll nach Kew gehen, das ist doch klar. In diese *Bauernhütte.* Und ich gehe auch.«

»Obwohl die Geschichte faul ist?«

»Nun, man möchte mich wieder einmal umlegen«, erwiderte Ironsides seelenruhig.

»Du sprichst doch wohl nicht im Ernst?«

»Bist du wirklich so überrascht?«

»Überrascht deshalb, weil du hingehen willst. Ich hatte keine Ahnung, dass du lebensmüde bist.«

Cromwell lächelte sauer.

»Wenn ich wirklich so brav in die Falle laufen würde, wie es Farrow beabsichtigt, könntest du mich zweifellos als Selbstmordkandidaten ansehen«, erwiderte er. »Aber da ich Bescheid weiß, macht das einen kleinen Unterschied. Ich bin wirklich neugierig auf diese *Bauernhütte.* Es interessiert mich, was Farrow diesmal ausgetüftelt hat. Sicher wird die Fahrt nach Kew recht aufschlussreich.«

»Wenn du hinfährst, bin ich selbstverständlich mit dabei«, sagte Johnny mit Nachdruck. »Ja, du hast recht. Farrow wird nervös! Seit heute Nacht macht er einen Fehler nach dem anderen. Da hilft alle Gerissenheit nichts. Wenn jemand überstürzt handeln muss, macht er notgedrungen Schnitzer.«

Er bemerkte überrascht, dass Ironsides gar nicht zuhörte. Der Chefinspektor saß geistesabwesend in seinem Sessel.

»Feuerwerk!«, rief er plötzlich.

»Wie?«

»Mir schwant etwas, Johnny. Ich habe das Gefühl, dass ich bald dahinterkommen werde. Feuerwerk! Wenn ich doch bloß den Zusammenhang finden könnte. Es liegt mir direkt auf der Zunge. Wie verhext ist das! Aber ich werde es herauskriegen.«

»Denk doch überhaupt nicht mehr dran, Old Iron«, riet Johnny ihm. »Konzentriere dich auf ganz etwas anderes, dann wirst du die Lösung plötzlich ganz von selbst finden.«

»So sagt man wenigstens«, knurrte Cromwell. »Aber wer garantiert dafür?«

»Ich möchte übrigens noch über gestern Nacht mit dir sprechen«, fuhr Johnny stirnrunzelnd fort. »Dieser Kerl auf dem Lagerhausdach, dieser sogenannte Fensterputzer – wieso war er noch oben, als wir hinaufkamen? Warum ist er nicht gleich nach seinem Meisterschuss verschwunden?«

»Diese Frage ist durchaus berechtigt«, nickte Cromwell. »Darüber wundere ich mich auch. Wir rannten natürlich prompt in die Falle, weil wir annahmen, dass niemand mehr auf dem Dach sei. Es besteht die Möglichkeit, dass Harker jemanden sah – dass er nicht unbemerkt die Feuerleiter hinunterklettern konnte. Eine andere Art zu verschwinden gab es für ihn nicht. Vielleicht kam in dem Augenblick ein Polizist auf seiner Runde vorbei. Auf jeden Fall wurde der Bursche aufgehalten. Und vergiss nicht: Wir waren sehr schnell draußen. Vielleicht wollte er gerade die Feuerleiter herabsteigen, als wir unten ankamen.«

»Und da hat er entsprechend reagiert. Ja, so könnte es gewesen sein«, nickte Johnny. »Aber wie erklärst du dir diesen Stolperdraht? Gestern Nacht bin ich überhaupt nicht richtig zum Nachdenken gekommen. Wenn ich mir jetzt alles in Ruhe betrachte, kommt mir das Ganze reichlich seltsam vor. Harker konnte doch nicht wissen. dass wir aufs Dach klettern würden. Darum hatte er doch auch gar nicht die Zeit, so eine raffinierte Falle aufzubauen

»Es war ja gar keine sorgfältig vorbereitete Falle«, unterbrach Cromwell ihn. »Das hat er rasch improvisiert. Er sah uns kommen und wusste nicht, wer wir sind. Er wollte lediglich so schnell wie möglich verschwinden.«

»Warum schoss er uns nicht einfach über den Haufen? Er hatte doch einen Revolver!«

»Auch ein Verbrecher schießt nicht öfter, als unbedingt notwendig ist«, erwiderte Ironsides ungeduldig. »Das solltest du eigentlich wissen. Er hatte seine Aufgabe erledigt und wollte sich davonmachen. Hast du den großen Ventilator auf dem Dach bemerkt? Dahinter versteckte er sich. Zuvor hatte er noch schnell seine Mütze in die Nähe der Brustwehr geworfen und das Ende des Drahtseiles um einen Mauervorsprung geschlungen. Er brauchte also nur abzuwarten, bis einer von uns darauf zuging, und das Drahtseil vom Ventilator aus straffzuziehen.«

»Warum trug er aber das Seil bei sich?«

»Der Kerl ist berufsmäßiger Einbrecher gewesen. Für unvorhergesehene Zwischenfälle mag er stets so was bei sich gehabt haben. Wer viel auf Dächern herumspaziert, wird für ein Drahtseil immer Verwendung haben. Es ist nicht so dick wie ein Hanfseil und doch viel haltbarer.«

»Trotzdem war sein Spiel reichlich gewagt«, gab Johnny zu bedenken. »Woher wollte er wissen, dass du direkt auf die Mütze zulaufen würdest? Wenn wir nun von der anderen Seite gekommen waren?«

»Natürlich«, entgegnete Cromwell gereizt. »Aber dann hätte er den Draht lediglich anders gehalten. Er konnte außerdem nicht wissen, dass wir Revolver hatten. Ich nehme an, er wollte uns aus der Dunkelheit heraus anspringen.«

»Schön. Aber warum ist er nicht schleunigst verduftet, als wir beide wie die Fliegen an der Mauer klebten? Es bestand doch gar keine Veranlassung für ihn, sich jetzt noch zu zeigen.«

Cromwell verlor die Geduld. »Zum Teufel! Woher soll ich wissen, was im Kopf eines Narren vor sich geht?«, fuhr er Johnny an. »Verbrecher benehmen sich oft idiotisch. Einbrecher sind faul und dumm – sonst würden sie sich einen anderen Beruf aussuchen. Vielleicht glaubte er, wir seien abgestürzt, und wollte sich persönlich davon überzeugen. Und als er uns dann an der Mauer hängen sah, mag ihm der Einfall gekommen sein, kurzen Prozess mit uns zu machen.«

»Und wusste wahrscheinlich nicht einmal, dass er *den Schrecken der Unterwelt* beseitigen wollte«, nickte Johnny lächelnd. »Weißt du, Old Iron, mir ist es noch immer schleierhaft, wieso du deinen Revolver ziehen konntest.«

»Schließlich hieltst du mich ja fest«, beendete Ironsides endgültig dieses Thema. »Aber wir verschwenden nur kostbare Zeit. Los jetzt, Auf nach Kew!«

In mancher Beziehung unterschied Cromwell sich absolut nicht von seinen Mitmenschen – er liebte sein Leben und verspürte darum wenig Lust, Selbstmord zu begehen. Obwohl er eine ausgeprägte Abneigung gegen jede Art von Maskerade empfand, hielt er es in diesem speziellen Fall doch für zweckmäßiger, sich zu verkleiden. An der Seite Johnny Listers fuhr deshalb nicht die bekannte, hagere Gestalt Bill Cromwells hinaus nach Kew, sondern ein korpulenter, gemütlich dreinschauender Briefträger in mittleren Jahren.

In angemessener Entfernung vom Ziel verließ dieser Briefträger seinen Begleiter und marschierte – die Posttasche umgehängt und einige Briefe in der Hand – auf die *Bauernhütte* zu. Cromwell hoffte inständig, dass er seinen Gegner nicht etwa unterschätzte. Das würde ihm unweigerlich das Leben kosten. Er blickte sich wachsam um, bevor er das Lokal betrat. Ihm fiel jedoch nichts Verdächtiges auf.

Die Umgebung war sehr schön, wie man es von diesem vornehmen Viertel nicht anders erwarten konnte. Die *Bauernhütte* erwies sich als eines jener ruhigen, eleganten Lokale, die in den Abendstunden von einem gutsituierten Publikum besucht werden. Um diese frühe Tageszeit waren nur wenige Gäste da. Cromwell betrachtete sie forschend, während er sich angelegentlich mit dem Sortieren der Briefe beschäftigte.

Er befand sich kaum zehn Sekunden im Lokal, als ihm eine sympathische Frau im schwarzen Seidenkleid auffiel, die der adrett aussehenden Kellnerin einige Befehle gab. Offensichtlich die Inhaberin. In diesem Augenblick konstatierte Cromwell zufrieden, dass es in der *Bauernhütte* so anständig wie in einer Kirche zuging. Mit Farrow und seiner Bande hatte dieses vornehme kleine Restaurant bestimmt nichts zu tun. Der Briefträger erklärte der Dame im schwarzen Seidenkleid bedauernd, er habe sich geirrt – leider sei keine Post für sie dabei. Damit verschwand er wieder.

Das konnte also nur eins bedeuten...

Die Gefahr lauerte draußen. Farrows Leute mochten den Eingang zur *Bauernhütte* aufs Korn genommen haben, um bei Cromwells Auftauchen sofort in Aktion zu treten. Das Café hatte man lediglich zum Schauplatz des Verbrechens gewählt.

»Na schön!«, brummte Cromwell.

Er war auf der Hut. Es brauchte nicht unbedingt eine Kugel zu sein, eine Handgranate erfüllte schließlich den gleichen Zweck. Trotz seiner geschickten Verkleidung fühlte sich der Chefinspektor äußerst unbehaglich, während er auf der kleinen Treppe vor dem Café seine Briefe sortierte.

Auf der gegenüberliegenden Straßenseite gab es keine Häuser, nur gepflegte Gartenanlagen. Nirgendwo parkte ein verdächtiger Wagen. Niemand war zu sehen außer einem Mädchen mit Kinderwagen, dem sonnenhungrigen alten Herrn auf einer Bank und einigen Straßenarbeitern.

»Ziemlich plump, wie ich mir schon dachte«, knurrte Cromwell.

Natürlich – die Arbeiter! Sie rissen die Straße auf und machten dabei einen Höllenlärm. Zwei hantierten mit Pressluftbohrern, und die beiden anderen beschäftigten sich am Kompressor.

Cromwell ließ sich Zeit. Gemächlich überquerte er die Straße und schaute ihnen gelangweilt zu. Aber plötzlich hielt der vermeintliche Briefträger einen Revolver in der Hand.

»Hände hoch, Boys!«, rief er ruhig. »Ihr seid gar nicht so schlau!«

Fünfzehntes Kapitel

In ganz Kew gab es keine überraschteren Gesichter als die der vier Arbeiter, zumal Cromwell auch noch eine Polizeipfeife an die Lippen setzte. Sie hoben widerstandslos ihre Hände und betrachteten verblüfft den jungen Mann, der wie aus dem Boden geschossen plötzlich neben dem vermeintlichen Briefträger stand und ebenfalls einer Polizeipfeife die schrillsten Töne entlockte.

»Stell den Kompressor ab!«, drang Ironsides' Stimme durch den Lärm.

Johnny – denn um ihn handelte es sich natürlich – stellte mit der einen Hand den Motor ab, mit der anderen zog er seinen Revolver. Gleichzeitig pfiff er weiter. Es fiel ihm nicht schwer, drei Dinge auf einmal zu tun.

»He! Was soll das?«, protestierte einer der Arbeiter, nachdem der Lärm des Kompressors verstummt war.

»Das wissen Sie ganz genau!«, brüllte Cromwell zurück. »Untersteht euch, die Hände runterzunehmen...!«

»Aber, zum Teufel...«

»Reden Sie, soviel Sie wollen, mein Lieber, aber wenn jemand eine dumme Bewegung macht, wird ihm das leid tun.«

»Ich wollte gerade dasselbe sagen!«, rief Johnny. »Eine raffinierte Falle, Old Iron«, murmelte er, an Cromwell gewendet.

»Raffiniert?«, knurrte Ironsides. »Im Gegenteil – ziemlich dürftig. Farrow lässt schwer nach! Vier seiner Leute haben wir jetzt geschnappt – und wenn wir Glück haben, werden sie sich ausführlich mit uns unterhalten.«

»Sie sind wahnsinnig!«, rief einer der Arbeiter verzweifelt. »Warum bedrohen Sie uns mit den Revolvern? Wir haben doch nichts verbrochen!«

»Schon gut. Dazu habe ich euch ja auch keine Gelegenheit gelassen«, erwiderte Ironsides kühl.

Zwei Polizisten kamen im Laufschritt heran, jeder aus einer anderen Richtung. Einige Passanten blieben neugierig stehen. Eine Frau begann, hysterisch zu schreien.

»Was ist hier los?«, keuchte der erste Constable. »Hallo Sie, Briefträger! Was wollen Sie eigentlich mit dem Revolver?«

Cromwell schenkte ihm keine Aufmerksamkeit. Er beobachtete die Arbeiter wie eine Katze die Maus.

»Nehmen Sie die vier Männer fest, Constable!«

»Sind Sie wahnsinnig?«, entgegnete der Polizist heftig. »Sam, du kümmerst dich am besten um den anderen Burschen«, wandte er sich an seinen Kollegen. »Das ist ja reizend, auf offener Straße mit Revolvern herumzuspielen –«

»Ich bin genauso wenig wahnsinnig, wie diese vier Männer vom Straßenbau sind!«, fuhr Cromwell ihn wütend an. »Zum Teufel, möchten Sie pensioniert werden? Diese Kerle haben es darauf angelegt, mich um die Ecke zu bringen. Haben Sie Handschellen bei sich? Dann los!«

Die beiden Polizisten wechselten einen kurzen Blick. Sie schienen überzeugt, einen Verrückten vor sich zu haben.

»Na, wird's bald!«, schrie Johnny. »Vielleicht kapieren Sie endlich, dass Chefinspektor Cromwell von Scotland Yard mit Ihnen spricht!«

»Jetzt hört mal zu, ihr beide«, ließ sich der erste Polizist vernehmen. »Was wollt ihr eigentlich? Soll das vielleicht ein Witz sein?«

Cromwell hatte mit einem solchen Misstrauen gerechnet. Trotzdem wurde er ungeduldig. Ohne die Gangster aus den Augen zu lassen, holte er mit der freien Hand seinen Dienstausweis heraus.

»Sehen Sie sich das an!«, schnauzte er.

»Verzeihung, Mr. Cromwell!« Der Constable schnappte nach Luft. »Natürlich erkenne ich Sie jetzt. Ihre Postuniform hat mich anfänglich getäuscht. Also dann! Hände hoch!«

Einer der Arbeiter langte blitzschnell in die Tasche. Zum Glück brauchte Cromwell nicht zu schießen, denn der Constable riss noch im gleichen Augenblick den Arm des Mannes nach hinten. Ein kurzes Handgemenge, bei dem Johnny natürlich nicht müßig zusah, und die vier standen mit Handschellen aneinandergefesselt fertig zum Abmarsch.

»Das war eine kritische Minute!« Ironsides holte tief Luft. »Wenn wir sie nur einen Augenblick aus den Augen gelassen hätten, wäre es zu einem Blutbad gekommen.«

»Minute sagst du?«, keuchte Johnny Lister erschöpft. »Mir kam es wie eine Stunde vor! Der kalte Schweiß steht mir auf der Stirn. Außerdem habe ich das Gefühl, statt der Knochen gekochte Makkaroni im Leib zu haben.«

Cromwell erwiderte nichts. Er beschäftigte sich damit, die Taschen der vermeintlichen Straßenarbeiter abzutasten. Den Constables gingen fast die Augen über, als der Chefinspektor vier nicht gerade nach Kinderspielzeug aussehende Pistolen mit Schalldämpfer hervorzauberte.

»Wirklich bedauerlich, Sir. Wir merkten nicht sofort, was hier los war«, entschuldigte sich der eine Polizist verlegen. »Wir machen uns am besten auf den Weg, meinen Sie nicht auch? Es kommen immer mehr Neugierige.«

Die Polizeiwache befand sich ganz in der Nähe. Ehrfürchtig lauschte der diensthabende Inspektor dem Bericht. Die Männer wurden offiziell beschuldigt und in die Zellen abgeführt.

»Das kann man wirklich ein Heldenstück nennen, Sir, wenn ich mir diese Bemerkung erlauben darf«, machte der Inspektor endlich seinen Gefühlen Luft. »Die hätten Sie über den Haufen geschossen, wenn Sie ihnen nur die geringste Chance gelassen hätten. Wie sind Sie dahintergekommen?«

»Zunächst wusste ich gar nichts«, erwiderte Ironsides. »Aber da es feststand, dass ich unauffällig umgelegt werden sollte, schienen mir diese Straßenarbeiter am verdächtigsten. Die Falle war leicht zu durchschauen, und ich hielt ja meine Augen offen.«

»Jedenfalls darf man Sie beglückwünschen, Sir. Sie haben viel riskiert«, meinte der Inspektor.

»Das kann man wohl sagen«, warf Johnny Lister ein. »Ich habe das Ganze zwar aus sicherer Entfernung beobachtet, aber dabei ist mir bereits der Angstschweiß ausgebrochen.«

»Der Erfolg ist das Risiko wert«, brummte Cromwell. »Wir haben vier von Farrows besten Leuten. Es müsste komisch zugehen, wenn wir nicht wenigstens einen davon zum Sprechen bringen. Zunächst wollen wir sie schmoren lassen. Ich sage Ihnen dann noch, was mit ihnen geschehen soll.«

Cromwell schien außerordentlich gut gelaunt. Während der Rückfahrt zum Yard zog er nur hin und wieder die Stirn kraus. Dabei murmelte er stets ein Wort vor sich hin: *Feuerwerk*. Obwohl er seine Gedanken in dieser Richtung eine ganze Weile abgeschaltet hatte, war die erhoffte Lösung ausgeblieben.

»Und was nun?«, fragte Johnny, im Büro angekommen.

»Wir müssen Farrow in Atem halten. Ich bin mir allerdings noch nicht ganz klar, wie wir weiter vorgehen werden«, antwortete Cromwell bedächtig. »Farrow dürfte inzwischen erfahren haben, was passiert ist. Er wird außer sich vor Wut sein. Und wenn ein Mann wütend ist, macht er Fehler. – Übrigens hat Parsons noch nichts von sich hören lassen«, fügte er stirnrunzelnd hinzu. »Eigentlich hoffte ich, seinen Bericht inzwischen vorzufinden.«

»Ich möchte bezweifeln, dass uns die Beschattung vom alten Sinclair weiterbringt«, sagte Johnny. »Seine einzige Aufgabe mag darin bestanden haben, dich nach Kew zu locken. Von Parsons' Bericht verspreche ich mir nichts.«

In diesem Augenblick klingelte das Telefon.

»Cromwell... Oh, Parsons! Hallo! Wenn man vom Teufel spricht... Wo stecken Sie?«

»In Twickenham, Sir.«

»Gut. Und was weiter?«

»Ich habe also diesen alten Mann beschattet, Sir, und... Ist eigentlich mit Ihnen alles in Ordnung, Mr. Cromwell?«

»Was meinen Sie damit?«

»Ich beobachtete den Zwischenfall in Kew, Sir. Sie scheinen einen guten Fang gemacht zu haben.«

»Was sagen Sie? Sie waren dort?«

»Ja, Sir. Aber ich will lieber von Anfang an berichten.«

»Darum möchte ich Sie auch gebeten haben.«

»Ich folgte also dem alten Herrn. Vom Yard aus fuhr er mit einem Taxi zum Regent's Park. Dort verließ er das Taxi und bummelte langsam die Straße entlang. Kurz darauf hielt eine elegante Limousine neben ihm – so ein riesiger amerikanischer Straßenkreuzer, Sie wissen schon und er stieg ein. Ich erkannte den Mann am Steuer, Sir. Es war Farrow.«

»Gut. Sehr gut, Parsons. Fahren Sie fort«, sagte Cromwell zufrieden. »Der alte Knabe stieg also zu Farrow in den Wagen. Und dann?«

»Glücklicherweise bekam ich sofort ein Taxi. Die Limousine hielt nach ungefähr anderthalb Kilometern an, und der alte Herr stieg aus.«

»Nachdem er Farrow Bericht erstattet hatte«, ergänzte Cromwell. »Gut, das ist mir klar. Und was haben Sie dann gemacht?«

»Ich hielt es für besser, Farrow zu folgen, Sir.«

»Ausgezeichnet! Das hatte ich gehofft«, lobte Cromwell. »Gänzlich sinnlos, dem alten Knaben weiter nachzulaufen. Sie folgten also Farrows Wagen. Wo fuhr er hin?«

»Nach Kew, Sir. Ungefähr einen Kilometer vor der *Bauernhütte* stieg Farrow aus und ging zu Fuß weiter. Vielleicht ist Ihnen aufgefallen, Sir, dass dort Gartenanlagen sind –«

»Gewiss, direkt gegenüber vom Café.«

»Farrow bog in die Anlagen ein, und ich schlenderte hinterher«, fuhr Parsons fort. »Er hatte mich natürlich nicht bemerkt. Schließlich bin ich kein Neuling. Er setzte sich auf eine hinter Sträuchern verborgene Bank und ich mich in sicherer Entfernung auf eine andere. Von meinem Platz aus konnte ich nicht beobachten, was sich vor der *Bauernhütte* abspielte, aber ich hörte Ihre Polizeipfeifen und konnte mir schon denken, dass Sie einen guten Fang gemacht haben.«

»Und Farrow?«

»Tja, ich hatte direkt den Eindruck, dass er vor Wut schäumte.« In Parsons' Stimme schwang Genugtuung. »Anscheinend hielt er es für überflüssig, seinen Ärger zu verbergen. Er stand auf und ging davon – in der entgegengesetzten Richtung vom Restaurant. Dann stieg er in den Wagen und fuhr weg.«

»Scheint ziemlich nervös gewesen zu sein, wie?«

»Das kann man wohl sagen, Sir. Er fuhr anschließend nach Twickenham und betrat das luxuriöseste Hausboot, das ich je gesehen habe.«

»Ein Hausboot?«, rief Cromwell interessiert. »Das jedenfalls ist neu für mich.«

»Ein Traum von einem Boot, diese *River Queen*, Sir. Ganz in Weiß und Gold. Nachdem er sich dort allem Anschein nach häuslich niedergelassen hat, suchte ich die nächste Telefonzelle auf. Ich warte auf Ihre weiteren Instruktionen, Sir.«

»Sie haben gut gearbeitet, Parsons«, sagte Cromwell anerkennend. »Wie weit haben Sie sich von dem Hausboot entfernt?«

»Ungefähr vierhundert Meter, Sir.«

»Dann gehen Sie jetzt zurück und behalten das Boot weiter im Auge. Bleiben Sie Farrow solange wie möglich auf den Fersen.«

»Gut, Sir. Dann werde ich also Parsons Stimme wurde plötzlich leiser, so als hätte er den Kopf vom Hörer gewendet. »He, was, zum Teufel...«

Dann kam nur noch ein Keuchen, und die Verbindung brach ab. Bill Cromwell stand wie gelähmt. Dann hämmerte er ungeduldig auf die Gabel, aber die Leitung blieb tot.

»Was nicht in Ordnung?«, fragte Johnny.

»Donner und Doria!«, fluchte Cromwell. »Ich glaube, wir haben Parsons ebenfalls verloren. Diese Halunken! Diese unbeschreiblichen Halunken! Sie haben Parsons geschnappt! Eine andere Erklärung gibt es nicht!«

»Was ist denn passiert?«

»Wenn ich das nur wüsste!«, knurrte Ironsides. »Wahrscheinlich wurde Parsons überrumpelt. Niedergeschlagen, ehe er sich zur Wehr setzen konnte. Einer unserer besten Leute! Diesen Verlust können wir uns einfach nicht leisten. Das ist ja zum Aus-der-Haut-Fahren!«

Er verlor keine Zeit, sondern verlangte sofort das Amt. Er bestand darauf, dass die Verbindung mit der Telefonzelle in Twickenham unverzüglich wiederhergestellt würde. Dann benachrichtigte er die dortige Polizeiwache und ordnete an, dass sofort ein Constable hingeschickt würde.

Diese Anordnung stellte sich im nächsten Augenblick als überflüssig heraus.

Während Cromwell alle Hebel in Bewegung setzte, um die Verbindung mit der Telefonzelle wiederzubekommen, rief ein Polizist von eben dieser Zelle aus an. Er verlangte seine zuständige Polizeistation, aber das Amt verband ihn augenblicklich mit Scotland Yard. Ironsides hatte den Hörer nicht aus der Hand gelegt.

»Schön. Sie befinden sich auf Streife und telefonieren von einer öffentlichen Sprechstelle aus«, sagte Cromwell kurz angebunden.

»Sie sagen, dass dort etwas passiert ist! Nun sprechen Sie doch schon!«

»Ich beobachtete den Vorfall nicht selbst, Sir, aber hier habe ich einige Zeugen«, antwortete der Constable atemlos. »Diese Fernsprechzelle steht völlig frei. Die Zeugen sagen aus, dass hier ein Mann telefoniert hat und plötzlich ein Wagen direkt vor der Zelle anhielt.«

»Weiter!«, verlangte Cromwell mit umwölkter Stirn.

»Zwei Männer sprangen aus dem Wagen, rissen die Tür auf und schlugen den Mann nieder. Bevor jemand eingreifen konnte – die Zeugen standen alle mehr als hundert Meter entfernt –, wurde der Mann in den Wagen gezerrt, der sofort mit hoher Geschwindigkeit davonfuhr. Der ganze Vorfall hat nicht länger als zwanzig Sekunden gedauert.«

»Gott sei Dank!«, murmelte Cromwell erleichtert.

»Wie bitte, Sir?«

»Das war Detektivsergeant Parsons vom Yard, der überfallen wurde. Sind Sie sicher, dass er niedergeschlagen wurde und nicht etwa erschossen?«

»Die Zeugen haben es mir wenigstens so berichtet. Das Ganze spielte sich aber so schnell ab, dass niemand genau sagen kann, was eigentlich passiert ist.«

»Gut. Geben Sie mir jetzt noch alle Einzelheiten, die Sie wissen. Vor allem möglichst eine Beschreibung des Wagens.«

Zwei Minuten später legte er den Hörer hin. Er lehnte sich tief in den Sessel zurück und nagte nervös an seiner Unterlippe.

»Nicht ganz so schlimm, wie ich zuerst annahm, Johnny«, sagte er nach kurzem Nachdenken. »Sie haben ihn nicht getötet. Sonst hätten sie ihn nicht zum Wagen geschleppt und mitgenommen. Was für eine Teufelei steckt nun wieder dahinter? Ich glaube kaum, dass wir den Wagen aufspüren können, er hat einen zu großen Vorsprung.«

»Wenn du mir endlich sagen möchtest, was passiert ist, könnte ich dir eventuell meine Intelligenz zur Verfügung stellen«, entgegnete Johnny sauer. »Bis jetzt kenne ich nur die eine Hälfte des Telefongesprächs...«

»Sie haben Parsons nicht erschossen«, unterbrach Cromwell ihn und schilderte kurz den Inhalt des Gesprächs. »Das hat etwas zu bedeuten, mein Junge.«

»Weil sie ihn nicht beseitigt haben wie Rawlings und Mackintosh?«

»Genau das! Warum verschleppen sie Parsons, anstatt ihn einfach niederzuschießen? Sie haben eine Teufelei vor, davon bin ich überzeugt. Farrow scheint tatsächlich verzweifelt zu sein.« Cromwells Gesicht hellte sich plötzlich auf. »Zum Teufel, warum rege ich mich darüber auf?! Schließlich hatten wir es doch darauf abgesehen, ihn so weit zu bringen. Wenn wir noch ein wenig Geduld aufbringen, wird Farrow den größten Schnitzer des Jahrhunderts machen.«

»Ich verstehe nur eins nicht.« Johnny runzelte die Stirn. »Parsons hat Erfahrung im Beschatten. Farrow muss aber trotzdem gemerkt haben, dass er verfolgt wurde.«

»Das kann ich mir nicht denken«, widersprach Cromwell. »Parsons betonte ausdrücklich am Telefon, er sei ganz sicher, dass Farrow ihn nicht bemerkt habe. Es ist allerdings möglich«, fuhr Cromwell nachdenklich fort, »dass man auf dem Hausboot auf ihn aufmerksam wurde. Vielleicht war er etwas unvorsichtig, ging zu nahe heran, und einer von der Mannschaft erkannte ihn. Sie passten die günstige Gelegenheit ab, ihn zu schnappen. Und das war in der Telefonzelle. So denke ich es mir wenigstens.«

»Und was jetzt?«

Cromwell stand auf. Sein Gesicht wirkte geradezu übermütig. »Jetzt fahren wir nach Twickenham, Johnny«, rief er fröhlich. »Wenn wir uns beeilen, treffen wir Farrow noch an. Ich möchte mich zu gern mit ihm unterhalten. Nervös ist er sowieso schon, und vielleicht befindet er sich nach den Ereignissen des heutigen Vormittags in redseliger Stimmung.«

»Kann genauso gut Zeitverschwendung sein«, meinte Johnny skeptisch. »Woher willst du übrigens wissen, dass er noch auf dem Boot ist?«

»Warum sollte er nicht? Getürmt ist er bestimmt nicht – wir haben immer noch keine Beweise gegen ihn, und das weiß er. Der tut und lässt, was er will. Seit Monaten macht er sich über uns lustig, und nun möchte ich ihm gern beweisen, dass, wer zuletzt lacht, immer noch am besten lacht.«

Gerade sie als das Büro verließen, schrillte das Telefon. Cromwell nahm den Hörer ab.

»Ist dort Abteilung G. 2?«, kam eine dumpfe Stimme durch den Draht.

»Ja«, erwiderte Cromwell kurz, und seine Gestalt straffte sich.

»Ich möchte Cromwell sprechen.«

»Am Apparat.«

»Hören Sie, Cromwell«, sagte der andere langsam und betonte jede Silbe. »Parsons befindet sich in der Gewalt von – nun, Sie wissen schon. Geben Sie endlich Ruhe, und ihm wird kein Härchen gekrümmt.«

Ein Knacken in der Leitung, und die Verbindung war unterbrochen. Cromwell fluchte. Er setzte sich augenblicklich mit der Zentrale in Verbindung und ließ feststellen, woher der Anruf kam.

»Natürlich zwecklos«, brummte er und informierte Johnny kurz. »Das Gespräch ist bestimmt aus einer öffentlichen Fernsprechzelle gekommen – wahrscheinlich noch aus einem verkehrsreichen Bezirk wie beispielsweise die U-Bahn-Station am Piccadilly Circus. Furchtbar einfach für den Kerl, nach dem Anruf in Sekundenschnelle in der Menschenmenge unterzutauchen.«

»Und was bedeutet das?«

»Das bedeutet, dass sie Parsons als Geisel behalten«, schimpfte Ironsides, »Natürlich besser, als ihn kurzerhand umzulegen. Raffiniert, nicht wahr? Man lässt mir sagen, dass sie Parsons gekidnappt haben. Aber gibt es einen Beweis, dass Farrow damit zu tun hat? Nein! *Parsons befindet sich in der Gewalt von – nun, Sie wissen schon.* Jawohl, wir wissen es! Aber wie beweisen?«

»Trotz des erlittenen Schocks scheint Farrow immer noch auf Draht zu sein«, meinte Johnny unbehaglich. »Es hat gar keinen Zweck, zu ihm rauszufahren. Ohne Beweise...«

Zur Fahrt nach Twickenham benutzten sie Johnnys Alvis. Die *River Queen* ließ sich ohne Schwierigkeiten finden. Ein toller Kahn, wie Johnny fachmännisch feststellte. Sie ankerte nahe am Ufer in einer stillen Buht. Cromwell bemerkte erfreut eine überdimensionale Limousine, die in der Nähe parkte.

»Wir werden ihn treffen, Johnny.«

Ohne Zwischenfall gingen sie an Bord. Ironsides war nicht im mindesten erstaunt, dass Farrow – äußerlich von distinguierter Vornehmheit wie immer – sie an der Tür zum großen Salon auf das liebenswürdigste begrüßte.

»Welch angenehme Überraschung, Mr. Cromwell«, rief er mit überschwänglicher Herzlichkeit. »Mein lieber Johnny! Bitte, treten Sie ein, meine Herren.«

»Tritt ein in mein Gemach, die Spinne zu der Fliege sprach«, murmelte Johnny. »Ist das klug von uns, Old Iron? Vielleicht stolpern wir in Falltüren oder werden mit Giftgasen empfangen.«

Farrow lachte belustigt auf.

»Aber Johnny!«, sagte er tadelnd. »Sie müssten sich doch denken können, dass ich mich nie mit so etwas abgeben würde. – Alsdann, Mr. Cromwell, was verschafft mir die Ehre Ihres Besuches?«

Er komplimentierte sie in den Salon, von Kopf bis Fuß ein sichtlich erfreuter Gastgeber. Aber hinter dieser Maske spürte Cromwell eine gewaltsam unterdrückte Erregung. Seit dem Vorfall auf Palm Beach Island in der vergangenen Nacht mochte Farrow keine ruhige Minute mehr gehabt haben.

»Herzlichen Dank für den liebenswürdigen Empfang, Farrow, aber mich täuschen Sie nicht länger!« Der Chefinspektor stand in dem luxuriösen Salon seinem Gegner dicht gegenüber und blickte ihm durchdringend in die Augen. »Sie spielen ein gefährliches Spiel, mein Freund.«

»Wirklich? Und welches Spiel meinen Sie?«

»Nun, zum Beispiel heute Morgen in Kew. Ihre Leute sollten mich niederschießen, aber sie waren nicht ganz in Form...«

»Oh! Einen Moment!«, protestierte Farrow beleidigt. »Was werfen Sie mir da vor, Mr. Cromwell! Meine Leute sollten Sie niederschießen? Haben Sie Ihre Worte auch ernstlich bedacht, Mr. Cromwell?«

»Darauf können Sie sich verlassen, mein Lieber«, versicherte Ironsides. »Übrigens finde ich den Überfall auf Parsons und seine Entführung ebenfalls nicht besonders klug.«

»Wer ist Parsons, bitte?«, fragte Farrow unschuldig.

»Das brauche ich Ihnen nicht zu sagen!«

»Ich muss Sie leider enttäuschen«, seufzte Farrow nachsichtig. »Ich habe wirklich nicht die geringste Ahnung, wovon Sie reden.«

»Dann werde ich Ihnen jetzt etwas erzählen, was Sie noch nicht wissen können, Farrow«, sagte Cromwell drohend. »Detektivsergeant Parsons hat Mr. Sinclair heute Morgen beschattet – von dem Augenblick an, als er Scotland Yard verließ.«

»Sinclair? Der Name ist mir nicht bekannt.«

»Sinclair ist jener alte Herr, der heute Morgen mit einer herzzerreißenden Geschichte von seinem Enkel in mein Büro kam.« Cromwell wurde gereizt. »Wie gesagt – Parsons folgte diesem alten Herrn zum Regent's Park. Dort stieg Sinclair in Ihren Wagen, den er nach einer kurzen Strecke wieder verließ. Danach folgte Parsons Ihnen nach Kew, wo Sie auf einer Parkbank zusehen mussten, wie Ihr schön geplantes Attentat ins Wasser fiel. Sie müssen zugeben, Farrow, ich kenne jeden Ihrer Schritte vom heutigen Vormittag. Von Kew aus fuhren Sie hierher. Und fünfzehn Minuten später wurde Parsons überfallen und entführt, nachdem er gerade mit mir telefoniert hatte.«

Farrow lächelte amüsiert.

»Mein lieber Cromwell, warum erzählen Sie mir diese Märchen?«, fragte er. »Sie überraschen mich. Ich hatte Sie anders eingeschätzt. Sie behaupten, dass ein gewisser Parsons das alles gesehen haben will? Bringen Sie mir also Parsons, und ich werde ihm seine Lügen Wort für Wort widerlegen.«

»Wie, zum Teufel, sollen wir Ihnen Parsons herbringen, wenn Sie ihn irgendwo versteckt halten!«, rief Johnny ungeduldig dazwischen. »Vor einer Stunde diese mysteriöse Stimme am Telefon: *Parsons befindet sich in der Gewalt von – nun, Sie wissen schon!* Wie kindisch, Farrow! Wie furchtbar kindisch! Wenn wir Sie also in Ruhe lassen, werden Sie Parsons freundlichst erlauben, weiter am Leben zu bleiben!«

»Ich kann nur wiederholen, dass ich nicht im Entferntesten weiß, wovon Sie sprechen. Und – offen gestanden – Sie beginnen, mich zu langweilen.« Farrows anfängliche Liebenswürdigkeit schmolz dahin.

Bill Cromwell schwieg. Innerlich fluchte er wie ein alter Dockarbeiter. Verdammt, dass er nicht einen einzigen Beweis in Händen hatte. Nur Parsons konnte bezeugen, dass Sinclair am Regent's Park mit Farrow zusammentraf. Und Sinclair blieb nach wie vor das wichtigste Glied in der Beweiskette, dass Farrow der Urheber des Attentatsversuches in Kew war. Solange Cromwell nicht dieser Beweis gelang, konnte er nichts unternehmen. Und Parsons würde man so schnell nicht zum Vorschein kommen lassen, das stand fest.

Farrow betrachtete seine ungebetenen Gäste mit triumphierendem Lächeln. Johnny stellte bekümmert fest, dass

Cromwell dagegen auffallend niedergeschlagen wirkte. Einen Augenblick herrschte unheilgeladenes Schweigen.

Ironsides hatte sich abgewandt und starrte mutlos nach draußen. Geistesabwesend beobachtete er ein großes schnittiges Motorboot, das sich offensichtlich von mittstrom aus dem Hausboot näherte. Plötzlich wurde Cromwell hellwach. Mit einem Schritt stand er am Fenster und schob den Vorhang zur Seite. Jetzt konnte er das, Motorboot deutlich sehen. Er betrachtete es kurz, dann fuhr er herum. Das Blut schoss ihm ins Gesicht.

»Mein Gott!«, rief er. »Ich hab's! Feuerwerk!«

Sechzehntes Kapitel

Anthony Farrow reagierte auf diese Worte erstaunlich. Seine weltmännische Gelassenheit fiel schlagartig von ihm ab. Er wurde leichenblass. Blitzschnell drehte er sich um und starrte auf das herankommende Motorboot.

»So, Mr. Farrow! Jetzt können wir miteinander reden!« Cromwell stand mit einem Satz neben dem Mann und packte ihn am Kragen. »Jetzt habe ich Sie! Dem Kellner Paul, der auf Ihren Befehl getötet wurde, verdanke ich dem Hinweis!«

»Sind Sie wahnsinnig?«, keuchte Farrow und versuchte, sich aus Cromwells eisernem Griff zu befreien.

»Als der arme Kerl im Sterben lag, murmelte er immer wieder ein Wort. *Feuerwerk* murmelte er, und ich konnte den Sinn nicht verstehen«, fuhr der Chefinspektor mit Genugtuung fort. »Das Boot da draußen brachte mir die Erleuchtung.«

»Was meinen Sie eigentlich?« Farrows Stimme klang heiser. »Was hat denn das Motorboot damit zu tun? Ich bitte Sie, was wollen Sie nur mit Ihrem *Feuerwerk*?«

»Zweimal habe ich dieses Boot schon durchsuchen lassen, ebenso wie jedes andere Boot«, antwortete Cromwell, wieder völlig selbstsicher. »Nicht ein einziges Boot auf der Themse ist von meinen Leuten übersehen worden. Zu Ihrer Erläuterung: Ich ließ nach Whiskey suchen – nach Whiskey, den Sie auf Palm Beach Island ausschenken.«

»Aber das sind doch Märchen!«

»Diesmal nicht, mein Freund! Mir kam die Erleuchtung gerade noch rechtzeitig. Das Boot da draußen gehört einem gewissen Judson, der außerdem noch eine Jacht besitzt, die flussabwärts bei Purfleet vor Anker liegt. Ziemlich nahe bei diesem Ankerplatz steht die Fabrik der Guy-Fawkes-

Feuerwerk-Company. Dass es sich dabei nicht um einen Zufall handeln kann, beweist mir Ihr käsiges Gesicht! Du liebe Zeit, da also machen Sie Ihren Whiskey!«

Farrow befreite sich mit einem Ruck aus Ironsides' Griff. Er lachte gezwungen auf.

»Sie phantasieren ja!«, sagte er gepresst.

Seine nächste Handlung strafte diese Worte allerdings Lügen. Er eilte auf Deck hinaus und winkte den beiden Männern an Bord des Motorbootes verzweifelt zu. Johnnys Atem ging schwer vor Erregung, als das schnittige Boot sofort seinen Kurs änderte. Dass Chefinspektor Cromwell von Scotland Yard sich in diesem Augenblick auf dem Hausboot befand, konnten die Insassen des Motorbootes natürlich nicht ahnen.

Durch diese plötzliche Kursänderung legte sich das in den Blickpunkt des Interesses gerückte Boot bedrohlich auf die Seite. Es vermied nur knapp einen Zusammenstoß mit einem Landungssteg. Cromwell kniff die Augen zu einem schmalen Spalt zusammen. Er hatte den Eindruck, dass das Boot ein Unterwasserhindernis gestreift haben musste. Dabei schien der Fluss an dieser Stelle tief genug, andererseits schlingerte das Boot auffallend stark. Das aufgeregte Verhalten der beiden Männer an Bord bewies deutlich genug, dass etwas nicht stimmen konnte. Der eine starrte bestürzt achteraus.

Trotz allem ließ sich weiter nichts Verdächtiges feststellen. Farrow schien äußerlich wieder ruhig, aber an seiner linken Schläfe zuckte deutlich sichtbar eine Ader.

»Sie wollen mich wohl nervös machen, Cromwell, wie?« Seine Stimme klang bissig, obwohl er sich offensichtlich um einen gleichmütigen Tonfall bemühte. »Das wird Ihnen nicht gelingen. Im Augenblick ist es ganz belanglos, was ich zu Ihnen sage – wir sprechen hier ohne Zeugen. Dieser ganze Unsinn über *Feuerwerk*...«

»Nur weiter, mein Freund«, lächelte Cromwell. »Ich kriege schon noch heraus, ob Sie die Wahrheit sagen. Zunächst einmal werde ich sofort diese Feuerwerkskörperfabrik durchsuchen lassen. Ach – das scheint Ihnen wohl an die Nieren zu gehen? Aber warum denn diese Aufregung? Sie haben doch wohl nichts zu verbergen?«

Farrows verstörter Blick bewies, dass Cromwell ins Schwarze getroffen hatte. Der saubere Gentleman mochte ahnen, dass keine Macht der Erde den Chefinspektor davon abhalten konnte, seine Drohung wahrzumachen.

Johnny sah verwundert, dass Ironsides plötzlich seinen Kopf hob und schnüffelte. Eine leichte Brise wehte die Themse herab. Einen Augenblick lang schien Cromwell verblüfft, doch dann hellte sich sein Gesicht auf.

»Donnerwetter!«, rief er. »Johnny, riechst du nichts? Wie erklären Sie sich diesen Duft, Farrow?«

Johnny schnüffelte ebenfalls, während Farrow leise zu fluchen begann. Es roch eindeutig nach Whiskey. Der Wind trug immer neue Duftwolken herüber.

»Und das schönste ist«, fuhr Cromwell höhnisch fort, »daran bin ich schuld!«

»Kapiere ich nicht ganz!«, murmelte Johnny verständnislos.

»Ist dir denn nichts aufgefallen, als das Motorboot herum manövrierte? Es muss an einen Gegenstand unter Wasser gestoßen sein. Mir ist zwar noch nicht ganz aufgegangen, was eigentlich passiert ist – aber jedenfalls ist Whiskey ausgelaufen, das steht fest. Riecht angenehm, Johnny, was? Sie scheinen allerdings anderer Ansicht, mein Lieber«, wandte er sich an den wie versteinert dastehenden Farrow.

Der Angeredete blickte den Chefinspektor mit unverhohlenem Hass an. Sein Kinn arbeitete.

Ohne ein weiteres Wort rannte er über den Laufsteg zu seinem Wagen. Er riss die Tür auf, zwängte sich hastig hinter das Steuer und fuhr mit hoher Geschwindigkeit davon.

»Old Iron!«, rief Johnny fassungslos, weil Cromwell sich nicht von der Stelle rührte. »Schläfst du? Wir müssen hinterher!«

»Wozu? Lassen wir ihn fahren«, antwortete Ironsides gutgelaunt. »Der ist erledigt, und weit kommt er sowieso nicht. In diesem Augenblick haben wir zwar noch kein Beweismaterial gegen ihn, aber es dauert nicht mehr lange. Wir werden mehr als genug entdecken! Zunächst müssen wir das Motorboot einholen, bevor Farrow sich mit den Leuten in Verbindung setzen kann. Wir dürfen ihnen keine Gelegenheit geben, die Ladung verschwinden zu lassen. Ich möchte zwar gern dieses Hausboot noch unter die Lupe nehmen, aber das muss warten. Farrow scheint allein an Bord gewesen zu sein, und außerdem dürften wir hier schwerlich etwas Verdächtiges finden.«

Sie eilten an Land. Ironsides wollte an der nächsten Bootsvermietung ein Motorboot ausleihen, aber noch ehe Johnny starten konnte, sprang Cromwell aus dem Wagen. Er lief zum Ufer und fuchtelte wild mit den Armen. Ein Polizeiboot kam in langsamer Fahrt stromabwärts.

»Wie bestellt«, meinte Johnny. »Sieht aber nicht so aus, als würden sie dir den Gefallen tun.«

»Sie werden stoppen!«, knurrte Cromwell wütend.

Ein schriller Alarmpfiff hatte sofort Erfolg. Das Polizeiboot drehte bei, und wenige Augenblicke später befanden sich die beiden Yard-Beamten an Bord. Die Beamten der Flusspolizei erkannten Cromwell.

»Gut, dass Sie's sind, Inspektor Smithers«, sagte Ironsides kurz. »Ich bin endlich auf der richtigen Fährte.«

»Ah, Sir. Sie haben also den Whiskey gefunden, hinter dem Sie her sind?«

»Ich denke schon.«

»Freut mich aufrichtig, Sir.« Smithers' wettergegerbtes Gesicht zeigte ein gönnerhaftes Lächeln. »Wenn ich Ihnen behilflich sein kann – sagen Sie es nur.«

Cromwell ignorierte die überheblichen Worte. Er wusste längst, dass die Leute von der Flusspolizei die Sache mit dem Whiskey für eine fixe Idee von ihm hielten. Sie hatten zwar jederzeit willig mit ihm zusammengearbeitet, aber stets deutlich genug zu verstehen gegeben, dass sie die ganze Aktion für Zeitverschwendung hielten. Cromwell hatte ihnen bisher auch nie etwas Bestimmtes sagen können. Alles beruhte ja nur auf Vermutungen.

»Ja, Sie können mir helfen, Smithers«, sagte Ironsides. »Eben fuhr hier ein reichlich luxuriöses Motorboot stromaufwärts. Sie haben doch eine starke Maschine, nicht wahr? Drehen Sie ordentlich auf und überholen Sie dieses Boot, so schnell Sie können.«

»Ist das Ihr Ernst, Mr. Cromwell?«, protestierte Smithers. »Dieses Boot haben wir erst kürzlich zweimal durchsucht. Außerdem ist mir der Besitzer persönlich bekannt. Ein netter junger Mann namens Judson. Er war schon das letzte Mal verärgert, und

»Von mir aus kann er sich schwarzärgern«, schnitt Cromwell ihm das Wort ab. »Er hat uns zweimal für dumm verkaufen können. Damit ist es jetzt vorbei! Ich sage Ihnen, Smithers, diesmal bin ich auf der richtigen Fährte. Ich wünsche, dass Sie das Boot so schnell wie möglich einholen. Alles Übrige dürfen Sie getrost mir überlassen.«

Der Inspektor zuckte die Schultern, erwiderte aber nichts mehr. Gleich darauf erzitterte das Polizeiboot unter den starken Stößen der Maschine und jagte mit voller Kraft stromaufwärts. Das verfolgte Boot fuhr nur langsam und hatte darum keinen großen Vorsprung. Das Polizeiboot ging längsseits und gab Befehl zu stoppen.

»Was, schon wieder?«, rief ein junger Mann herüber. »Zum Teufel mit Ihnen, langsam wird es mir aber zuviel! Was suchen Sie denn diesmal? Etwa die Kronjuwelen?«

»Tut mir schrecklich leid, Mr. Judson«, entschuldigte sich Inspektor Smithers. »Wir werden Sie nicht lange aufhalten. Chefinspektor Cromwell von Scotland Yard möchte sich einmal Ihr Boot ansehen, wenn Sie nichts dagegen haben.«

»Ich habe durchaus etwas dagegen«, erwiderte Judson ärgerlich.

»Das ist schade, junger Mann«, fuhr Cromwell dazwischen. »Sie sind doch ein Freund von Mr. Farrow, wenn ich mich nicht irre...?« Mit diesen Worten kletterte er gewandt an Bord. Johnny folgte ihm nach.

Judson – ein junger, eleganter Mann mit verlebten Zügen – wirkte nervös. Sein Begleiter schien völlig verstört. Cromwell bemerkte es mit Genugtuung.

»Ich wüsste nicht, was meine Freunde Sie angehen«, knurrte Judson.

»Schon gut – reden wir nicht mehr davon«, winkte Cromwell ab. »Dann wollen wir vergessen, dass Sie sich gerade mit Farrow treffen wollten. – Fang an, Johnny. Gründliche Durchsuchung, verstanden?«

»Ihr Vorgehen ist mehr als dreist. Darf ich fragen, ob Sie einen Durchsuchungsbefehl mitgebracht haben? Wenn nicht, werde ich einen gewaltigen Stunk machen, darauf können Sie sich verlassen! Ich habe restlos satt, mich von euch Polizisten zum Narren halten zu lassen.«

Cromwell beachtete ihn nicht. Zusammen mit Johnny durchsuchte er systematisch das Boot. Inspektor Smithers beobachtete die Aktion vom Polizeiboot aus. Zunächst wurde die kleine Kajüte unter die Lupe genommen, anschließend der Maschinenraum auf den Kopf gestellt.

Das Resultat war gleich Null.

Mürrisch schlurfte Ironsides über Deck und beugte sich zur Bordwand herab, um eventuelle Anzeichen einer Beschädigung festzustellen. Es musste doch einen Grund dafür geben, dass das Boot so eigenartig geruckt hatte, als es vom Hausboot abdrehte.

»Nun, sind Sie endlich zufrieden?«, fragte Judson ziemlich von oben herab. »So eine Idee, dass mit meinem Boot etwas nicht in Ordnung sein soll! Ich bin jeden Tag auf der Themse, jeder Polizist von hier bis Gravesend kennt mich. Ich benutze dieses Boot für Vergnügungsfahrten und nichts sonst.«

»Schon gut, Mr. Judson, schon gut«, brummte Cromwell. »Aber deswegen entschuldige ich mich noch lange nicht – noch nicht!«

Johnny Lister fühlte sich ziemlich unbehaglich. Er hatte so eine Ahnung, dass Ironsides sich in spätestens einigen Minuten doch noch würde entschuldigen müssen. Das Ganze war wirklich ein Trauerspiel.

»Ich frage mich nur« – der Chefinspektor rieb sich energisch das Kinn – »woher dieser Whiskeygeruch kam! Irgendetwas ist vorhin leck geworden. Und wenn es nicht Ihr Boot selbst ist... Moment mal!« Er runzelte die Stirn. »Sie sind selbst nirgends angestoßen, das möchte ich jetzt beschwören, aber trotzdem hat sich Ihr Boot aufgebäumt. Mein Gott! Das bringt mich auf eine Idee!«

Unter seinen buschigen Augenbrauen hervor bemerkte er, dass Judson und sein Begleiter sich einen bestürzten

Blick zuwarfen. Er beugte sich über die Reling zu Inspektor Smithers.

»Bootshaken!«, befahl er barsch.

»Wie bitte, Mr. Cromwell?«

»Bootshaken! Ich muss am Heck etwas untersuchen. Mir fällt gerade ein, dass ich die ganze Zeit über an der falschen Stelle gesucht habe. Warten Sie, ich werde zu Ihnen hinüberkommen. Johnny, du bleibst hier, und behältst die beiden Gentlemen im Auge.«

Er kletterte auf das Polizeiboot zurück und wirkte jetzt wie ein Hund, der das Wild wittert. Von Inspektor Smithers wurde sein Optimismus allerdings nicht geteilt. Im Stillen stellte dieser bedauernd fest, dass Bill Cromwell an Zwangsvorstellungen zu leiden schien.

»Aber wozu brauchen Sie Enterhaken, Sir?«, fragte er nachsichtig. »Welch große Entdeckung gedenken Sie denn am Heck zu machen? Ich glaube, wir haben Mr. Judson lange genug belästigt. Es besteht doch kein Grund, ihn noch länger aufzuhalten.«

»Tun Sie, was ich gesagt habe!« Ironsides' Augen funkelten gefährlich.

Er bekam seinen Bootshaken. Smithers und ein Polizist halfen ihm, die lange Stange über die Reling zu hieven. Nach Cromwells Anweisungen manövrierte das Polizeiboot hinter das Motorboot. Zum allgemeinen Erstaunen hatte das Herumgestochere schließlich Erfolg. Der Enterhaken hatte sich verfangen, ein Drahtseil wurde auf der Wasseroberfläche sichtbar.

»Festhalten!«, schrie Cromwell erregt. »Lassen Sie das Seil nicht aus. Wir werden noch einen zweiten Enterhaken zu Hilfe nehmen.« Er drehte sich zu Smithers um. »Vielleicht werfen Sie mal einen Blick auf Judson«, sagte er leise. »Sieht nicht gerade glücklich aus, wie?«

»Das hätte ich nie gedacht!«, murmelte Smithers verblüfft.

Judson machte in der Tat keinen glücklichen Eindruck. Er hätte gar nicht verstörter aussehen können. Sein Gesicht hatte sich mit einer gelblichen Blässe überzogen. Als Smithers ihn anblickte, fuhr seine Hand nach der Achselhöhle.

»Die Hand weg!«, brüllte Johnny Lister.

Im selben Augenblick traf ihn Johnnys Faust unterm Kinn. Im nächsten Moment hatte der Sergeant ihm das Jackett aufgerissen und eine gefährlich aussehende Pistole abgenommen.

»Und jetzt du!« Johnny richtete die Waffe auf den Begleiter Judsons. »Wenn du eine Pistole hast, wirf sie weg!«

Der junge Mann zitterte vor Furcht und beteuerte mit schriller Stimme, keine Waffe zu haben. Johnny glaubte ihm. Offensichtlich spielt der Bursche nur eine untergeordnete Rolle.

»Mein Gott, Mr. Cromwell, Sie scheinen reiht zu haben!« In den Worten des Inspektors schwang plötzlich Respekt. »Hoffentlich tragen Sie es mir nicht nach, dass ich so skeptisch war.«

Ironsides schwieg. Seine ganze Aufmerksamkeit galt den Enterhaken. Man brauchte drei Stück und musste mit aller Kraft ziehen, bis sich endlich ein schwerfälliger Gegenstand im Wasser bewegte. Er musste an dem Stahlseil zwanzig oder dreißig Meter weit hinter dem Boot hängen. Selbst Cromwell riss seine Augen auf, als er endlich in voller Größe sah, was er geangelt hatte. Statt des vermuteten tonnenförmigen Behälters kam ein richtiges kleines Unterseeboot zum Vorschein!

»Sehen Sie, dort vorn am Bug...!« Seine Hand deutete aufgeregt auf ein Leck, hinter dem ein Haufen Glasscherben sichtbar wurden. »Zerbrochene Flaschen! Whiskey!«

»So was habe ich im Leben noch nicht gesehen«, murmelte Smithers verdutzt.

»Das kann ich mir denken«, sagte Cromwell trocken. »Dieses U-Boot hat ohne weiteres Platz für ein paar Dutzend Kisten Whiskey. Dürfte gerade der tägliche Bedarf für Palm Beach Island sein. Well, well! Wie raffiniert!«

»So was habe ich im Leben noch nicht gesehen«, wiederholte der Inspektor monoton. Ihm schien nichts anderes einzufallen.

»Nehmen Sie Judson und seinen Freund fest«, ordnete Ironsides an, »Endlich ist Farrow reif! Mit seinem Rauschgifthandel ist er mir entschlüpft. Ich war schon ernstlich besorgt, er würde mir auch diesmal wieder durch die Lappen gehen. Mein Gott, das ist mein schönster Tag seit Monaten. Heute Morgen hatte er es auf mich abgesehen, aber jetzt werde ich ihn so in die Zange nehmen, dass ihm Hören und Sehen vergeht!«

Smithers blickte den für gewöhnlich so zugeknöpften Chefinspektor verwundert an.

»Sie scheinen tatsächlich Lust zu haben, Sir.«

»Habe ich auch«, erwiderte Cromwell grimmig. »Nicht auszudenken, wenn Farrow uns wiederum durch die Maschen gegangen wäre.« Zufrieden betrachtete er das U-Boot. »Ich muss zugeben, die Idee ist großartig. Täglicher Nachschub, Smithers! Großen Whiskeyvorrat konnte er auf der Insel nicht ansammeln, und darum wusste ich genau, dass er täglich beliefert wurde. Das ganze Problem war eben: wie? Eine gründliche Inspektion dieses bildhübschen kleinen U-Bootes wird wahrscheinlich recht aufschlussreich werden. Übrigens muss es nach den im Krieg eingesetzten Kleinst-U-Booten gebaut sein – nur noch kleiner, damit es sich unter Wasser schleppen lässt. Es muss so konstruiert sein, dass es sich automatisch auf einer bestimmten Wassertiefe hält. Zu sehen ist nichts, weil durch das Kielwasser des Motorbootes die Wasseroberfläche sowieso aufgewühlt wird. Kein Wunder, dass Judson seelenruhig die Themse auf und ab fahren konnte! Die Flusspolizei konnte ihn nicht stören.«

»Ich bewundere Ihren Scharfsinn, Sir.«

»Oh, nur nicht überschwänglich werden«, brummte Ironsides. »Offen gestanden, empfinde ich es direkt als Blamage, dass ich den Trick nicht von Anfang an durchschaut habe.«

Er berichtete dem Inspektor über seine Beobachtung von Farrows Hausboot aus, wie das Motorboot beim Abdrehen so eigenartig schlingerte.

»Schon in diesem Augenblick hätte ich dahinterkommen müssen«, schloss er. »Es war klar, dass das Boot selbst nirgends angestoßen sein konnte. Ich nehme an, dass vor Palm Beach Island eine Ausklinkvorrichtung unter Wasser angebracht ist, die das U-Boot beim Passieren automatisch abhängt. Nach Einbruch der Dunkelheit hat man das Boot auftauchen und entladen lassen. Mr. Judsons völlig harmlos aussehendes Motorboot brauchte dabei überhaupt nicht zu stoppen, sondern konnte langsam an der Insel vorbeifahren. Am nächsten Morgen kam es dann stromabwärts zurück und nahm auf die gleiche Art das U-Boot wieder mit.«

Judson und sein Begleiter wurden an Bord des Polizeibootes geschafft. Sie wirkten völlig gebrochen.

»Wunderbar, wie es jetzt vorangeht, Old Iron«, rief Johnny fröhlich. »Jetzt ist mir wohler. Aber was ist mit Parsons?«, fragte er ernster werdend. »Ob er noch lebt? Mir ist schon eingefallen – wir haben doch das Hausboot gar nicht durchsucht. Wenn er nun die ganze Zeit dort versteckt war?«

»Unmöglich«, verneinte Cromwell. »Parsons hat man bestimmt von London weggebracht.«

»Die Feuerwerkfabrik!«

»Wo sonst? Und dort geht's jetzt hin, und zwar auf der Stelle! Wir nehmen unser ganzes Einsatzkommando mit. Farrows Haltung hat deutlich genug gezeigt, dass unsere Vermutung richtig ist. Okay, Johnny, jetzt haben wir ihn in der Zange – und nur deshalb, weil irgendein Trottel in der Brennerei aus Versehen eine Kiste mit schlechtem Whiskey nach Palm Beach Island geliefert hat!«

»Da muss ich lachen!«, schnaufte Johnny Lister. »Wir haben ihn nur deshalb erwischt, weil du bedeutend klüger bist als er.«

Siebzehntes Kapitel

Die Fabrikgebäude der Guy-Fawkes-Feuerwerk-Company lagen in der Nähe von Purfleet in den öden Niederungen von Essex. Eine kleine Firma, die nur ein Saisongeschäft betrieb. Den Sommer über wurde produziert, um den Bedarf im Winterhalbjahr zu decken. Gegenwärtig ruhte der Betrieb. Wie die meisten Produktionsstätten für Feuerwerkskörper bestand die Fabrik aus einer Anzahl, kleiner, weit über das Gelände verstreuter Gebäude, in deren Mitte der Hauptbau alles andere überragte. Eine ziemlich verwahrloste Privatstraße verband die Anlage mit einer Landstraße, die etwa zwei Kilometer entfernt vorbeilief.

Nur wenige Leute wussten überhaupt um die Existenz dieser Fabrik. Sie lag völlig einsam und konnte nur über die Privatstraße erreicht werden.

Am frühen Nachmittag brauste über diese Straße eine große amerikanische Limousine. Am Steuer saß Anthony Farrow persönlich. Sein Aussehen hatte sich merklich verändert. Man sah einen finster blickenden Mann auf der Flucht, mit verzerrtem Gesicht und gehetzten Augen. Vor allem aber schien er maßlos wütend zu sein.

Vor dem Hauptgebäude kletterte er aus dem Wagen. Sofort öffnete sich eine breite Schiebetür. Zwei Männer traten heraus. Alte Bekannte übrigens: Walter Goring und Charles Dimmock. Sie starrten überrascht auf ihren Chef und blieben dann bestürzt stehen.

»Mein Gott, sind Sie krank?«, rief Dimmock heiser. »Ist etwas schiefgegangen? Sie waren ja noch nie tagsüber hier! Ist es wegen diesem Polizisten, diesem Parsons?«

»Zum Teufel mit Parsons!«, knurrte Farrow. »Ja, es ist etwas schiefgegangen. Alles ist schiefgegangen! Dieser verdammte Cromwell ist uns auf die Spur gekommen!«

»Sie wollen doch damit nicht sagen, dass er Bescheid weiß über die Fabrik...?«

»Jawohl, eben das wollte ich sagen!«, stieß Farrow aus. »Das Spiel ist vorbei, Jungs. Verschwindet, so schnell ihr könnt, und kriecht irgendwo unter. Ich werde mich später mit euch in Verbindung setzen. Es kann Wochen dauern, oder vielleicht auch Monate. Das weiß ich jetzt noch nicht. Aber zunächst: Nichts wie verduften!«

»Zum Teufel! Sie hätten uns wenigstens warnen können, Chef«, zeterte Goring. »Wie sollen wir so Hals über Kopf von hier verschwinden? Glauben Sie, dass Cromwell mit einer Polizeihorde herkommen wird?«

»Ich glaube, dass ihr am besten sofort verschwindet«, fuhr Farrow ihn an. »Spart euch die dummen Fragen. Heute ist alles schiefgegangen, restlos alles! Cromwell – der Teufel soll ihn holen! Und dabei habe ich mir eingebildet, ich hätte ihn restlos eingeseift!«

Dimmock starrte in das Halbdunkel der großen Halle, die den Mittelteil des Hauptgebäudes einnahm. Es roch durchdringend nach Schwefel und anderen Chemikalien, die bei der Herstellung von Feuerwerkskörpern benötigt werden. Aber nicht der leiseste Geruch von Whiskey – nicht das geringste Anzeichen für eine Schwarzbrennerei. Selbst die misstrauischste Polizeistreife würde hier nichts Ungewöhnliches finden können. Und die Zulassung zur Herstellung von Feuerwerkskörpern besaß man ja.

Dimmocks Blick ruhte nachdenklich auf einem am Boden liegenden Bündel.

»Wenn wir verduften müssen, lassen wir diesen Pflastertreter lieber nicht hier herumliegen«, meinte Dimmock. »Am besten jagen wir ihm eine Kugel durch den Kopf und schaffen ihn beiseite.«

»Lass ihn, wie er ist, du Trottel! Wir haben keine Zeit zu verlieren. Ich gehe jetzt ins Büro.«

»Aber Parsons wird Cromwell sagen...«

»Parsons wird Cromwell gar nichts sagen können. Cromwell weiß nämlich bereits alles«, unterbrach ihn Farrow außer sich vor Wut. »Glaubst du, ich will mir noch unnötig einen Mord auf den Hals laden? Lass den Kerl gefälligst in Ruhe.«

Immerhin konnte er noch klar denken. Es gab keinen Beweis – und es konnte praktisch auch keinen geben –, dass er für die Morde an den beiden Detektiven Rawlings und Mackintosh verantwortlich war. Sollte aber die Leiche von Parsons gefunden werden, bedeutete das den Galgen für ihn.

Keiner der Männer merkte, dass Parsons langsam zu sich kam. Möglich, dass ihn die lauten, wütenden Stimmen aufgeweckt hatten. Jedenfalls hob er den Kopf und blinzelte. Dann fiel sein schmerzender Kopf wieder zurück.

»Verschwinde, Dimmock. Und du auch, Goring«, befahl Farrow endgültig. »Halt, Moment mal! Ihr könnt meinen Wagen nehmen, er hat auch noch Platz für die anderen. Aber kommt bloß nicht auf die Idee, nach London zu fahren. Setzt euch in die Midlands ab – oder sonst wohin!«

»Und Sie, Chef?«

»Ich nehme den Hubschrauber. Zum Teufel! Wozu steht das Ding denn sonst auf dem Dach?« Seine Stimme wurde heiser. »Hört zu, die paar Minuten habt ihr noch Zeit. Ihr könnt mir helfen, die Maschine startklar zu machen. Es ist zwar alles vorbereitet, aber trotzdem kann ich eure Hilfe brauchen. Geht nach oben und schiebt das Dach vom

Schuppen. Ich hole inzwischen noch ein paar Kleinigkeiten aus dem Büro.«

Er schritt rasch auf eine kleine Tür zu und schloss sie auf. Sie schien zu einem Schrank zu gehören. Aber an der Rückwand öffnete sich ein zweiter, raffiniert versteckter Eingang. Farrow ging eine Treppe hinab und kam in ein verwirrendes Labyrinth von Geheimkellern. Elektrische Lampen verbreiteten trübes Licht. Hier unten war die Luft gesättigt von dem schweren Geruch nach Alkohol und Maische.

Im Augenblick ruhte die Arbeit. Bekanntlich arbeitet man in diesem Gewerbe hauptsächlich nachts. Farrow schloss zornbebend die Tür eines kleinen Raumes auf, den er als Privatbüro benützte. Dann öffnete er hastig den Safe, holte einige Bündel Wertpapiere heraus und stopfte sie in seine Aktentasche.

Dieses überstürzte Fluchtmanöver hatte ihn in einen geradezu hektischen Zustand versetzt. Er musste praktisch alles im Stich lassen. Ein längeres Bleiben würde Verhaftung und eine hohe Gefängnisstrafe bedeuten. Seine einzige Chance bestand darin, England sofort zu verlassen.

Aber schließlich hatte er vorgesorgt. Seine Voraussicht erfüllte ihn mit Stolz. Er ahnte schon seit längerer Zeit, dass er eines Tages Hals über Kopf würde fliehen müssen. Dank Cromwells Bemühungen war diese Stunde nun gekommen. Farrow ärgerte sich nur darüber, dass er sich praktisch bis zur letzten Minute so unbedingt sicher gefühlt hatte.

»Ich Narr!«, brummte er. »Ich hätte Cromwell längst beseitigen sollen!«

In seinem Zorn vergaß er ganz, dass alle seine Unternehmungen in dieser Richtung nicht zum Erfolg geführt hatten. Er würde sich nie eingestehen, dass Ironsides intelligenter war als er. Ein Gefühl der Niederlage empfand er nur deshalb, weil ihm diese überstürzte Flucht beschämend schien. Gleichzeitig aber triumphierte er. Er zweifelte keine Sekunde, dass er entkommen würde.

Eine planmäßige Fluglinie zu benützen wäre natürlich Irrsinn. Schon jetzt dürfte jeder Flughafen verständigt sein. Er würde verhaftet werden, noch ehe er den Zoll passiert hatte.

Mit seinem eigenen Flugzeug hingegen konnte er mühelos auf und davon, die Themse entlang und innerhalb von Minuten den Kanal hinter sich lassen. Trotzdem – wie bedauerlich, alles im Stich lassen zu müssen: Palm Beach Island, die Whiskeybrennerei, die luxuriöse Wohnung im West End, das geliebte Hausboot! Das alles ließ sich nicht so einfach verschmerzen. Es war katastrophal, das Werk, das er in den letzten Monaten und Jahren aufgebaut hatte, restlos vernichtet zu sehen.

Immerhin blieb ihm die Genugtuung, in letzter Stunde Cromwell noch ein Schnippchen zu schlagen. Er würde schon unerreichbar sein, bevor noch der Chefinspektor in die Nähe des Fabrikgeländes kam. Drüben in Frankreich erwartete ihn ein sicheres Versteck. Ein beruhigender Gedanke, wenn auch mit bitterem Beigeschmack. In Frankreich war er nichts weiter als ein Flüchtling. Natürlich nicht ganz vermögenslos: Bei verschiedenen französischen Banken hatte er größere Konten angelegt, außerdem nahm er Papiere im Wert von mehreren tausend Pfund mit. Alles in allem musste man schon sagen, dass seine schmutzigen Geschäfte sich gelohnt hatten.

Farrow hielt sich nur wenige Minuten in seinem Büro auf. Dann stieg er zu dem flachen Dach hinauf. Schon vor Monaten hatte er sich einen ganz modernen Hubschrauber angeschafft, der wirklich mit allen denkbaren Raffinessen ausgestattet war. Er brauchte sich nur hineinzusetzen und kerzengerade in die Luft zu steigen. Seine Zufluchtsstätte in Frankreich lag inmitten dichter Wälder. So würde er unbeobachtet landen können, in den wartenden Wagen steigen und nach Paris fahren, wo ihm unter einem anderen Namen eine Wohnung gehörte. Man kannte ihn dort als Amerikaner. Darum würde er ohne Schwierigkeit ein neues Leben beginnen können. Man musste ihm wirklich zugestehen: Seine Vorbereitungen hätten nicht gründlicher sein können.

»Da ist es!«, sagte Bill Cromwell.

Schon eine ganze Weile fuhren sie in Johnnys Alvis durch die flachen, eintönigen Marschen von Essex. Ihrem Sportwagen folgten einige Überfallkommandos.

An der Stelle, die Ironsides bezeichnet hatte, bog die bereits genannte Privatstraße von der Landstraße ab. Sie wurde für gewöhnlich durch ein großes Tor abgesperrt, aber dieses Tor stand weit offen. An der Seite fiel ein altes, verwittertes Schild auf: *Guy-Fawkes-Feuerwerk-Company – Lebensgefahr! Eintritt verboten!* Von der Straße aus war allerdings nicht das geringste zu sehen.

»Wir begegneten da vorhin einer Limousine«, bemerkte Johnny Lister. »Ich könnte beschwören, dass sie Farrow gehörte. Dieselbe Marke, dieselbe Farbe.«

»Nur Farrow saß nicht drin«, entgegnete Cromwell. »Ich habe genau aufgepasst. Außerdem brauchen wir uns gar keine Sorgen zu machen. Der Wagen kommt nicht weit. Überall sind Straßensperren aufgebaut.«

Demnach bestand also wenig Hoffnung für Goring, Dimmock und Komplizen.

»Wir hätten Farrow am besten gleich in Twickenham festnehmen sollen«, begann Johnny von Neuem. »Ich habe das unangenehme Gefühl, dass er uns doch noch entwischt ist. Ausgeschlossen, dass er hier in der Feuerwerksfabrik steckt. Er weiß genau, dass wir kommen. Der Kerl ist verduftet, davon bin ich überzeugt.«

»Dass du immer solchen Unsinn reden musst, Johnny!«, tadelte Cromwell. Er wirkte müde, aber zuversichtlich. »Wie hätten wir ihn denn in Twickenham verhaften können? Etwa nach einer halsbrecherischen Verfolgungsjagd? Nein, vielen Dank! Sein Wagen ist sogar noch schneller als deine Todeskutsche.«

»Oho«, rief Johnny beleidigt. »Mein Wagen schafft glatt hundertachtzig!«

»Mir ist schon öfters aufgefallen, dass ihr jungen Burschen mit euren Geschwindigkeitsrekorden protzt«, schnaubte Ironsides verächtlich. »Ihr seid noch schlimmer als die Angler!«

»Das musst ausgerechnet du sagen! Wenn du in deinen Ferien von den Riesenkerlen erzählst, die du gefangen hast – na, ich muss schon sagen, in der Beziehung verdienst du einen Preis als Märchenerzähler!«

»Ich wollte dir nur erklären, dass Farrow kein gewöhnlicher Gauner ist und darum auch keinen gewöhnlichen Wagen fährt«, brummte Cromwell versöhnlich. »Sein Auto hat einen überstarken Motor. Er kann damit wahnsinnige Geschwindigkeiten erreichen. Nein, mein Junge, eine Verfolgungsjagd hätte uns nicht weitergebracht. Wir werden ihn heute noch fangen – wie und wo, das wird sich ja zeigen.«

»Was soll das übrigens hier sein – eine Hühnerfarm?«

»Nein, du Esel! Wie sieht eigentlich eine Feuerwerksfabrik in deiner Vorstellung aus? Riesige Werkhallen etwa?«

Cromwell betrachtete interessiert die weit im Gelände verstreut liegenden, niedrigen Gebäude. Keine Menschenseele war zu sehen. Das ganze Grundstück wirkte völlig verlassen und verödet.

Auch Johnny Lister hatte sich flüchtig umgeschaut. Er konnte ein unbehagliches Gefühl nicht unterdrücken.

»Hoffentlich irrst du dich nicht, Old Iron«, meinte er dann. »Wo sollen sie denn hier Whiskey machen? Dafür müsste Roggen oder Gerste geliefert werden – und zwar regelmäßig. Solche Transaktionen würden auf der Straße auffallen.«

»Nicht, wenn man das Zeug als Chemikalien für die Herstellung von Feuerwerkskörpern tarnt«, antwortete Cromwell, während er das Gelände weiter aufmerksam mit den Augen absuchte. »Außerdem ist die Themse dicht vor der Tür, kaum hundert Meter entfernt. Im Dunkeln kann man vieles möglich machen. Oh nein, für Farrow kann es da gar keine Schwierigkeit gegeben haben.«

»Na, entweder hast du dich mit dieser geheimen Schnapsbrennerei geirrt, oder die Vögel sind ausgeflogen«, bemerkte Johnny nach einem nochmaligen Rundblick.

»Wirklich?«, knurrte Cromwell. »Da oben bewegt sich etwas.« Er blickte angestrengt nach dem flachen Dach des Hauptgebäudes. »Da scheint so etwas Ähnliches wie ein Schuppen zu stehen. Komisch, ein Wassertank ist es nicht. Das Ding hat auch gar kein Dach... Ja, Himmel und Hölle! Sieh dir das an!«

»Ich sehe!«, erwiderte Johnny trocken und brachte mit einem Ruck den Wagen zum Stehen. »Sieht aus, als kämen wir zu spät, Old Iron! Farrow macht sich eben aus dem Staub.«

Wie ein großer Vogel aus seinem Nest erhob sich der schwarze Hubschrauber vom Dach des Hauptgebäudes. Entgegen den Vorschriften trug er keinerlei Kennzeichen. Nachdem Johnny den Motor abgestellt hatte, konnte man deutlich das dumpfe und gleichmäßige Dröhnen der Maschine hören.

Cromwell fluchte entsetzlich.

»Das dürfte Farrows letzter Streich gewesen sein«, sagte er schließlich. »Daran hätte ich nicht gedacht. Der Gauner ist gerissen, das muss man ihm wirklich lassen! Er wird sich nach dem Kontinent absetzen wollen, oder ich will ein Eskimo sein. Hat also gar keinen Sinn, die Flugplätze zu verständigen. Farrow muss schlau genug gewesen sein, sich rechtzeitig um ein sicheres Versteck zu kümmern. Und mit diesen Hubschraubern kann man ja praktisch auf der ausgestreckten Hand landen. Zum Teufel mit dem technischen Fortschritt!«

Mit atemberaubender Plötzlichkeit war die Luft angefüllt mit dem Heulen und Krachen berstender Raketen, Sonnenräder und Leuchtkugeln. Ununterbrochen bahnten sie sich zu Dutzenden mit feurigen Schweifen und gewaltigem Lärm ihren Weg zum Himmel. »Nun sieh dir das an!«, rief Johnny perplex.

Die Feuerwerkskörper waren gut gezielt. Rund um den aufsteigenden Hubschrauber zerplatzten sie in Myriaden von bunten Sternen. Einige stießen sogar gegen die rotierenden Flügel und zerstoben dann zu feurigem Konfetti. Der schwarze Vogel schwankte, bäumte sich auf und stürzte wie ein Stein nach unten. Von den vielen Raketen mochten vielleicht fünf das Triebwerk getroffen haben, aber diese fünf hatten genügt.

Im letzten Augenblick gelang es Farrow, die Kontrolle über die Maschine zurückzugewinnen. Er fing den senkrechten Sturz ab, aber das Unglück ließ sich nicht mehr aufhalten. Im Fallen streifte er das Dach eines der kleineren Gebäude und schlug dann krachend auf. Ein wüster Blechhaufen war alles, was übrigblieb.

Inzwischen trafen die Überfallkommandos ein. Die Polizisten schwärmten aus und stürmten zur Absturzstelle. Ironsides und Johnny kamen als erste an. Aus den geplatzten

Tanks quoll unaufhaltsam Benzin und verpestete mit penetrantem Gestank die Luft. Der heiße Motor zischte gefährlich. Blutüberströmt mühte Farrow sich verzweifelt, aus den Trümmern herauszukommen.

Ohne an seine eigene Sicherheit zu denken, sprang Johnny blitzschnell hinzu und riss den Mann im letzten Augenblick aus der zerstörten Kabine. Helfende Hände nahmen ihm sofort den Verletzten ab. Plötzlich schoss mit lautem Getöse eine hohe Stichflamme in die Luft. Johnny fühlte den heißen Luftstrom im Rücken – aber sie befanden sich alle in Sicherheit.

Einen Augenblick später stand auch das Gebäude in hellen Flammen. Kein Wunder, in einer pyrotechnischen Fabrik lagert überall gefährliche Ware.

»Sie haben gewonnen!« Farrows Gesicht verzog sich vor Schmerz und Wut. »Ich hasse Sie wie die Pest. Mit diesen Raketen haben Sie mich fertiggemacht.«

»Sie wären es gewesen, wenn Johnny Sie nicht so schnell aus dem Wrack gezerrt hätte«, entgegnete Ironsides. »Johnny, ich glaube, du bist mit ihm endgültig quitt.«

Farrow war schwer verletzt – böse Schnitt- und Schürfwunden, der linke Arm gebrochen. Trotzdem vermochte er noch selber zu gehen, als Cromwells Gefangener. Das Bitterste, was ihm zustoßen konnte.

»Übrigens«, begann Ironsides, während man Farrows Arm schiente, »diese Raketen – sie stammen gar nicht von mir. Ich habe keine Ahnung, wer dieses Feuerwerk veranstaltet hat. Wahrscheinlich wollte einer Ihrer eigenen Leute Ihnen einen Streich spielen.«

»Nein, Sir, Sie irren. Das war ich!«

Bill Cromwell fuhr herum. Mit triumphierendem Lächeln und gerötetem Gesicht stand Detektivsergeant Parsons vor ihm. Der sonst so zurückhaltende Bill Cromwell stieß einen

Freudenschrei aus – und gleich danach einen zweiten, als ihm der Sinn von Parsons' Worten aufging.

»Was, *Sie* haben den Zauber veranstaltet!« Er pfiff durch die Zähne. »Das ist der tollste Witz, den ich je gehört habe! Farrow hat Ihnen eins aufs Haupt gegeben und Sie anschließend eingesperrt, und Sie haben sich praktisch auf die gleiche Art revanchiert. Einfach phantastisch!«

»Ich hörte ihr letztes Gespräch mit an«, erklärte Parsons mit einer bezeichnenden Kopfbewegung zu Farrow hin. »Ich war gerade wieder zu mir gekommen, stellte mich aber besinnungslos. Dabei erfuhr ich von dem Hubschrauber. Als sie weggingen, ließen sie mich einfach liegen. Ich fand einen Stapel großer Raketen und schaffte soviel wie möglich ins Freie. Als der Helikopter vom Dach aufstieg, hielt ich mich nur an die Gebrauchsanweisung.«

»Hm«, nickte Johnny. »Zündschnur anbrennen und in Deckung gehen.«

»Ein glücklicher Zufall, dass ein paar von den Dingern auch tatsächlich trafen.«

»Kein Zufall!«, widersprach Cromwell. »Das war Bestimmung, mein Lieber. Für mich stand es felsenfest, dass Farrow nicht entwischen konnte. Wirklich, heute ist der schönste Tag meines Lebens!«

Die Durchsuchung des Geländes führte zu interessanten Ergebnissen. Auf den ersten Blick wirkte die ganze Anlage wie eine gewöhnliche pyrotechnische Fabrik. In den kleineren Gebäuden lagerten größere Vorräte an Feuerwerkskörpern. In den Kellern unter dem Hauptgebäude fand man allerdings eine leistungsfähige Brennerei. Cromwell wunderte sich immer wieder über ihre technische Vollkommenheit. Die Einrichtung entsprach aber nicht nur den neuesten Errungenschaften, sondern enthielt auch eine Apparatur, mit der man den Whiskey altern konnte, sodass er sich praktisch sofort nach der Herstellung verkaufen ließ.

Und noch eine wichtige Entdeckung wurde gemacht: In einem antiken Schrank in Farrows Büro lagerten mehrere große Behälter mit Kokain. Diesen Vorrat hatte er nach Bartrops Verhaftung nicht mehr unter die Leute bringen können.

»Wie nett, dass wir auch dieses Teufelszeug noch gefunden haben«, rief Cromwell erfreut aus. »Jetzt haben wir alle Beweise zusammen, Johnny. Unser Fall ist abgeschlossen. Wenn Farrow nicht mindestens zwanzig Jahre aufgebrummt bekommt, dann soll man mich kennenlernen!«

ENDE

ISBN 978-3-7531-4323-1
9 783753 143231 00003
www.epubli.de